1. Teil

MIRA®

Der Preis dieses Bandes versteht sich einschließlich
der gesetzlichen Mehrwertsteuer.

Umwelthinweis:
Dieses Buch wurde auf chlor- und säurefreiem Papier gedruckt.

Valerie Schönfeld

Bittersüße Küsse

Roman

MIRA®

MIRA® TASCHENBUCH
Band 75024
6. Auflage: November 2006

MIRA® TASCHENBÜCHER
erscheinen in der Cora Verlag GmbH & Co. KG,
Axel-Springer-Platz 1, 20350 Hamburg

Das Buch wurde auf Grundlage der Telenovela im Ersten „Sturm der Liebe“ verfasst. Mit freundlicher Genehmigung der ARD. Die bei MIRA Taschenbuch erscheinenden Romane zur Serie „Sturm der Liebe“ basieren auf den Originaldrehbüchern von Peter Süss & Team.

Konzeption/Reihengestaltung: fredeboldpartner.network, Köln
Umschlaggestaltung: pecher und soiron, Köln
Titelabbildung: ARD/Jo Bischoff und Getty Images, München

Satz: Buch-Werkstatt GmbH, Bad Aibling
Druck und Bindearbeiten: Ebner & Spiegel, Ulm
Printed in Germany
ISBN 3-89941-281-8

www.mira-taschenbuch.de

1. KAPITEL

Laura war vom Gesang der Vögel wach geworden, es war Juni, ihr Lieblingsmonat! Doch sie hatte einen stechenden Schmerz gespürt, als sich ihr Bewusstsein zu rühren begann. Nein, sie wollte nicht nachdenken. Es gelang ihr zum Glück, wieder einzuschlafen. Bis das Telefon klingelte. Sie hatte es extra nicht direkt neben das Bett gelegt. Es klingelte und klingelte. Jetzt musste sie aufstehen, um das quälende Geräusch nicht länger zu hören. Der Kreislauf weigerte sich, in Schwung zu kommen. Sie taumelte aus dem Bett. Irgendwie kam sie zum Telefon, nahm den Hörer und fragte mit schlaftrunkener Stimme:

„Hmm? Ja, hallo?“

Eine fröhliche, weibliche Stimme sagte mit Elan:

„Hallo Laura, hier ist der bestellte Weckdienst!“

Laura ließ sich in einen Sessel neben dem Telefon fallen. Sie fuhr sich mit der freien Hand durchs Haar und gähnte.

„Hmm, Bärbel, Morgen! Ich war schon wach, Mensch, verflixt, aber dann muss ich wieder eingenickt sein. Mist! Dass du aber auch schon so früh derart wach sein musst … Das ist ja widerlich. Gerade heute würde ich am liebsten ganz im Bett bleiben.“

Bärbel hatte Manfred geheiratet, einen früheren

Kollegen aus der Zeit von Lauras Konditorlehre. Sie hatten eine Bäckerei in einem Nachbarort. Bärbel stand schon früh in der Bäckerei hinterm Tresen. Laura normalerweise auch. Aber an diesem Samstag war alles anders. Laura gähnte wieder. Bärbel sagte:

„Nichts da, Mädchen. Da hast du deine Chance verpasst, Pech gehabt! Hättest halt vorhin kurz aufstehen und mich wie vereinbart anrufen müssen! Aber so … marsch, schwing dich sofort raus an die frische Luft!“

Laura kam sich elend vor.

„Ich fühle mich überhaupt nicht danach, jetzt raus zu gehen und zu joggen. Herrgott, ich will nicht … Ich will einfach überhaupt nichts mehr, außer schlafen … O Bärbel …“

Lauras Stimme schwankte. Jetzt meldete sich die Erinnerung. Der Junimorgen, die Sonne, die durch die Jalousien drang – das sah eigentlich alles nach einem schönen Tag aus. Doch Laura kämpfte mit den Tränen. Sie konnte dem Schmerz nicht entfliehen, er war übermächtig.

Lars, dachte sie, Lars Hoffmann! Es war ihr, als ginge ein Riss durch den Morgen. Der schöne Tag zerriss, noch bevor er begonnen hatte … Lars, ihr Freund, ja ihr Bräutigam – er hatte sie so schändlich betrogen, kurz vor ihrer Hochzeit!

Sie schluchzte und fühlte, wie ihr die Tränen über

die Wangen rannen. Sie empfand so entsetzliche Trauer über das Vergangene. War ihr ganzes Leben bislang nicht ein einziger Irrtum gewesen? Hatte sie nicht alles falsch gemacht? Warum hatte Lars sie betrogen, was war der Grund? Lars Hoffmann! Dass sie ihn innerlich bei seinem vollen Namen nannte, zeigte ihr, wie weit sie sich bereits von ihm entfernt hatte. Sie wollte nicht daran denken, wollte diesen unterschwelligen Schmerz wieder zurückdrängen. Aber sie weinte hemmungslos. Bärbels besorgte Stimme drang leise aus dem Hörer:

„Laura? Laura!"

Laura fühlte, dass eine schwere Last sich auf ihr Herz senkte. Sie dachte an die Küsse, die Lars und sie getauscht hatten. Wie viele Küsse mochten es gewesen sein? Tausende, Zehntausende? Sie spürte seine Lippen auf den ihren. Er war noch so nah, so vertraut, so geliebt … Er war ihr geliebter Lars, ihr Geliebter! Und war es doch nicht mehr. Sie wurde vom Schmerz über die Trennung geschüttelt. Sie roch ihn, er war ein Teil von ihr. Doch nun war er förmlich fortgerissen, hatte sich selbst von ihr getrennt, und das tat so unendlich weh … warum hatte er so etwas getan? O ja, sie spürte die eigenen heißen Tränen, als seien sie das Blut, das aus ihrem verwundeten Herzen lief …

„Laura, he! Aufhören! Laura, sprich mit mir!"

Das war Bärbels Stimme. Laura hörte sie wie durch

Watte. Ihre Ohren wollten die Stimme der Freundin, die ihr in ihrem Kummer beizustehen versuchte, nicht wahrhaben, wollten nichts an sie heranlassen. Die Augen wollten das Licht nicht sehen, nicht die Sonne dieses neuen Tages. Lauras Sinne wollten sich allem verschließen, damit sich ihr Geist ganz dem Selbstmitleid hingeben könnte. Ein Instinkt ließ sie jetzt doch den Telefonhörer wieder ans Ohr heben. Nein, sie durfte sich nicht so gehen lassen. Sie durfte es nicht, um nicht ganz verloren zu gehen!

„Laura, hörst du mich – komm wieder zu dir! Rede mit mir! Soll ich mich ins Auto setzen und rüber kommen? In einer Viertelstunde bin ich da. Laura, hallo, hörst du mich? Sag was! Bitte!"

Laura fühlte den Kunststoff des Telefonhörers. Er war feucht von ihren Tränen. So was Blödes. Sie schämte sich. Ihre Stimme klang wohl genauso verquollen, wie es ihre Augen waren. Bärbel musste ja einen schönen Eindruck von ihrem Zustand kriegen. Zum Glück war das kein Bild-Telefon ... Bärbels Stimme zitterte aufgeregt, so als sei sie nahe dran, gleich die Notrettung zu alarmieren:

„Laura, bist du noch da? Laura!"

„Ja, ich bin noch da, nur keine Angst. Ich bring mich nicht um, wenn du das denkst."

„Puuh, jagst mir gleich so früh am Morgen einen solchen Schrecken ein! Schäm dich!"

„Tu ich ja, aber aus anderem Grund. Ich wollte doch stark sein, verdammt! Jetzt schimpf nur noch mit mir, dann klapp ich wirklich zusammen und du kannst die Sanitäter rufen."

„Mach keine Witze."

„Da wird mir aber besser."

„Ok. Dann mach Witze. Vor allem aber steh jetzt auf und lauf 'ne Runde! Laufen ist die beste Medizin für dich. Ich kann es leider nicht. Aber du schon, du kannst dir deinen Kummer weglaufen, auf jeden Fall kannst du ihn halbieren, und das wäre doch schon mal was, oder nicht?"

Laura klammerte sich innerlich an Bärbels vertraute Stimme.

„Auf geht's, Mädchen! Vorwärts! Was wirst du nachher machen? Erzähl's mir. Komm!"

Laura mochte es normalerweise nicht, wenn Bärbel so mit ihr sprach. Meistens hörte sich das so an, als würde eine Mutter mit ihrem Kind reden. Doch momentan konnte Laura jeden Haltepunkt gebrauchen. Da ließ sie auch Bärbels mütterlichen Ton durchgehen. Für einen Moment dachte sie an ihre beste Freundin Tanja. Sie hätte viel darum gegeben, jetzt Tanjas Stimme zu hören. Aber Tanja war in München, und Lauras Versuche, sie telefonisch zu erreichen, waren tags zuvor gescheitert. Zu Bärbel sagte sie:

„Ich ... ok, ich werde laufen. Und dann werde ich

im Schloss ein bisschen aufräumen. Und sei es auch nur, um mich zu beschäftigen."

„Sehr gut! Guter Plan!"

Bärbel hörte sich zuversichtlich an. Laura hatte den Verdacht, dass sie nur so tat als ob. Klar – sie würde den Teufel tun, jetzt Lauras Tagesplan schlecht zu finden. Es kam Bärbel gar nicht darauf an, sie zu verstehen! Sie wollte nur sicher sein, dass sie sich keine Sorgen machen musste. Die Tränen wollten wieder fließen, aber Laura gab sich einen Ruck. So ein Unfug. Bärbel wollte ihr helfen, was also sollte sie anderes tun, als sie zu bestärken?

„Meinst du wirklich, Bärbel? Na, mir fällt nichts anderes ein."

„Ich finde, es ist eine gute Idee. Vorausgesetzt, du denkst nicht zu viel nach. Ich würde gerne vorbeikommen und dir helfen, meine Güte, wie viele gemeinsame Erinnerungen hängen an dem Kinderladen ... Ich hab es schon die letzten Tage so vermisst, mit den Kleinen zu spielen. Keiner weiß, was aus den Dingen wird, mit denen wir angefangen haben. Vor allem auch, wenn du nicht mehr da sein wirst. Willst du es dir nicht noch mal überlegen? Hast du wirklich fest vor, wegzugehen?"

Laura atmete tief aus.

„Ja, hab ich. Es tut mir auch Leid, euch damit im Stich lassen zu müssen. Aber es geht nicht anders, so wie es aussieht. Würdest du an meiner Stelle anders handeln? Bärbel, sei ehrlich: Wenn dich dein Manfred betrügen würde, kurz bevor ihr heiraten wolltet?"

„Schwer, mir das vorzustellen. Ich tu es lieber nicht. Sei mir deswegen nicht böse. Aber ich weiß, was du mir sagen willst. Ich versteh dich ja, auch wenn es mir nicht leicht fällt. Du hast schon Recht. Es wird wohl das Beste sein. Wird wohl nicht anders gehen."

Bärbel schwieg einen Moment. Dann schien sie wieder zu wissen, was sie hatte sagen wollen.

„Ich würde, wie gesagt, gerne kommen und helfen. Aber wir haben heute Nachmittag Manfreds Eltern zu Gast. Wie auch immer du dich entscheidest, ich werde in den nächsten Tagen den Rest erledigen, wenn du nicht fertig werden solltest. Wir müssen den Kinderladen auflösen, die Räume schön sauber, besenrein an unseren Schlossherrn übergeben ... Meldest du dich wieder? Ich muss Schluss machen, im Laden ist Hochbetrieb. Du weißt ja, wie das ist, Samstag morgens in einer Bäckerei. Mach mir keine Dummheiten, Mädchen, versprich mir das! Und jetzt hopp, hopp, lauf dir den Frust aus dem Leib! ..."

„Ja, ok, mach' ich! Und danke für alles ..."

Bärbel hatte aufgelegt. Laura seufzte. Wie groß war die Versuchung, jetzt wieder unter die dünne Decke zu kriechen, und sich zusammenzukrümmen ... Laura ließ sich keine Zeit für derlei Schwachheiten.

Rasch zog sie sich Jogginghose und T-Shirt an und lief in den hellen Tag hinaus.

Alte, hohe Birnbäume standen links und rechts des grasübersteppten Weges. Sie rauschten im seichten Wind. Die Luft, die von den Feldern kam, roch frisch nach Juni. Lerchen stiegen jubilierend auf. Eine Goldammer saß auf einem dürren Birnenast und flötete traurig. Während Laura vorüberlief, machte sie Pause und äugte neugierig. So viele Jogger kamen hier nicht vorbei. Eigentlich war Laura die Einzige in Steuden, die morgens durch die Gegend rannte. Sie fühlte sich beim Laufen wohl und genoss es, die Natur zu erleben. Sie wollte aufsteigen wie dieser Lerchengesang, doch dazu war sie viel zu melancholisch.

Der Saalekreis ist ein riesiger Kragen um Halle. Steuden lag am westlichen Zipfel dieses Kragens. Im Internet nannte es sich „das schönste, unverfälschteste aller mansfeldischen Bauerndörfer“. So weit hatten sie es schon gebracht: zu einer Website. Der Pfarrer, der auch eine nett zu lesende Dorfchronik geschrieben hatte, gab sich Mühe, kulturelles Leben in die Einöde zu bringen, die Menschen zu beschäftigen.

Laura fand das nicht schlecht, aber sie bezweifelte ein bisschen, dass irgendjemand außer dem Pfarrer selbst diese Seite besuchte. Laura war eher für das Knüpfen direkter Kontakte; sie brauchte ein Netz von wirklichen Menschen, das ihr Sicherheit gab und sie notfalls auffing, wenn sie in Schwierigkeiten war. Wie wichtig ein solches Netz sein konnte, spürte sie gerade. Gestern hatte sie versucht, ihre beste Freundin Tanja in München zu erreichen, aber die hatte ihr Handy abgeschaltet. Wie schon in den Tagen zuvor. Laura dachte an Christel Behrendes und fing sich schließlich wieder. Immerhin, sie war in Steuden nicht ganz allein.

Im wirklichen Leben sah das Dorf ein bisschen blasser aus als auf den schönsten Postkarten. Die Sonne stand noch nicht sehr hoch am Himmel, doch es war trotz der frühen Stunde angenehm warm. Laura hatte den Evaweg genommen, die kürzeste Verbindung vom Dorf zur Eva, besser gesagt, der ehemaligen Eva, einem alten Kalibergwerk. Es war nur kurz in Betrieb gewesen und bereits 1925 stillgelegt worden. Bis vor zehn Jahren hatte der Schacht dem kleinen Steuden als Wasserquelle gedient. Ein riesiger Wasserturm, der mit viel Fantasie, von Weitem und bei Nebel ein bisschen so ausgesehen hatte wie der Berliner Fernsehturm hinterm Alexanderplatz, hatte bis dahin hier gestanden. Das Wasser war von der untersten Sohle des alten Schachts in die Kugel des Turms hinaufgepumpt worden. Man hatte hinaufgehen können zu einer kleinen Aussichtsplattform.

Laura lief den ersten Kilometer wie üblich halb bewusstlos. Wenn man früh morgens gerade aus dem Bett kam und joggte, fühlte es sich im ersten Moment sehr komisch an. Es war fast ein wenig, als würde man noch träumen. Der Körper wusste nicht so recht, wie ihm geschah. Erst allmählich wurde der Lauf gleichmäßiger. Laura atmete tiefer ein und genoss den Duft des noch taunassen Grases am Weg. Die Felder rochen würzig, die Luft war klar. Man konnte sehr weit sehen. Auf den Wiesen hatten sich Kiebitze und Graugänse in kleinen Pulks versammelt. Kühe starrten die Läuferin an und muhten. Einige erschraken und verfielen in Trab, als sie Laura kommen sahen. Ein Bauer war gerade dabei, eine Rinderherde von einer Weide über den Evaweg auf die andere Seite zu treiben. Als Laura vorbeikam, scheute das Leittier. Laura grüßte und entschuldigte sich im Weiterlaufen für die Störung. Der Bauer lachte.

„Die sind halt zu sensibel! Da können wir auch nichts mehr ändern.“ rief er und winkte ihr freundlich zu. „Wie geht's denn jetzt weiter mit dem Kinderladen, dem ‚Bienenstich‘? Ich hab gehört, ihr müsst zumachen, weil die Renovierung vom Schloss bevorsteht? Der Herr ‚von‘ soll ja gestern auch da gewesen sein?“

„Ach, das wusste ich nicht, dass Herr von Einem da war. Ja, aber genau, das mit dem Kinderatelier stimmt! Schade, nicht? Aber es wird schon weitergehen. Vielleicht nicht im Schloss, aber irgendwo wird sich schon ein neues Fleckchen finden. Da bin ich sicher. Ich wünsch' Ihnen einen schönen Tag!"

Der Bauer erwiderte ihren Wunsch. Laura war durch den kleinen Dialog ein bisschen wacher geworden. Auch fühlte sie sich schon etwas gefestigter. Das war immer noch ihr Heimatdorf. Sie war nicht der Fremdkörper, als der sie sich vorhin noch vorgekommen war.

Sie lief weiter und kam zum Platz an der früheren Eva. Die Steudener hatten die Stelle in ihr Herz geschlossen – es war ihr Festplatz, ihr Sportstadion und das Ziel vieler Spaziergänger. Da wurde Hand- und Fußball gespielt, da fanden die Turn- und Volksfeste statt: Feuerwehrfest, Kirmes und Kinderfeste. Auf alten Bildern sah man richtig große Karussells – einmal sogar ein Riesenrad, das fast doppelt so hoch war wie der Wasserturm. Das wollte schon viel heißen. Auch ohne Aussichtsturm konnte man von der kleinen Anhöhe aus weit schauen. Laura blickte sehnsüchtiger als sonst in die Runde.

Alles hatte sich in den letzten Tagen verändert. Sie wusste kaum, wie ihr geschah. Es war, als sei sie plötzlich in ein Paralleluniversum geschleudert worden – als lebte sie auf einmal in einer Welt, in der sämtliche Dinge eine andere Bedeutung bekommen hatten. In nur einem Augenblick hatten sich die untersten Dinge zuoberst gekehrt. Was vorher ihr Leben bestimmt hatte, war bedeutungslos geworden.

Wie hatte sie sich auf die Hochzeit mit Lars gefreut, wie hatte sie diesem Termin entgegen gefiebert und sich die Zeremonie in den schönsten Farben ausgemalt. All ihre Träume würden an diesem Tag in Erfüllung gehen. So hatte sie es sich vorgestellt. Sie würden sich das Jawort geben, Lars würde sie küssen. Immer wieder hatte sie sich die zärtliche Berührung ausgemalt, mit der Lars sanft ihre Hand hielte, um ihr den Trauring anzustecken. Die Stille in der Kirche, das Einsetzen von Orgelspiel, die gemächliche Bewegung zum Altar und später der festliche Auszug nach draußen. Das erste Sonnenlicht, das auf sie beide als offiziell verheiratetes Paar, als Ehepaar, fallen würde – sie schaute kurz in die Sonne, fluchte leise und musste geblendet stehen bleiben.

Die heiße Sonne der Karibik strahlte in ihrer Erinnerung. Im ersten Wirbelsturm ihrer Gefühle, angetrieben vom Unwillen ihres Vaters, der seine Tochter, sein Ein und Alles, nicht hergeben wollte, hatten Lars Hoffmann und Laura Mahler bereits eine Traumreise in die Dominikanische Republik auf der Insel Hispaniola unternommen und nach zwei Wochen des unbeschwerten, gemeinsamen Glücks am Strand des kleinen paradiesischen Ortes Baoruco „geheiratet“, ohne amtliche Dokumente, doch in Gegenwart vieler Trauzeugen. Es war die Idee ihrer einheimischen Freunde Maria und José, und es war wie ein Rausch! Doch der karibische Zaubertrank – die Schokolade nach altem einheimischen Rezept – hatte offensichtlich nur eine bestimmte Zeit gewirkt.

Laura stützte sich mit den Händen an einem hölzernen Gatter ab, das zur Sicherung vor dem zugeschütteten Schacht angebracht war. Gerne wäre sie jetzt auf den Wasserturm geklettert, wie sie es als Kind oft getan hatte, und hätte auf Steuden wie auf ein Spielzeugdorf hinab geschaut. Oder in Richtung auf Halle oder Merseburg und dabei den Schwalben zugesehen, die schwätzend über die Ebene dahinflogen.

Aber der Wasserturm war abgerissen worden, nachdem man beschlossen hatte, das eventuell mit Chemierückständen belastete Grundwasser aus der Eva nicht mehr zu fördern. So hatte Steuden sein weithin sichtbares Wahrzeichen verloren. Laura spürte den Verlust doppelt deutlich an diesem Morgen.

Auch aus ihrem Leben war etwas unwiederbringlich verschwunden. So wie Steuden seinen Turm und damit buchstäblich die schönen Aussichten verloren hatte, die in der dörflichen Enge manchmal die letzte Rettung gewesen waren, so hatte sie einen Orientierungspunkt, ein Ziel und so vieles mehr verloren – einfach so, in einer Sekunde. Sie wusste nicht, ob und wie viel sie selbst verschuldet hatte. Sie konnte es noch immer nicht begreifen. Sie sah nur die veränderte Situation wie eine Mauer, die jemand in ihrem Rücken errichtet hatte. Dieser Jemand war Lars. Er hatte ihr den Rückweg in die gemeinsame lebendige Vergangenheit abgeschnitten. Solange man sich nicht erinnern muss, tut man es nicht. Wenn man es nicht will, tut man es zwangsläufig. Laura begriff, dass sie sich aber erinnern musste, wenn sie sich von Steuden befreien wollte. Sie lebte jetzt in einem Dorf, das ihr mit einem Mal fremd geworden war. Sie wollte es an diesem Tag noch einmal aufmerksam betrachten, wollte all die Orte, die sie so lange Zeit umgeben und eine Bedeutung für sie gehabt hatten, noch einmal aufsuchen und Revue passieren lassen, was sie mit ihnen verband. Vielleicht könnte sie Klarheit über sich und Lars gewinnen und die neue Situation besser begreifen.

In der Bäckerei bei Wenzels, schräg gegenüber von Christa Behrendes' Laden am Platz der Einheit, arbeitete Laura gerne, auch wenn die Halbtagsstelle sie in keiner Weise nach ihren Fähigkeiten und ihrer Ausbildung forderte. Brot, Brötchen und Plundergebäck zu verkaufen – dazu hätte sie keine Konditorlehre gebraucht. Doch eine andere Stelle gab es in Steuden für sie derzeit nicht, und es war immerhin ein deutlicher, nicht zu unterschätzender Vorteil, nur ein paar Schritte von zu Hause bis zur Arbeitsstätte zu haben.

Sie war froh gewesen, nicht mehr täglich zu Zöllners nach Langenbogen pendeln zu müssen. Außerdem machten die Wenzels die fehlende berufliche Herausforderung durch menschliche Wärme wett.

In Verena Wenzel hatte Laura eine einfühlsame und freundliche Chefin, der sie sich in allem anvertrauen konnte. Wenn sie dies nicht immer tat, so aus dem einfachen Grund, dass sämtliche Neuigkeiten Steuden und die Steudener betreffend, über den Verkaufsraum der Wenzelschen Bäckerei blitzschnell ihre Verbreitung fanden. Verena Wenzel, die jeden Kunden mit einem Lächeln bedachte, das sich von einem Ohr zum anderen erstreckte, war ein Kommunikationstalent. Sie konnte den Kunden Honig um den Mund streichen, ihnen mehr verkaufen, als sie brauchten und ihnen nebenher, kaum dass sie es merkten, „die Würmer aus der Nase ziehen". Wer auch immer die Bäckerei Wenzel verließ, wusste über die Weltlage in Steuden bestens Bescheid und hatte zugleich das Seine dazu beigetragen, dass Verena Wenzel der Nachrichtenstoff nicht ausging.

Laura genoss es, am Tisch in der Wenzelschen Stube gleich hinter dem Verkaufsraum zu sitzen, wo jeden Tag gemeinschaftlich gegessen wurde. Die herzliche Aufnahme bei Wenzels würde Laura niemals vergessen. Die vier kleinen Wenzels hatten es Laura besonders angetan. Die Vorstellung, die zwei Mädchen und die beiden Jungen künftig nicht mehr zu sehen, schmerzte sie sehr. Die Zwillingsschwestern waren vier Jahre alt, die Brüder würden im nächsten Jahr eingeschult. Laura liebte die Kleinen, als wären es ihre eigenen Kinder. Gerne hätte sie ihren weiteren Weg verfolgt.

Sie würde Steuden verlassen, so wie Lars sie verlassen hatte. Auch wenn er Laura gegenüber beteuerte, die Sache mit Birgit sei nur ein Ausrutscher gewesen. Lars sagte „Sache" oder „Affäre" dazu, aber für Laura war doch sonnenklar, dass das Band zwischen ihnen zerrissen und der Bund, den sie – wenn auch nur heimlich und für alle anderen unsichtbar – geknüpft hatten, durch seinen „Fehltritt" zerstört worden war. Ihre Vorstellung von Liebe sah in diesem Punkt gänzlich anders aus als Larsens.

Laura registrierte mit Erstaunen, dass es möglich gewesen war, sich über die Jahre ihres Zusammensein so in Lars zu täuschen. Sie hatten sich bei ihrer heimlichen Heirat unter Kokospalmen ewige Treue gelobt. Sie hatten sich gegenseitig geschworen, keine Geheimnisse voreinander zu haben. Für Lars war dieser Schwur nicht mehr bindend gewesen. Er hatte sie betrogen. Dass es hierzulande niemand wusste, änderte doch nichts an der Tatsache, dass sie seine Ehefrau war!

Laura setzte sich ins Gras und blickte in die Ferne.

Sie nahm kaum etwas von dem Landschaftspanorama wahr. Deutlich stand allein die Szene mit Lars vor ihr. Dann ging sie in ihrer Erinnerung noch einen Tag weiter zurück zu dem Moment, in dem das Unglück, das wie ein Schwelbrand im Verborgenen bereits geraume Zeit gegen sie gearbeitet hatte, zu einem offenen Feuer geworden und lodernd ausgebrochen war.

Am Mittwoch hatte Laura Ware ausgeliefert. Anschließend war sie zu Lars gefahren, um ihn zu überraschen. Sie hatte reichlich Trinkgeld bekommen von den auswärtigen Kunden und wollte Lars zum Essen einladen. Sie stellte ihr tapferes, kleines, altes Auto – einen Trabbi, den sie nach der Wende für einen Appel und ein Ei gekauft hatte – gerade gegenüber von Hoffmanns Haus im Taubenweg in der neuen Siedlung ab, als sie Lars' Motorrad hörte. Er schien gerade von seiner Arbeit am Leipziger Airport-Hotel zurückzukommen. Seltsamerweise war er nicht allein gefahren, sondern hatte einen Beifahrer. Dieser Beifahrer trug den Helm, den auch Laura benutzte, wenn Lars sie mitnahm. Er konnte ihren Trabbi nicht sehen, weil sie in einiger Entfernung zu Hoffmanns Haus geparkt hatte. Sie wartete und verfolgte im Rückspiegel, wie Lars seine Maschine vor dem Haus auf dem Bürgersteig parkte. Er ließ den Beifahrer zuerst absitzen. Dann tat er ein Gleiches und befreite sich von seinen

Helm. Der andere hatte offenbar Schwierigkeiten mit dem Helmschloss. Laura beobachtete ihn. War es ein Mitschüler aus der Hotelfachschule? Sie sah den Abend in Gefahr, den sie mit Lars gemeinsam verbringen wollte. Wenn sie ihn schon einlud, dann wollte sie Lars für sich allein haben. Das Problem mit der Helmverriegelung unterm Kinn kannte sie nur zu gut aus eigener Erfahrung und war daher nicht erstaunt, dass Lars hinzutrat und dem Beifahrer beim Öffnen und Abnehmen behilflich sein wollte.

Umso größer war ihre Überraschung, als kurzes blondes Haar sichtbar wurde. Lauras Herz blieb stehen. Statt eines Beifahrers, wie Laura gedacht hatte, stand da eine Beifahrerin. Sie erkannte die Frau, in dem Augenblick, da Lars sie umarmte und offen und unverschämt auf den Mund küsste: Es war Birgit! Sie hatte ihre Jacke ausgezogen und nun auch ihre Arme um Lars gelegt. Ihre Münder schienen verschmelzen zu wollen. Laura hatte einen Augenblick ungläubig gestarrt. Sie glaubte zu träumen. Sie konnte es nicht fassen. Lars hatte seine Hände auf Birgits Hüften gelegt und zog sie an sich. Seine eine Hand wanderte unter Birgits T-Shirt. Lars streichelte Birgits nackten Rücken, während er sie innig küsste. Seine andere Hand fuhr durch ihr blondes Haar. Und dieser Kuss wollte nicht enden …

Laura musste weg! Sie startete ihren Trabbi, der

sich im Losfahren mehrfach verschluckte. Im Rückspiegel sah sie, wie Lars und Birgit auf sie aufmerksam wurden. So viele Trabbis gab es selbst in Steuden nicht mehr. Laura liefen die Tränen über die Wangen. Das Lenkrad wurde feucht. Sie konnte kaum noch etwas sehen. Ein Wunder, dass sie heil nach Hause kam. Sie legte sich auf ihr Bett und ließ dem Schmerz und den Tränen freien Lauf.

Als sie am nächsten Morgen aus der Tür ihres Elternhauses trat, waren die kleine Treppe und der Platz davor ein Blumenmeer. Lars musste Hunderte von Euro ausgegeben haben für diese übertriebene Versöhnungsgeste.

„Laura!"

Lars stand vor ihr. Er hatte neben der Treppe gesessen und darauf gewartet, dass sie aus der Tür kam. Er trug die braune Lederjacke, die sie so an ihm mochte. Sie hatte sie für ihn ausgesucht, verdammt. Er wusste genau, womit er sie günstig beeinflussen konnte. Aber sie hatte ihn durchschaut.

„Was willst du?" fragte sie wütend. „Was ist das hier für ein Blumentheater?"

Lars stand auf dem Hof, sie oben auf der Treppe vor der Haustür.

„Laura, bitte verzeih mir! Und hör mich an."

Sie war versucht, die Tür einfach zuzumachen, um diesen Zirkus nicht mitmachen zu müssen. Aber es interessierte sie, wie er versuchen würde, sich herauszureden.

„Wieso, glaubst du, sollte ich dir verzeihen? Was um alles in der Welt könnte mich dazu bringen, dir dein Verhalten zu vergeben?"

„Die Sache mit Birgit, ... was du da gestern zufällig gesehen hast, ... es tut mir Leid, es war ..., es war ein Ausrutscher, nichts weiter! Es hat überhaupt nichts zu bedeuten. Ich habe sie mitgenommen, und wir haben uns verabschiedet. Laura, du musst mir glauben, ich liebe nur dich, Birgit bedeutet mir nichts!"

Laura schwieg, denn das verschlug ihr die Sprache. Was sie da zufällig gesehen hatte ... Wie gut, dass sie es gesehen hatte. Wie schrecklich, wenn sie sich vorstellte, sie hätte es nicht gesehen. Es war alles falsch. Die Welt kam ihr falsch vor. Lars war falsch, Birgit war falsch. Sie hatten jahrelang gemeinsam gearbeitet, im Kinderladen „Bienenstich". Was, wenn diese Vertraulichkeiten zwischen Lars und Birgit schon seit längerer Zeit gang und gäbe gewesen waren? Gelegenheiten, sich unbeobachtet zu treffen, hatten die beiden übergenug gehabt. Sie hatten sich ihre Zeiten genau eingeteilt. Wenn Laura samstags im Verkaufsraum von Wenzels Bäckerei stand, hatten entweder Bärbel oder Birgit bei den Kindern ‚Dienst'. Lars konnte, wenn seine Arbeit es zuließ, immer dazukommen ... Laura wurde schwarz vor Augen. Sie klammerte sich an den Türrahmen, während Lars weitersprach. Offenbar legte er ihr Schweigen als Zustimmung aus.

„Deine Auffassung von Treue ist unerbittlich, vorzeitlich, ja vorsintflutlich, Laura! Doch dafür liebe ich dich nur noch mehr. Du bist stärker als ich, bitte hilf mir und wende dich jetzt nicht von mir ab. Sag mir bloß, was ich tun soll, was ich tun muss, damit du wieder mit mir redest. Laura, bitte vergib mir. Das ist sicher sehr viel verlangt, aber ich weiß mir nicht zu helfen: Ich liebe nur dich! Du bist die Einzige für mich, das schwöre ich! Ich habe Birgit getröstet – Birgit und ich hatten nur ein bisschen Spaß zusammen. Sie war schon seit Jahren einsam, das weißt du ja. Sie hat es nicht mehr ertragen, sie brauchte …"

Seine Worte kamen ihr falsch vor und drangen wie durch Nebel zu ihr. Treue und Liebe waren für Laura zwei Aspekte von ein und derselben Sache. Wenn man nicht treu sein konnte oder wollte, dann liebte man auch nicht. So einfach war das, fand sie. Jemanden körperlich, zärtlich zu lieben, hieß für Laura eine ganze Menge mehr. Es galt für sie zugleich als ein Ausdruck einer seelischen Verbindung. Wenn Lars und Birgit zärtlich zueinander waren und er jetzt behauptete, diese körperliche Nähe zu ihr zähle nicht – warum sollte er über die Zärtlichkeiten, die Laura und er austauschten, anders denken? Was war das überhaupt für eine Vorstellung von Liebe? Sich einem anderen

Menschen ganz zu schenken, hieß für Laura, ihm zu zeigen, dass man ihm rückhaltlos vertraute. Man lieferte sich ihm aus, gab sich ihm hin. Laura würde ihn nie mehr lieben können, wenn sie ihm nicht mehr vertrauen konnte. Jemanden zu trösten mit körperlicher Nähe – konnte das überhaupt funktionieren? Lars wollte ihr etwas vormachen, er versuchte, die Geschichte mit Birgit auch noch wie die Tat eines edlen Samariters aussehen zu lassen. Das war ziemlich schäbig, fand Laura.

„Warum sagst du nichts?"

„Meine Güte, Lars, was redest du da für einen Schwachsinn? Wie kann dir Birgit nichts bedeuten, wenn du riskierst, mich zu verlieren? Warum willst du sie trösten, wenn sie nicht interessant ist für dich? Ich habe doch Augen im Kopf. Das sah mir überhaupt nicht nach einem harmlosen Kuss aus. Ihr habt seit Längerem was miteinander, seid schon lange hinter meinem Rücken zärtlich miteinander, gib es zu! Wie lange geht das schon so? Wie lange fahrt ihr schon heimlich zusammen Motorrad? Seit wann schlaft ihr miteinander?"

„Du verstehst nicht, diese Sache ist nichts, was unser Verhältnis ..."

„Verhältnis?" Laura hatte die Stimme erhoben. Jetzt war sie nahe am Schreien.

„Hast du vielleicht vergessen, dass wir uns aus

Liebe zueinander die Treue versprochen haben? Als Verhältnis kann man einen solchen Liebesbund ja wohl schwer bezeichnen, oder? Du hast geschworen, bei mir zu bleiben, bis uns der Tod scheidet. Hörst du nicht mehr das Rauschen der Kokospalmen? Spürst du nicht mehr den weißen Sand unter den Fußsohlen? Ich spüre ihn noch, und ich sehe noch immer den einheimischen Priester vor uns, und hinter ihm das türkisgrüne Meer ... Ich sehe uns noch, wie wir nebeneinander in der Hütte der Zauberin saßen und nacheinander von ihrer bittersüßen Schokolade tranken ... Ich fürchte, der Tod ist gestern eingetreten. Der Tod unserer Gefühle füreinander. Dein Tod in meinem Kopf. Hast du mir denn immer nur etwas vorgespielt? Das mit Birgit, wie lange ...? Lars – wie lange habt ihr mich schon betrogen? Habt ihr euch auch Treue geschworen? Das kann doch alles nicht wahr sein, wie konntest du dich mir gegenüber nur so verstellen? Was hast du dir, verflucht noch mal dabei gedacht?"

Lars wand sich sichtlich. Sie lehnte im Türrahmen, während er am Fuße der Treppe stand. Missbilligend sah sie auf ihn hinab und hätte ihn mit ihrem Blick am liebsten umgebracht.

„Laura, es war doch bloß eine lächerliche Affäre, nichts weiter. Eine Affäre ist etwas, das vorübergeht. Das ist etwas Flüchtiges, ohne dauerhafte Bedeutung, ohne Bestand. Ich wollte Birgit gestern sagen, dass es vorbei ist. Das musst du mir glauben! Versteh doch, unsere bevorstehende Hochzeit, die Bekräftigung dessen, was wir uns schon einmal geschworen haben – ich wollte das nicht länger aufs Spiel setzen. Ich bereue, dass ich jemals zugelassen habe, was du gesehen hast. Es tut mir so Leid, was geschehen ist. Bitte vergib mir und lass uns noch einmal von vorne anfangen! Oder da weitermachen, wo wir aufgehört haben! Was muss denn ich tun, damit es wieder so wird wie es vorher gewesen ist?“

Laura lachte hell auf und schlug sich mit der Hand vor die Stirn. Das konnte nur geträumt sein. Das konnte er doch alles nicht so meinen, wie er es sagte. Sie wollte es nicht wahrhaben.

„Ich habe gesehen, wie du Birgit erzählen wolltest, dass es vorbei ist. Sehr deutlich hab ich das gesehen! Bitte, Lars, mach dich doch nicht noch lächerlicher, als du in meinen Augen jetzt schon bist! Du willst, dass wir noch einmal von vorn anfangen? Sag mal, hast du sie noch alle? Wieso um alles in der Welt glaubst du, sollte ich noch etwas mit dir anfangen wollen? Wir hatten eine gemeinsame Zukunft, solange ich noch geglaubt hatte, dir vertrauen zu können. Vertrauen, Lars, das war es, was mich mit dir verband. Wir wollten alles miteinander besprechen, wollten uns nichts verheimlichen! Hast du vergessen, dass wir uns das geschworen haben? Du hast diesen Schwur gebrochen. Damit hast du mich mehr verletzt als mit allem anderen, was du mit Birgit gemacht hast. Und bitte erzähl mir jetzt nicht, ihr hättet euch bereits fast getrennt. Sag nicht, es sei schon so gut wie aus gewesen. Wenn ich euch nicht zufällig auf die Schliche gekommen wäre, hätte das noch ewig so weitergehen können. Vielleicht hätte ich es nie gemerkt. Und der Gedanke ist am schlimmsten für mich! Du hast mein Vertrauen missbraucht und mir das Herz gebrochen! Nie käme ich auf die Idee, mit dir noch einmal etwas anzufangen. Ich will dich nie mehr sehen!"

„Laura! Laura!"

Er war die Treppe hochgesprungen, um sie in den Arm zu schließen, sie wieder einzufangen, doch er kam zu spät. Sie hatte die Tür heftig hinter sich zugeschlagen und von innen versperrt. Vor lauter Wut konnte sie nicht einmal heulen. Ihm noch eine Gelegenheit geben, seine verqueren Vorstellungen vorzutragen? Ihn noch einmal umarmen, ihm das Unverzeihliche verzeihen? Niemals! Keine Berührung mehr, die sie vielleicht schwach werden ließ. Sie hasste ihn. Mein Gott, sie verabscheute ihn! Lars Hoffmann war für sie gestorben. In einem Augenblick. Sie wollte ihn nie mehr an sich heranlassen. Weder geistig noch körperlich. Er war ein Hund, denn was er getan hatte, war hundsgemein. Und wie ein Hund musste er draußen bleiben – aus ihrem Herzen.

Laura ging nicht zur Arbeit, aus Furcht, er könnte ihr auf dem Weg auflauern. Sie hatte in der Bäckerei angerufen und Verena Wenzel erzählt, dass es ihr schlecht ginge. Eine Sommergrippe wahrscheinlich. Sie hatte sich zusammenreißen müssen, um nicht loszuheulen. Immerhin hatte sie glaubwürdig geklungen.

Laura schüttelte sich, als könnte sie so auch die Gedanken an Lars loswerden. Abschütteln wie die Tautropfen an ihren Turnschuhen. Sie sprang etwas auf der Stelle, ließ Arme und Beine baumeln, um die Muskeln zu lockern und zu entkrampfen. Doch die üblen Gedanken ließen sich auf diese Weise nicht vertreiben. Sie hatte sich die Szene mit Lars und Birgit und das Gespräch mit dem Betrüger vor seinem ausgestreuten Blumenteppich bereits mehrmals vergegenwärtigen müssen. Es war geradezu ein Zwang. Als suchte sie immer wieder diese Momente der Demütigung und des schmerzvollen Triumphes. Sie konnte es nicht verhindern, dass sie mehrmals am Tag in ihrer Vorstellung abliefen. Langsam musste Laura glauben, dass sich diese Begegnungen wirklich zugetragen hatten und nicht nur Albträume gewesen waren.

Sie schüttelte den Kopf, drehte ihn so weit es ging nach links und blickte sich über die Schulter nach hinten. Anschließend wiederholte sie den Vorgang zur anderen Seite hin. Das war gut gegen die Verspannung im Nacken. Die sportliche Betätigung half ihr bei der seelischen Entspannung. Sie musste sich ablenken, musste auf andere Gedanken kommen und ihr Gleichgewicht wiedererlangen. Nur wenn sie den Kopf etwas frei bekam, konnte sie sich ihre nächsten Schritte überlegen.

Sie war kaum ins Schwitzen gekommen, denn sie lief fast täglich ein Stündchen. Jetzt nahm sie den etwas längeren Kohlenweg nach Steuden zurück. Nach den Kohlentransporten für die Zuckersiedereien war er so genannt worden. Oma Louise hatte ihr das erzählt, und sie war immer wieder erstaunt, wie viele solcher Kleinigkeiten sie behalten hatte. Sie fand es gut zu wissen, woher bestimmte Namen kamen. Das war bei ihrer Leidenschaft fürs Backen nicht anders. Warum Jurakugeln so hießen, oder Cuseniertrüffeln, oder wer diese Cécile war, nach der die Charlotte Cécile benannt war. Das hatte sie nicht herausgekriegt. Wenn es allerdings bloß die Geliebte des Feinbäckers gewesen sein sollte, der diese Charlotte mit Schokolade- und Vanillefüllung erfunden hatte, dann konnte ihr das Wissen momentan gestohlen bleiben …

Laura kam am Ende des Kohlenwegs an die Neue Straße. Die Häuser links und rechts waren schon ganz oder teilweise renoviert. Seit die Neue Straße asphaltiert worden war, hatte sich der ganze Ort schon deutlich beruhigt. Das frühere Kopfsteinpflaster war nicht nur für diejenigen die Hölle gewesen, die im Auto darüber holpern mussten. Es hatte sich nach der Wiedervereinigung auch für die Steudener zu einer Quelle unerträglichen Lärms entwickelt. Manche Hausbesitzer warteten mit der Renovierung ihrer Fassaden noch, bis die Autobahn fertig sein würde, weil sie vermuteten, dass sie dann nicht mehr so schnell grau würden vom Ruß der Autoabgase.

Unwillkürlich musste Laura an ihren Trabbi denken. Ob er die bevorstehende Fahrt wohl durchhalten würde? Ob er sie weit genug aus Steuden hinaustragen würde? Im Augenblick war auf der Straße richtig viel los, die Pendler aus den Dörfchen entlang der künftigen A 38 fuhren alle durch Steuden nach Halle. Den ersten Teil dieser Straße kannte Laura in- und auswendig, denn der war jahrelang ihr Weg mit dem Schulbus gewesen. Schule, das hatte geheißen, um sechs aufzustehen, um Viertel nach sieben in den Schulbus zu klettern, dann zwanzig Minuten bis Teutschenthal zu fahren, das auf halbem Weg nach Halle lag. Wenn der Bus Verspätung hatte, wurde es knapp, denn zu Lauras Grundschule waren es von der Haltestelle noch mindestens sieben Minuten Fußweg. Aber zu DDR-Zeiten war hier nie so viel Verkehr gewesen.

Endlich hatte Laura Gelegenheit, über die Straße zu spurten. Sie lief ein Stück an Steudens Hauptstraße entlang, bis sie zum Marktplatz kam. Hier trafen sich die Steudener täglich zum Schwatzen. Hier bauten die Händler ihre Stände auf, wenn am Dienstag der Wochenmarkt stattfand. Dann kamen auch viele aus den umliegenden Dörfern nach Steuden. Schließlich trafen sich auf dem Platz in der Silvesternacht alle Steudener, um das alte Jahr zu verabschieden und mit roten Nasen bei Glühwein und Feuerwerk das neue willkommen zu heißen.

Vor „Nah & Gut", dem Laden von Christa Behrendes, der um kurz nach sieben schon offen war, bog sie in den Schäferweg ein. Laura kam am ehemaligen Haus ihrer Großmutter vorbei. Früher war es ein schönes Haus gewesen, völlig überwachsen von wildem Wein und von riesigen Nussbäumen beschattet. Der neue Besitzer, ein Manager, der in Halle für die Treuhand gearbeitet und sich hier zur Ruhe gesetzt hatte, war als Erstes dem Wein zu Leibe gerückt. Dann hatte er einige Bäume gefällt. Jetzt stand das Haus völlig nackt da, neu verputzt und in einem widerlichen blassen Rosa angestrichen. Dazu hatte es ein neues Dach aus diesen ekligen blau glänzenden Dachschindeln verpasst bekommen, die vor ein paar Jahren Mode gewesen waren. Nachts ging sogar Flutlicht an, wenn man vorbeilief.

An die Zeit der Großmutter erinnerte äußerlich fast nichts mehr auf dem Grundstück, bis auf einen abseits stehenden Geräteschuppen. Daneben befanden sich ein weiß blühender Fliederstrauch und einige Gehwegplatten. Darauf hatten früher immer vier klapprige, alte Gartenstühle gestanden. Man hatte sie kaum noch zusammenlegen können, und auch die weiße Lackierung, von Jahr zu Jahr erneuert, platzte stets ab. Aber sie waren bequem gewesen, denn Laura hatte viele Tage, ja bestimmt etliche Wochen im Sommer auf ihnen verbracht und Oma Louises Geschichten zugehört, bis kurz vor ihrem Tod vor drei Jahren. In eine Decke eingewickelt hatte die alte Dame zuletzt dort gesessen und von der Nachkriegszeit oder von Lauras Urgroßvater erzählt.

Laura vermisste diese Erzählungen sehr. Immer, wenn sie es nicht mehr ausgehalten hatte, mit der Schule, mit dem Vater, mit der Berufsschule und überhaupt, war sie zur Großmutter gelaufen, hatte sich zu ihr in den Garten oder in die Küche gesetzt, wo noch der alte Kohlenherd stand, in dem alles verfeuert wurde, was nicht lackiert war. Oma Louise war Lauras Ziehmutter gewesen, denn Susanne, Lauras richtige Mutter, war bei ihrer Geburt gestorben. So war es klar, dass Laura in der Großmutter eigentlich immer ihre Mutter gesehen hatte. Die Ähnlichkeit war auch so groß, dass man die drei – Louise, Susanne und Laura – auf Kinderbildern nur anhand der Kindermode oder der Fototechnik auseinander halten konnte. Dabei war Oma Louise die Mutter von Peter Mahler.

Laura kam zu einem schmalen Durchgang in einer dicken Mauer, die ursprünglich einmal zwei Meter hoch gewesen sein musste. Jetzt war sie bis auf halbe Höhe abgetragen. Jeder hatte sich in fünfzig Jahren hier bedient, wenn er kostenlose Bausteine gebraucht hatte. Oben auf den Resten der Mauer waren stellenweise mannshohe Holunderbüsche gewachsen. Schlossgarten war im Übrigen maßlos übertrieben. Genau betrachtet, war das bloß noch eine lose Ansammlung von alten Bäumen mit jeder Menge Gesträuch und mächtig ins Kraut geschossenen Hecken. Einige Apfelbäume waren so verholzt, dass sie aussahen wie Kopfweiden. Ruinen von kleinen Tempeln gab es noch, von Brennnesseln umgeben, die früher sicher wunderschön verputzt und bemalt gewesen waren. Jetzt sah man nur noch lockeres blassrotes Mauerwerk und verfaultes Gebälk. Drinnen in den düsteren Kammern lag der Unrat von Jahrzehnten. Überall auf dem Gelände liefen Trampelpfade durchs kniehohe Gras. Hie und da lagen verrostete Gerätschaften des volkseigenen Betriebes, der in den früheren Wirtschaftsgebäuden des Schlosses seine technische Werkstatt untergebracht hatte: VEB Saalemalz. Von Steuden aus war die Hallenser Malzkaffeefabrikation mit geschrotetem Getreide und Zichorie versorgt worden. Laura konnte sich an die endlosen blauen Felder rund um Steuden erinnern, wo man die Wegwarte angebaut hatte. Heute stand fast überall nur noch Raps. Die Getreidefuhrwerke aus der ganzen Region waren vor der Mälzerei vorgefahren, um ihre Ladung in die riesigen Silos saugen zu lassen. Hinterher hatten die Bauern bei ihrem Vater im Steudener Hof gesessen, Schnitzel gegessen und Unmengen Krostitzer Bier sowie Nordhäuser Korn getrunken.

Laura folgte im Laufen einem der Trampelpfade im Urwald des früheren Schlossgartens. Er stieg jetzt leicht an und führte über ein Dutzend kaum noch zu erkennender Treppenabsätze zum einstigen Schloss oder Herrenhaus. Dort hatte sich über die Jahre am wenigsten verändert. Dieser Ort war früher Lauras Spielplatz gewesen. In ihrem Geheimversteck hatten Laura und ihre Freundinnen ihre konspirativen Treffen abgehalten, dorthin hatten sie sich zurückziehen können und waren unauffindbar gewesen. Die Jungens hatten freilich auch ihre Burg irgendwo gehabt. Sie hatten einander aber nicht bekriegt, höchstens hin und wieder ein bisschen geneckt. Schließlich hatte man auf der gleichen Seite gekämpft – gegen die Alten.

Vom Haus auf der kleinen Anhöhe sah man von unten durch Gras und Dickicht nur ein Stück der Fassade und das geschwungene, pagodenartige Dach. Im Ganzen war es ein eher kleiner Bau. Dicker brauner Rauputz gab ihm ein sehr schäbiges Aussehen. Schön waren zumindest noch das Dach und die Anordnung der Fenster. Eine breite, schon sehr ausgetretene und bröckelige Freitreppe führte auf der Parkseite vor eine zweiflügelige, große Tür. Dahinter lagen, im noch halbwegs intakten Erdgeschoss, die Räume vom „Bienenstich“. Die alten Schlossbesitzer, die von Einems, waren 1945 geflohen, als die Rote Armee kam. Der Hausherr hatte mit den Nazis nie etwas am Hut gehabt, aber begründete Angst vor den Russen und den Sozialisten gehabt. Im Schloss war erst ein Krankenhaus und später eine Nervenheilanstalt eingerichtet worden. Zuletzt nutzte man seine Räume fast zwanzig Jahre lang, um Getreide drin zu speichern. Als die Grenze schon zehn Jahre offen gewesen war, hatte das Gemäuer leer gestanden, und jeder hatte erwartet, dass es bald abgerissen würde. Laura war damals seit einem Jahr mit ihrer Konditorlehre fertig gewesen und hatte die Idee gehabt, mit ein paar anderen aus dem Dorf das Kinderatelier „Bienenstich“ zu gründen; kurzerhand hatten sie die Räume im verfallenden Schloss, die für diesen Zweck mehr als geeignet waren, besetzt.

Immerhin war durch ihre Anstrengungen und ihre tägliche Anwesenheit sichergestellt, dass keine Vandalen seinen wiedererlangten Besitz verwüsteten. Als wenn es in Steuden Vandalen gegeben hätte! Höchstens ein paar streunende Hunde vielleicht und die eine oder andere hungrige Maus. Sie hatten einen Vertrag mit Herrn von Einem geschlossen, der ihnen das unentgeltliche Nutzungsrecht einräumte, bis die Innenrestaurierung beginnen würde. Alles, was sie dafür tun mussten, war, die Tür zuzuschließen, wenn sie gingen und im Winter darauf zu achten, dass die Heizung richtig arbeitete, damit das Gemäuer nach Jahren des Leerstehens richtig austrocknete.

Vor zwei Jahren hatte von Einem dann mit seiner Planung für die Renovierung begonnen und zügig das Dach, die Heizung und die Fenster in Angriff genommen. Im Sommer sollte es nun innen so richtig losgehen, damit Steuden nächstes Jahr sein neues Kulturzentrum für Konzerte, Vorträge und Ausstellungen erhalten konnte, mit einem Antiquitätenladen, Café und einem Kinderladen. Gerhard von Einem hatte Laura gefragt, ob sie das Café oder den Kinderladen oder gar beides leiten wollte? Sie hatte es erst nicht glauben können. Dann hatte sie hin und her überlegt. Sie mochte von Einem gut leiden. Das war ein fröhlicher und netter Mann, in etwa so alt wie ihr Vater, im Gegensatz zu diesem aber immer guter Laune. Er sah die Dinge nicht verbissen, hatte Humor und Charme, ohne aufdringlich zu sein. Mit ihm konnte sie wunderbar über ihre Leidenschaft, die Confiserie, reden.

Von Einem kannte Paris, die Hauptstadt der Feinbäckerei, und hatte ihr von Lesautres neuer Filiale im Berliner Kaufhaus des Westens, dem KaDeWe, schon mehrfach kleine Probepäckchen mitgebracht. Damit sie den guten Geschmack, auf den sie einst in Paris gekommen war, nicht verlöre, hatte er gescherzt. Er war Musiker und nutzte jede freie Minute, um sich mit der Geschichte seiner Familie und mit der Zukunft seines heruntergekommenen Familienschlosses zu beschäftigen. Das imponierte Laura. Umso mehr, weil er nicht so auftrat wie der Käufer von Oma Louises Villa. Als es vor einem Jahr im Schloss gebrannt hatte, war Gerhard von Einem als erstes besorgt gewesen, es könnte jemand verletzt worden sein. Am Ende gar eines der Kinder vom „Bienenstich"… Jeder andere, den Laura kannte, hatte zuerst nach den Schäden am Schloss gefragt. Laura blickte durch die Fenster auf der Gartenseite. Da hingen noch die Bilder, die sie letzte Woche gemalt hatten. Jetzt war ihr die Entscheidung, ob sie hier bleiben und das Café und den neuen Kinderladen leiten sollte, von Lars und Birgit gewissermaßen abgenommen worden. Sie war nur noch hier, um die „Bienenstich"-Räume sauberzumachen. Kehraus – mochte dann kommen, was wollte.

Laura lief durch das Hauptportal der Umfriedungsmauer hinaus und war wieder auf der Hauptstraße. Sie kam am Friedhof vorbei, wo ihre Mutter Susanne und Oma Louise direkt nebeneinander lagen. Die

Kirche, das Pfarrhaus von Pfarrer Sauer, mehrere Bauernhöfe: Schildt, Feldmann, Gruber, Held, dann die Gärtnerei Lange und, fast am Ende der Neuen Straße, der Steudener Hof, das seit Langem geschlossene Lokal ihres Vaters. Es war nach dem Krieg Steudens einzige Gastwirtschaft gewesen. Ein alter Bauernhof mit gepflastertem Hof, einem Geviert aus Stallungen, Getreidespeichern, Scheune und Wohnhaus, recht ruhig zu den Feldern hin gelegen.

2. *KAPITEL*

Als Laura vor der bunt verglasten Haustür ankam, holte sie den Schlüssel hinter dem Blumentopf hervor, der vor dem kleinen Fenster neben der Tür stand. Im Flur, der mit hellen Klinkerkacheln ausgelegt war, war es kühl. Sie lief die knarrende Treppe in den ersten Stock hinauf, in dem ihr Zimmer lag, duschte sich und zog sich die Arbeitsklamotten an, „Bienenstich"-Klamotten: eine alte Jeans und ein T-Shirt, das schon tüchtig Acrylfarbe abbekommen hatte. Sie warf sich noch eine dünne grüne Militärjacke um, von der sie sowohl die Hoheitsabzeichen als auch die Schulterklappen abgetrennt hatte. Da sie nicht sicher wusste, ob in der Schlossküche noch genug Kaffee war, nahm sie die Packung vom Küchenschrank und packte sie in eine Stofftasche, in die auch die letzten beiden Äpfel von der Anrichte wanderten. Laura verließ das Wohnhaus wieder, schloss ab und schlenderte gemächlich über den Hof auf die Neue Straße hinaus. Sie bekam ein flaues Gefühl im Magen bei dem Gedanken jetzt vielleicht Lars über den Weg zu laufen. Aber das war sehr unwahrscheinlich. Und wenn doch, würde sie ihn ignorieren.

Sie betrat den Laden von Christa Behrendes. „Kurz & Gut", der Name war schon klasse. Bei Christa gab es alles, von der Sicherheitsnadel über das Werkzeugset bis zum Rasenmäher, vom Brötchen bis zum Sack Kartoffeln; Getränke, Obst und Gemüse versteht sich, Eis, Tiefkühlkost, Konserven, Schreibwaren, Mal- und Bastelutensilien, Angelzubehör und Bücher, Zeitungen, Zeitschriften, Tabakwaren. Neuerdings hatte Christa auch noch die Aufgaben einer Postlerin übernommen. Man konnte bei ihr Briefmarken kaufen, Briefe und Postkarten und Pakete aufgeben. Copy-Shop und Internetcafé war „Kurz & Gut" sowieso. Sollte irgendein Ding der Unmöglichkeit verlangt werden: Christa Behrendes machte Anstalten, es binnen Tagesfrist zu beschaffen. Laura hatte die Kauffrau des Öfteren mit ausgefallenen Wünschen auf die Probe gestellt. Christa hatte nie versagt, und die beiden waren mit den Jahren die dicksten Freundinnen geworden.

„Morgen Christa!"

Es hatte lerchenhaft beschwingt und fröhlich klingen sollen, aber es hörte sich doch nur kläglich an.

„Morgen Laura!"

Christa, die zwanzig Jahre älter war, blickte ihre junge Freundin mit besorgter Miene an. Ihre Erfahrung lehrte sie, dass es sehr schlimm um Lauras geistiges Wohlbefinden stand. Sie selbst war zweimal verheiratet, zweimal geschieden und hatte drei Kinder, die jetzt zum Glück alle aus dem Haus waren.

Sie fragte nur, weil es sich gehörte. Die Antwort kannte sie im Voraus:

„Ist es sehr schlimm heute?"

Laura nickte. Sie senkte den Blick, dann lagen sich die beiden in den Armen. Laura kämpfte nicht länger mit den Tränen. Christa hielt sie kurz auf Abstand und sah, dass da eine Talsperre am Überlaufen war. Sie drückte Laura wieder an sich, die sich ihrer Tränen schämte, sie aber nicht länger zurückhalten konnte. Verdammt, dabei hatte der Morgen so schön angefangen! Das Laufen hatte ihr wieder Mut gemacht, trotz aller Erinnerungen. Sie würde diesen Tag herumkriegen. Sie würde mit Lars fertig werden, würde mit Steuden abschließen …

„Na, Mensch, heul nur, was Besseres kannst du jetzt nicht machen. Danach fühlst du dich gleich wohler. Tu dir nur keinen Zwang an, ich hab Küchenkrepp im Angebot!"

Obwohl ihr nicht danach war, musste Laura lachen. Es war eine Mischung aus Lachen und Weinen. Dann kam Kundschaft in den Laden, und Laura verschwand rasch in Christas kleinem Hinterzimmer. Zum Glück war es niemand aus dem Dorf. Das hätte ihr jetzt gerade noch gefehlt, die Kommentare von ‚interessierten', neugierigen Nachbarn. Aber es war ein Lieferant, der Christel einen großen Karton auf die Theke stellte.

„Nanu, Tränen so früh am Morgen? Bei dem schönen Wetter!"

„Das Leben hat nicht nur Schokoladenseiten!" Aus dem Nebenraum kam lautes Schluchzen. „Aber es geht weiter. Tränen sind gar nicht schlecht. Bloß nichts in sich reinfressen, das ist ungesund. Sie zum Beispiel sehen mir auch aus, als hätten Sie eine Menge Kummer hinter sich!"

Der Kurier blickte auf seinen Bauch und lachte. Dann sagte er: „Interpretationssache! Manchmal trügt der Schein. Ich hab mich beim Essen schon immer wohl gefühlt. Apropos – da fällt mir ein …"

Er kaufte sich noch etwas Proviant für seinen Arbeitstag. Hinterm Steuer sitzen und ab und zu einen Schwatz halten. Da musste man ja zunehmen. Als der Mann draußen war, kam Laura in den Verkaufsraum zurück. Ihre Augen waren etwas gerötet, aber sie hatte sich wieder im Griff.

„So, es geht mir schon besser. Und jetzt brauche ich auch was zu essen für später."

„Willst du vorher noch einen Kaffee? Du hast doch bestimmt noch nichts gefrühstückt? Aber durch die Landschaft geturnt bist du bereits, ich hab dich vorbeilaufen sehen. Wenn du dich schon verausgabst, musst du auch richtig frühstücken. Komm mir nur nicht auf die Idee, vollends magersüchtig zu werden. So halb bist du es ja schon. Und das bei deiner Profession. Ein Sterne-Koch oder ein Patissier ohne die entsprechende Kontur … Das ist schlechte Eigenwerbung."

Christa deutete eine kugelige Statur an.

„So hat ein Koch auszusehen. Dann glaubt man den Testessern auch ihr entzücktes Getue, wenn sie seine Kreationen vertilgen. Da im Fernsehen will ich dich auch irgendwann sehen."

Laura lachte.

„Mit weißer Schürze im Fernsehen, das könnte mir schon gefallen. Aber nicht mit so einer schwangeren Figur."

Christa erzählte von den neuesten Entwicklungen in der „Villa" – ihrem Lieblingsthema. Laura hörte sich aber nur mit halbem Ohr an, was die zugezogenen Wessis im ehemaligen Haus ihrer Großmutter anstellten. Irgendwie entglitten ihr momentan Raum und Zeit. Sie fühlte sich merkwürdig seit der Sache mit Lars. Sie war irgendwo anders. Nicht ganz da auf jeden Fall. Während sie einen Apfel aus ihrer Stofftasche holte und ihn versonnen polierte, war sie wieder die kleine Laura von damals. Sie lief über die dicken Teppiche in der Villa Mahler, und die Gerüche, die Farben kamen ihr lebhaft in Erinnerung – so vieles war damals anders gewesen. Vor allem dieser Geruch, den sie mit der DDR verband, mit den paar Jahren, die sie überhaupt mitbekommen hatte, war für einen

Moment wieder spürbar. Einerseits war es der Geruch der Industrieregion gewesen, der abgeschwächt bis nach Steuden herüberwehte. Andererseits roch es in Oma Louises großem Haus nach einer noch weiter zurückliegenden Epoche. Laura tigerte in Gedanken wieder wie damals durch die Villa Berger.

„Die neuen Besitzer hatten erst eine ganz normale Alarmanlage, die genügte ihnen aber nicht. Also musste eine richtig gute her", fuhr Christa fort. „Der Elektro-Schmitt hat sie installiert, das sei ein harter Brocken gewesen, hat er gesagt. Danach kamen die Fenster dran. Jetzt sind überall Gitter davor. Die Tür zur Veranda hat eine neue Verriegelung von innen. Um die aufzubrechen, bräuchte man schon einen richtigen Panzer. Jetzt wollen sie aber allen Ernstes noch überall im Haus Lichtschranken mit Laserstrahlen anbringen. Kameras, sagt der Elektro-Schmitt, hätten sie schon. Wenn sie weg sind, und die Bewegungsmelder im Haus aktiviert werden, laufen die Videobänder los. Ich weiß wirklich nicht, was die für wertvolle Dinge bunkern, um solch einen Aufwand zu rechtfertigen. Was für Schätze haben die da? Die Mona Lisa? Den Keller voller Goldbarren? Fort Knox in Steuden. Oder sie haben sich einen Bunker gebaut, falls der nächste Atomkrieg kommt. Genau wie unsere Bonzen damals. Und jetzt haben sie Angst, die anderen Steudener könnten im Ernstfall zu ihnen kommen und ebenfalls Schutz finden wollen … Laura?“

Christa hatte ihre rechte Hand vor dem Gesicht ihrer Freundin auf und ab bewegt, um zu prüfen, ob sie noch bei Bewusstsein war. Laura sah auf, noch immer geistesabwesend. Immerhin hörte sie jetzt auf, den Apfel weiter zu drehen und zu reiben. Er war blank, als hätte man ihn mit einer Glasur überzogen.

„Entschuldige, ich war nicht ganz da. Bitte erzähl weiter. Ich höre dir zu, versprochen.“

„Ach was, ist nicht so wichtig. Von mir aus können die da machen, was sie wollen. Hauptsache, sie bauen keine Selbstschussautomaten auf!“

Laura nahm einen Schluck Kaffee und biss in den Apfel. Christa hielt ihr eine geöffnete Pralinenschachtel hin. Laura erkannte die Pralinen gleich – sie waren von Lesautre. Aus dem KaDeWe in Berlin. Man sah es nicht nur am Etikett auf der Schachtel, man roch es auch: diesen Duft hätte Laura überall erkannt, es war der Wohlgeruch wahrhaft guter Schokolade.

„Wow, sag bloß, die hat dir Gerhard von Einem mitgebracht?“ Laura staunte. Christa und der Schlossbesitzer – wenn das keine Neuigkeit war!

Christa wurde sogar ein bisschen rot, als sie verwundert fragte: „Stimmt genau, aber woher weißt du …?“

„Ein Bauer hat erzählt, dass der ‚von‘ gestern hier war. Außerdem weißt du doch, dass ich mich mit unserem Schloss-Erben schon oft über Patisserie unterhalten habe. Er hat mir sogar auch einmal Pralinen mitgebracht. Bei mir ist das freilich etwas anderes gewesen. Der hat ja gewusst, dass er sich keine Hoffnungen machen konnte, weil ich und Lars …“

Sie stockte, und verschluckte, was sie sagen wollte – dass Lars und sie ein Paar gewesen waren.

„Pralinen von Lesautre zum Frühstück! Ich kann es kaum fassen. Wenn das nicht dekadent ist …“

„Das ist gerade jetzt das beste Aufputschmittel für dich“, sagte Christa. „Hier, pack dir die noch ein für nachher. Ich glaube, du kannst auch später noch ein Antidepressivum gebrauchen.“ Sie wickelte Laura die Schachtel mit den kleinen Kostbarkeiten in etwas Küchenkrepp ein und steckte sie in eine kleine Plastiktüte. Ein Schatz! Lauter Juwelen aus Schokolade, Nüssen und Mandelsplittern.

„Such dir noch was zum Essen aus, oder komm vorbei. Bei mir gibt's Gemüsesuppe mit Würstchen.“

Lauras Geschmacksnerven zuckten bei dem Gedanken an Gemüsesuppe und Würstchen zusammen, während sie sich noch eine Praline auf der Zunge zergehen ließ. Dennoch sagte sie: „Das klingt gut. Dann komm ich gegen Mittag.“ Sie trank ihren Kaffee aus, der ziemlich scheußlich schmeckte und gab Christa einen Kuss auf die Wange. Nie und nimmer hätte sie ihr gesagt, dass der Kaffee aus ihrer Kaffeemaschine im Grunde genommen untrinkbar war. „Danke, was tät ich heute ohne dich!“

Dann verschwand sie nach draußen. Wenige Minuten später stand sie vor der Tür zum „Bienenstich“ auf der Rückseite des Schlosses. Drinnen brühte sie sich einen richtigen Kaffee auf, dazu kam das Pulver direkt in die Tasse. Der alte Wasserkocher würde heute zum letzten Mal zum Einsatz kommen. Das Ding leckte, wenn man ihn nicht in einem ganz bestimmten Winkel hielt, der nur durch langjährige Übung herauszufinden war. Sie nahm die Tasse und setzte sich auf ihren Lieblingsplatz vor die Tür auf die Treppenstufen. Dort packte sie die Pralinen aus und schaute in die verwilderten Bäume, während sie die erste in den Mund steckte. Ein Geschmackserlebnis dieser Art eines Tages selbst kreieren zu können – das wäre das Größte für sie.

Sie überlegte und versuchte abzuschätzen, was sie in den letzten Jahren gelernt, welche Fortschritte sie seit Paris gemacht hatte. Es fehlte etwas, das sie vorantrieb. Zwar hatte sie mit den Kindern gemeinsam Pralinen hergestellt, aber das war im Grunde genommen Spielerei gewesen. Die Produkte hatten zwar die Eltern begeistert, aber die waren leicht zu beeindrucken. Vor allem, wenn sie etwas beurteilen sollten, was ihre eigenen Sprösslinge fabriziert hatten. Der Pralinen-Contest beim „Bienenstich-Fest“ … Laura musste lächeln, wenn sie sich wieder vor Augen führte, wie die Kleinen damals ausgesehen hatten: die Klamotten mit Schokolade verschmiert, aber leuchtende Augen. Am Tag drauf hatten einige leider Bauchschmerzen gehabt, denn sie hatten nicht nur beim Pralinenmachen eifrig genascht, sondern auch im Schokolade-Wettessen alle Rekorde gebrochen.

Lauras Hochgefühl erstarb. Wie sollte sie diesen Tag nur überstehen? Alles hier erinnerte sie an Lars und Birgit. Mit den beiden hatte sie hier ihre ersten Koch- und Backkurse veranstaltet. Das Malen hatte sich später ganz von selbst ergeben. Birgit und ihre Leidenschaft für Mode waren dazugekommen. Die Kinder hatten gestrickt, gehäkelt. Sie hatten Fahnen entworfen, T-Shirts bedruckt, Kostüme für Fasching genäht und Kleider. Birgit … dieser Name verursachte Laura einen schalen Geschmack. Lars war für das Basteln zuständig gewesen. Denn auch wenn er gerne in geleckten Klamotten steckte und sich von seiner früheren Lässigkeit immer weiter zu entfernen schien – wahrscheinlich mit Blick auf seine künftige Karriere in der Managementebene eines großen Hotels –, so konnte er doch noch immer zupacken. War es nicht vor allem dieses Talent zu den verschiedensten, sich scheinbar ausschließenden Tätigkeiten, das Laura bei ihm so faszinierend und unwiderstehlich gefunden hatte?

Lars hatte die unvergleichliche Fähigkeit, auch beim

schwersten Schuften den Eindruck von schwebender Leichtigkeit zu erwecken. Er trug im „Bienenstich" freilich keinen Anzug, sondern Freizeitkleidung. Aber seine Neigung, überall eine gute Figur zu machen, war ihr auch dort aufgefallen. Manchmal hatte sie lächeln müssen, wenn sie ihn beobachtet hatte, wie er eine Treppe hinuntergegangen war oder wie er eine Tür geöffnet oder die Kleinen Huckepack getragen hatte. Aber hatte Lars zu ihrem gemeinsamen „Bienenstich"-Projekt eigentlich eine innere Beziehung entwickelt, oder hatte er sich einfach nur dabei engagiert, weil es Laura so gefiel? Hatte er nicht manchmal genervt gewirkt, wenn fünfzehn Kinder durch die unterste Etage des Schlosses oder den Park tobten und er sie zu beaufsichtigen hatte? Kinder waren mit guter Figur nicht zu beeindrucken. Lars wurde aus Prinzip nicht laut. Dementsprechend war es ihm manchmal nicht gelungen, sich Gehör zu verschaffen. Bei den Kindern fehlte ihm die nötige Autorität.

Laura hatte sich immer vorgestellt, dass es ihre eigenen Kinder wären. Hätte sich Lars dann anders mit ihnen beschäftigt? Laura war sich keineswegs sicher, ob sie sich seine Unlust in Bezug auf die Kinder nicht nur einbildete. War ihr die denn früher überhaupt aufgefallen? Oder fand sie die erst jetzt, wo sie sich so schrecklich hintergangen fühlte, bemerkenswert? Sie tauchte ein in die Vergangenheit.

3. KAPITEL

„Laura – Laura!“ Sie hatte die Großmutter kurz aus dem Blick verloren, der Trubel in dieser Stadt war einfach zu groß. 240 000 Leute wohnten da immerhin, hatte ihr Oma Louise gerade erklärt. Laura konnte sich das schwer vorstellen. Auf der Straße in der Altstadt war ein unglaubliches Gedränge. Der unmittelbare Grund dafür, dass es auf den Straßen so voll war, waren die Händelfestspiele, die wie jedes Jahr, auch 1987 im Juni stattfanden. Halle stank zum Himmel! Auf den Wegen, die sie vom Händelhaus zur Burg hinaufgegangen waren, und auf allen Pflanzen lag eine deutlich erkennbare Schicht aus grau-gelbem Staub.

„Das kommt von Buna herüber, da werden Grundstoffe für die chemische Industrie hergestellt. Das ist aber nicht weiter gefährlich!“ Oma Louise lächelte übertrieben und machte ohne Übergang ein so ernstes Gesicht, dass Laura lachen musste.

„Ich würde dir trotzdem nicht raten, auch nur ein Atom davon zu verschlucken, sonst fallen dir beide Ohren ab!“ Zum penetrant süßlichen Geruch der Saale sagte Oma Louise nichts.

„Komm, beeil dich, mein Kind – wir kommen noch zu spät zur Führung!“

Laura trug nicht ohne Stolz die weiße Bluse mit

dem Abzeichen der Jungpioniere und dazu ein blaues Halstuch. Oma Louise fand es etwas albern, dass sie das anhatte, denn man trug es normalerweise nur bei festlichen Anlässen. Für Laura war dieser Ausflug mit der Oma aber ein solcher besonderer Anlass, und sie hatte sich nicht davon abbringen lassen, diese Kluft anzuziehen.

Die Ausstellung im Halloren- und Salinenmuseum war faszinierend; selbst die Steudener „Eva" war als Modell zu sehen. Dazu viele alte Bilder von Bergleuten, die in den Schacht hinabfuhren. Wie das Salz gesotten wurde, hatte sie gesehen, und wie es aussah, wenn man es in der Natur fand. Aber was Laura am Ende ganz besonders interessierte, war der Hinweis auf die Hallorenkugeln. Diese traditionellen Pralinen, für die Halle bekannt war, waren nach den kugeligen Knöpfen an den Uniformjacken der Hallenser Salzarbeiter, der „Halloren", geformt. Deshalb war auf den Schachteln mit den „Halloren Kugeln Sahne Cacao", die zur Hälfte aus Sahne-, zur Hälfte aus Kakaocreme bestehen, einer dieser Salzarbeiter, eben einer der Halloren, stlisiert abgebildet: ein rotes Männchen mit Hut, das aussah wie ein Ampelmännchen aus dem Mittelalter. Wenn es denn damals schon Ampeln gegeben hätte …

Oma Louise hatte Lauras besonderes Interesse offenbar geahnt und eine Besichtigung im Süßwarenkombinat in der Delitzscher Straße organisiert, nur für sie beide, denn sie kannte jemanden, der dort etwas zu sagen hatte. Louise Mahler, damals noch Berger, hatte früher einmal in der Entwicklungsabteilung der alten Firma „David & Söhne“, später „Mignon Schokoladenwerke AG“, gearbeitet. Der Mann, den Oma Louise dort kannte, wurde Laura mit dem Namen „Onkel Albert“ vorgestellt. Er war mindestens zwanzig Jahre jünger als Oma Louise und küsste sie zur Begrüßung auf die Wange.

„Darf ich der jungen Genossin einen Panoramasitzplatz anbieten?“ fragte Onkel Albert und nannte seinen vollen Namen: „Albert Miethe, stellvertretender Produktionsleiter VEB Schokoladenfabrik Halloren! Für Frieden und Sozialismus – Seid bereit!“

„Immer bereit!“ antwortete Laura strahlend, wie sie es als Jungpionier gelernt hatte. Oma Louise und Albert Miethe lachten. Laura ließ sich vom stellvertretenden Produktionsleiter des volkseigenen Betriebes auf den Arm nehmen und durch die Produktionshallen tragen. Sie sah, wie die Halloren-Kugeln gemacht wurden und bekam zum Abschied sogar eine Packung geschenkt.

„Behalten Sie mich in süßer Erinnerung, Genossin Laura!“ scherzte Albert Miethe.

„Unbedingt!“ antwortete Laura mit vor Freude roten Backen.

Oma Louise ging mit ihr zum Friedhof am Rande der Altstadt. Die kleinen Skulpturen auf den Gräbern trugen die Spuren vieler Jahre. Pflanzen wucherten neben Steinbögen der Renaissance, von gelblich-grauem Feinstaub überpudert. Alles wirkte geheimnisvoll, verströmte einen eigenartigen Geruch von Verfall und Tod. Lange stand die Großmutter vor einem unscheinbaren Grab. Seltsamerweise stand auf dem alten Grabstein der Name „Albert Miethe".

„Ist das der Opa von Onkel Albert?" fragte Laura, und die Großmutter antwortete:

„Der Vater, Liebes, hier liegt sein Vater. Er starb bei einem Unfall in der Fabrik."

„Der Schokoladenfabrik?" hakte Laura nach.

„Ja und nein. Es gab eine Zeit, während des Krieges, da wurden in der früheren Schokoladenfabrik Teile für Flugzeuge gefertigt. Später wurde dann wieder Schokolade darin gekocht für die Halloren-Kugeln wie jetzt. Onkel Alberts Vater, also der Mann, der hier begraben ist, hatte Streit mit einem der Aufseher in dieser Flugzeugteilefabrik. Ich habe damals auch dort gearbeitet."

Sie gingen zum Marktplatz mit dem Roten Turm und der Marktkirche St. Marien. Der Rote Turm sah schmutzig-braun aus.

Die Bilder dieses Tages verblassten. Der Geschmack von Schokolade blieb und rief weitere Erinnnerungen hervor. Es gab ja durchaus noch andere gute Erzeugnisse der DDR-Schokoladenfabriken: Bambina-Schokolade, Hansa-Kekse, Schlagcremewaffeln, den BON-Schokoriegel sowie die Knusper- und Kokosflocken von Zetty, Zetty-Buggy. Am schönsten aber waren die Märchentafeln mit hübschen Bildmotiven auf dem Silberpapier wie etwa Pittiplatsch oder Herr Fuchs. Der Geschmack der Täfelchen war sehr verführerisch. Dass sie so dünn waren, tat ein Weiteres hinzu, dass man regelrecht süchtig danach werden konnte. In Oma Louises Küche gab es eine große, alte Teedose aus Blech mit stilisierten blauen Palmblättern. „Messmer-Tee" stand darauf.

„Oma, darf ich mir denn nicht doch schon eine nehmen?"

„Nichts da, meine Süße, erst wird gebacken. Sobald du dich tüchtig angestrengt hast, dann ja." Die Großmutter runzelte ihre ohnehin schon runzelige Stirn und fügte einschränkend hinzu: „Natürlich nur, wenn dein Bienenstich nach etwas schmeckt, das versteht sich ja von selbst!"

An den Freitagen der Wochen zuvor waren es Windbeutel mit Schlagsahne, Apfel- und Sandkuchen und Liebesknochen gewesen. Jetzt also der Bienenstich. Laura fand den Namen lustig und verlockend, obwohl er ja etwas Schmerzhaftes bezeichnete. Das kam wohl daher, dass der Kuchen, der so hieß, so süß schmeckte wie Bienenhonig. Mindestens einmal in der Woche wurde gebacken, immer freitags, am Tag vor dem Rommeeabend. Samstags kamen die fünf Freundinnen von Oma Louise zum Kuchenessen und Kartenspielen in die Villa. Laura liebte den freitäglichen Backnachmittag genauso wie den Pioniernachmittag am Mittwoch in Teutschenthal. Sie hatte eigentlich kaum gleichaltrige Freundinnen oder Freunde in Steuden, von Natalie und Tanja abgesehen. Meistens trieb sie sich allein im ehemaligen Schlossgarten herum und stellte sich vor, die Prinzessin zu sein, der all das einmal gehört hatte.

Sie rollte den Hefeteig auf ihrem Backblech aus und bedeckte die Schicht mit dem von Oma Louise vorbereiteten Belag: Abgezogene Mandeln hatte sie sehr fein gerieben und mit ein paar Tropfen Milch verrührt. Die Butter hatte sie zusammen mit Zucker und Vanille-Zucker in einem Topf zergehen lassen und den Mandelbrei hinzugegeben. Laura schob den Kuchen mit Omas Hilfe in den vorgeheizten Ofen, wo er schnell und bei großer Hitze backen musste.

„Wo hast Du eigentlich Opa kennen gelernt?“ fragte Laura unvermittelt. Oma Louise war so erstaunt, dass sie in der Bewegung erstarrte, und die Ofenklappe sicher auf länger einen Spalt offen geblieben wäre, wenn Laura sie nicht behutsam geschlossen hätte. Opa Walter hatte Laura nur dunkel in Erinnerung. Er war gestorben, da war sie noch sehr klein gewesen.

„Och Gott, Kind, du fragst vielleicht Sachen. Weshalb willst du das denn wissen? Das ist ja schon so lange her. Du hast deinen Großvater ja im Prinzip gar nicht gekannt.“ Oma Louise hatte sich die Hände gewaschen und trocknete sie sich mit einem geblümten Handtuch ab. „Im Prinzip“ war so eine nette Redensart von ihr. Laura hatte nur eine unklare Vorstellung davon, was „im Prinzip“ bedeutete. „Im Prinzip“, sagte sie wie ein Papagei. Oma Louise schien sich gefangen zu haben und setzte sich an den Küchentisch.

„Komm her und hilf mir. Ich werde dir die Geschichte erzählen, während wir den Stollen vorbereiten. Den Weihnachtsstollen. Damit müssen wir jetzt schon anfangen, weil der viel besser wird, wenn er ein paar Wochen liegt.“

Lauras Herz schlug schneller. Es war wirklich nur noch ein Monat bis Weihnachten, und sie hatte noch gar nicht richtig daran gedacht. Doch das Wort Weihnachtsstollen hatte sie wachgerüttelt. Bei ihrem Vater gab es keine Feste, dafür hatte er kein Verständnis mehr seit Mutter tot war. Keine Geburtstage und erst recht keine christlichen Feiertage. Die hatte er angeblich sowieso noch nie gefeiert. Für Laura war es ein Segen, dass Großmutter Louise da war. Bei ihr in der Villa durfte sie Geburtstag und Weihnachten feiern – richtige Weihnachten mit Weihnachtsgebäck, Weihnachtsstollen, Weihnachtsbaum und vielen Geschenken! Wenn es schneien sollte, würde Laura einen Schneemann bauen dürfen, draußen vor der Eingangstür. Sie hatte vergessen, was sie gefragt hatte, so sehr war ihr das Wort vom Weihnachtsstollen dazwischengekommen.

„Laura, Mädchen, hör auf zu träumen und setz dich zu mir! Ach, aber bring mir vorher noch mein Backbuch, das da drüben auf dem Küchenschrank liegt, komm, sei so gut!"

Die Großmutter hatte es sich auf dem grünen Biedermeiersofa bequem gemacht, das inmitten der geräumigen Küche mit der großen, uralten Kochmaschine stand. Dem Elektroherd seitlich an der Wand misstraute Oma Louise zwar „im Prinzip", fand aber wenigstens das Backen damit einfacher. Der moderne zusätzliche Herd war aber auch schon das Einzige, was in Omas Küche an das 20. Jahrhundert erinnerte. Alles Übrige schien aus einer anderen Zeit zu stammen. Der Küchenboden war schwarz-weiß gekachelt, sodass man darauf lief wie ein Riese auf einem liliputanischen Schachbrett.

Auf einem einfachen Holztisch vor dem Sofa lagen Kochbücher und Handarbeitsutensilien. Die Kerzen eines fünfarmigen Kandelabers strahlten und verbreiteten ein äußerst heimeliges Licht. Auf dem Sofa lagen eine weiß-braun-karierte Wolldecke und ein paar Paradekissen. Der Sitzbezug des Sofas war fein gestreift, hie und da leicht zerfleddert, die Federung gut, obwohl das Möbelstück schon sehr alt war, älter noch als die Großmutter, und das wollte schon einiges heißen. Oma Louise saß gerne abends hier und las. Auch heute hatte sie ihre dicke Lesebrille auf, ohne die sie weder stopfen oder nähen noch stricken konnte.

Laura liebte den Ort über alles, denn es war der Inbegriff von Sicherheit und Geborgenheit. Im Sommer war es in der Küche angenehm kühl. Dann wehte der Geruch des reich bepflanzten Küchengartens durchs Fenster herein. Man konnte in den Garten der Villa hinaussehen, wo neben jeder Menge Johannisbeersträucher viele Apfel-, Birn- und Zwetschgenbäume sowie zwei riesige Walnussbäume standen, von denen im Sommer einer die Terrasse beschattete. Jetzt war es draußen kalt, neblig und jeden Abend früh dunkel. In der Küche war es mollig warm, denn Großmutter hatte im Herd Holz nachgelegt. Auf einer Ecke der heißen Herdplatte hatten sie zuvor Äpfel gebraten und gegessen. Anschließend hatten sie mit dem Backen angefangen. Ein unbeschreiblich guter Duft stieg auf, wenn die Haut des Apfels auf der heißen Metallplatte des Herdes schon leicht angesengt war und das Fruchtfleisch weich zu werden begann …

„Ich hab Walter, Deinen Großvater, beim Tanzen

kennen gelernt! Ganz gewöhnlich also, da gibt's gar nicht viel zu erzählen. Es war auf der Hochzeit von Christas Eltern, Inge und Hans. Walter und ich hatten nicht viel Zeit, uns kennen zu lernen. Er war auf Landurlaub, denn er war bei der Marine, wie du weißt, und es war mitten im Krieg."

„Und wann war das genau?" fragte Laura, der das äußerst spannend und gar nicht gewöhnlich erschien. Großmutter war auch jetzt noch eine schöne Frau, fand Laura. Auf den alten Fotos, die sie in einer großen, mit Buntpapier beklebten Pappschachtel hortete, sah Oma Louise wie Zarah Leander aus. Auf dem Hochzeitsfoto ebenfalls, auf dem Opa Walter in einer weißen Uniform mit einem breiten dunklen Kragen zu sehen war.

„1941 war das. Dein Opa war Zahlmeister auf einem Schlachtschiff, der Scharnhorst, einem Riesenkasten mit Kanonen und Flugzeugen drauf."

„Was ist ein Zahlmeister?"

Ein Soldat, der die Buchhaltung betreut und den Seemännern die Löhne auszahlt." Opa Walter war nach dem Krieg zur Polizei gegangen, wie viele seines Jahrganges. In Bad Lauchstädt bei der uniformierten Polizei hatte er angefangen. Später wechselte er zur Kriminalpolizei. Er hatte sein Leben lang Pfeife geraucht und ausgesehen wie Sherlock Holmes. Laura konnte sich nur noch erinnern, dass er sie einmal mitgenommen hatte, während er eine Ermittlung durchführte. Sie kam sich sehr wichtig vor und spielte im Wohnzimmer irgendeines Bonzen mit fremdem Spielzeug. Schade, dass sie sich weder an den Namen noch an den Ort erinnerte. Und was aus dieser längst vergessenen Sache geworden war, wusste sie freilich ebenso wenig. Laura fragte: „Habt ihr euch gleich geküsst?"

Oma Louise lachte erst laut auf. Dann lächelte sie und ließ ihr Backbuch auf die Knie sinken – eine Art Hauptbuch, in das sie hauptsächlich Rezepte, aber auch Beobachtungen eingeschrieben hatte. Durch die Fensterscheibe drang das Dämmerlicht des Gartens.

„Du fragst Sachen. Ja, gleich am ersten Abend haben wir uns geküsst. Es war eben Liebe auf den ersten Blick. Jetzt schau aber mal nach deinem Kuchen."

Die Großmutter war Lauras Rettungsanker. Sie hatte unbegrenztes Vertrauen zu ihr. Alles konnte sie Oma Louise fragen. Nie hätte sie ihren Vater so etwas wie eben gefragt. Auch wenn es sie schon interessierte, wie das bei ihm und ihrer Mutter Susanne gewesen war, die sie nur von Fotos kannte. Opa Walter hatte sie immerhin noch leibhaftig gesehen. Alle sagten, dass Lauras Mutter Susanne und Oma Louise sehr ähnlich gewesen seien. So konnte sich Laura stets mit der Vorstellung trösten, dass sie in der Villa irgendwie mit Mutter und Großmutter zusammen war. Ob ihre Mutter auch so gerne gebacken hatte wie sie? Ob die Küche auch so eine wichtige Bedeutung in ihrem Leben gehabt hatte? Oma Louise nach zu urteilen, ja. Sie hatte Lauras Leidenschaft für das Backen früh erkannt und gefördert. Da sie viel in der Küche herumfuhrwerkte, war Laura dieser Ort besonders vertraut. Ihr Interesse an allem, was in der Küche geschah, war von Anfang an groß gewesen, soweit sie zurück denken konnte. Das lag einfach daran, dass Oma Louise sich am liebsten in der Küche aufhielt.

Die große Villa, das riesige Wohnzimmer, die geheimnisvolle Bibliothek, der Wintergarten, erwachte erst zum Leben, wenn Besuch kam. Das Schönste waren die Geburtstage der Großmutter. Dann wurde noch mehr gebacken als vor den Kartenabenden. An den Geburtstagen, an Weihnachten und Ostern kamen Lauras Tante Ilse und Onkel Fritz mit ihren Familien. Oma Louise hatte noch sechs andere Enkel, von denen aber nur zwei, Günter und Michael, in Lauras Alter waren, ziemliche Langweiler, wie sie fand. Die etwas älteren, vor allem Imke und Josefine waren da schon eher nach ihrem Geschmack. Von denen bekam sie Kassetten mit Musik von Karat. Denen zeigte sie sogar ihre Geheimverstecke im so genannten Schlossgarten…

Laura schreckte hoch, als ein Hund, ein kleiner Spitz, sie anbläffte, um schon im nächsten Augenblick hinter seinem Herrchen, dem neuen Besitzer von Omas Villa, herzutrotten. Der Mann hatte sie keines Blickes gewürdigt. Laura erinnerte sich, warum sie hier war: Sie wollte die Räume vom „Bienenstich" aufräumen. Erstaunlich, dass ihr die Geschichte mit dem Bienenstich eingefallen war, den sie bei Großmutter gebacken hatte. Sie entschloss sich, noch eine Praline ihres schwindenden Vorrats zu essen. Doch kaum, dass sie die wunderbare Geschmackskomposition auf der Zunge spürte, erstarb ihr Arbeits-Elan, und statt aufzustehen und an die Arbeit zu gehen, blieb sie einfach sitzen. Erneut tauchten lebhafte Bilder der Vergangenheit vor ihr auf, sodass sie alles um sich her vergaß und wieder zu dem kleinen Mädchen von damals wurde...

Im Steudener Hof, der Gastwirtschaft von Lauras Vater Peter Mahler, sitzen die Bauern beim Bier. Tagsüber sind sie ohne Ausnahme mit ihren Treckern über die riesigen Agrarflächen der Landwirtschaftlichen Produktionsgenossenschaft gefahren. Was Feldtmann ihnen jetzt sagt, dämpft hörbar ihren Humor. Erst allmählich kehrt die Heiterkeit zurück, nachdem der Wirt, Lauras Vater, eine Runde Bier gebracht hat, die auf Feldtmanns Rechnung geht. Peter Mahler beugt sich etwas vor und macht eine ganze Menge Striche auf dessen Bierfilz. Die Pappdeckel eignen sich wunderbar, Kartenhäuser zu bauen – viel besser als die Rommeekarten von Oma Louise, die zu dünn und zu glatt sind, findet Laura. Sie schaut zu ihrem Vater, der ist auch dünn. Er hat sie gesehen und lacht, zeigt auch mit seinem Kuli in ihre Richtung. Die Männer am Stammtisch lachen. Aus der anderen Ecke des Gastraums kommt die hohe Stimme einer Frau:

„Daniel? Kommst Du jetzt endlich? Wir wollen weiterfahren!" Laura schaut ihren Spielgefährten an, der mit ihr unter dem Tisch hockt, und jetzt die Augen verdreht.

„So was Doofes! Ich glaub, ich muss gehen, meine Mutter ruft ..."

„Ist schon gut, vielleicht kommen deine Eltern ja mal wieder durch Steuden." Laura glaubt es selbst nicht. Die meisten Kinder, mit denen sie in der Wirtsstube spielt, sind auf der Durchreise mit ihren Eltern bloß zufällig in diesem Dorfgasthaus eingekehrt. Die Küche ist nicht besonders, Laura jedenfalls isst lieber bei der Oma.

„Das glaub ich kaum. Aber wer weiß. Machs gut!"

Die Kinder der Einheimischen kommen nicht hier herein, die Stammgäste bloß wegen des Bieres. Laura sitzt noch eine Weile allein in ihrem Räuberzelt. Sie zählt die geraubten Geldscheine, die ihr Daniel, dieser Räuber, noch eilig in die Hand gedrückt hat, bevor er gehen musste. Er hat sie zum Abschied auf die Wange geküsst. Das hat sie einmal in einem Film gesehen. Die Geldscheine sind in Wirklichkeit Bierdeckel, aber das ist nur das, was die Erwachsenen sehen. Der Kuss hat sich seltsam angefühlt. Sie kriecht unterm Tisch heraus und läuft zum Tresen.

„Papa, warum hast du denn vorhin mit dem Kuli auf mich gezeigt? Warum haben die Männer denn so gelacht?“

„Laura, die haben doch nicht über dich gelacht! Die haben sich mit mir nur darüber gefreut, dass du deiner Mutter immer ähnlicher siehst. Das ist es gewesen, was ich ihnen gesagt habe, als ich mit dem Kuli auf euer Versteck gezeigt habe. Hast du mit dem Daniel aus Leipzig schön gespielt?“

„Aus Leipzig kommt der? Hat er gar nicht gesagt. Woher weißt du seinen Vornamen?“

„Dass die aus Leipzig kamen, hab ich am Autokennzeichen gesehen. Außerdem hat man es ja deutlich gehört, oder? Den Vornamen auch, denn die Mutter hat sich ja die Seele aus dem Leib gebrüllt nach ihrem Daniel. Was hat er denn über seine Eltern erzählt?“

„Dass sie aus dem Urlaub kommen. Von der Ostsee. Die haben in Trassenheide einen Wohnwagen. Und dass der Vater Dirigent ist.“

Peter Mahler pfiff leise.

„Dirigent, das ist ja ein Ding! Na ja, die waren auch ganz schön etepetete. Ich glaube, denen haben unsere Schälrippchen nicht geschmeckt. Es war noch fast alles auf den Tellern, als ich abgeräumt habe." Laura will erst etwas über die Schälrippchen und über Mathilde, die Köchin sagen, verkneift es sich aber, um dem Vater keine Gelegenheit zu geben, wütend zu werden. Er scheint aber andere Sorgen zu haben, denn er fragt: „Aber wenn die von der Ostsee, von Usedom kommen, warum sind sie dann durch Steuden gefahren?"

„Ich glaub, die haben erst noch eine Verwandte in Querfurt besucht. Daniel hat so was gesagt. Eine Kusine des Vaters."

„In Querfurt, so so." Peter Mahler schreibt schnell etwas in ein kleines schwarzes Büchlein, das er aus der Kasse nimmt.

„Ich geh noch ein bisschen raus zum Spielen. Darf ich zu Tanja oder zu Natalie?"

Peter Mahler nickt abwesend. Sie ist schon in der Tür zum Garten, als er ihr besorgt nachruft: „Aber bis um sieben bist du wieder da, hörst du?"

Nein, das – so beschließt sie bei sich – hört sie nicht mehr, sie ist ja schon halb draußen aus dem Haus. Auf dem Hof stehen nur noch die Trecker, keine normalen Autos von Gästen mehr. Laura trippelt über die unregelmäßigen Pflastersteine, die von den eisenbeschlagenen Reifen der Fuhrwerke, Wagen und Karren, die früher dort verkehrten, oben ganz abgeplattet und zerschrammt sind. Grob aneinandergefügt liegen sie da. An vielen Stellen wächst Gras in den Ritzen. Wo früher der Misthaufen war, in der Mitte des Hofes, schüttet Mathilde, die Köchin, die seit Jahren mehr recht als schlecht für die Gäste des Steudener Hofes kocht, gerade Küchenabfälle auf. Es stinkt faulig, und Laura macht, dass sie weiterkommt.

„Weiß dein Vater, wo du hinläufst, Kindchen? He, Laura, hast du mich gehört? Laura! Kindchen!"

Laura hat sie gehört, legt aber momentan keinen sonderlichen Wert auf ein Gespräch mit Mathilde. Die Kittelschürze mit dem Schachbrettmuster aus grauen und blauen Karos wirkt so, als sei sie Mathildes zweite Haut. Seit Laura die Köchin kennt, trägt sie sie schon. Mathilde erzählt immer von ihrer Jugend in Oberschlesien, wenn Laura ihr in der Küche helfen muss – etwa beim Kartoffelschälen, beim Möhrenschaben, beim Geschirrabwaschen, beim Abtrocknen, beim Besteck-Einsortieren. Die Geschichten, die Mathilde erzählt, sind traurig, und Laura muss sich immer ein bisschen zwingen, zuzuhören, denn besonders spannend sind diese dabei auch nicht. Es ist nicht so wie bei Großmutters Erzählungen, wo hinter jedem Satz irgendetwas Geheimnisvolles zu warten scheint, sodass Laura ihr immer gebannt zuhört.

Außerdem, und das ist viel wichtiger, kann es Laura überhaupt nicht ausstehen, wenn Mathilde sie Kindchen nennt. Mathilde ist eben doof, lautet das abschließende Gesamturteil. Laura läuft am Wohnhaus vorbei zum Durchschlupf in den Küchengarten. Wolf, der Hofhund, kläfft ein bisschen, als sie sich an seiner Hütte vorbeidrängt. Zum Glück ist er festgebunden, denn Laura mag keine Schäferhunde. Wolf mag sie besonders wenig, weil er sie einmal gebissen hat. Es ist zwar nicht schlimm gewesen und ihr Vater hat ihr auch versichert, dass der Hund nur habe spielen wollen, aber Laura konnte ihm in Zukunft nicht mehr trauen.

Laura kommt in einen eingepferchten Garten mit säuberlich geharkten Wegen und vielen Beeten, allesamt durch alte Flaschen voneinander getrennt, die mit dem Flaschenhals nach unten tief im Boden stecken. Gerade mal ein, zwei Handbreit ragen sie über die Erde. Der Garten ist viereckig, am Rand, zum Haus hin stehen Petersilie, Schnittlauch und Borretsch, auch einige Parzellen nur mit Blumen: Pfingstrosen mit kugelförmigen Blüten, so groß wie Kinderbälle, in hellem Rosa und tiefem Rot, wie frisch gekochte Rote Beete, die man mit dem Messer in hauchdünne Blätter geschnitten hat.

Zum Feld hin, einem einzigen großen Kornfeld, das sich bis zum Horizont zu erstrecken scheint, begrenzt ein Gartenzaun aus Latten Lauras Blick. Sie schaut nach unten auf die ausgedörrten Bretter, die den Sand im Sandkasten zusammenhalten, seitlich der Gartentür. Durch die geht sie jetzt hinaus auf den

Feldweg, der hinter den Gärten und Gebäuden der Bauernhöfe in weitem Bogen bis an die halb abgetragene Schlossgartenmauer führt. Sie springt den Weg entlang, manchmal in den Pferdeschritt verfallend, mit dem sie die anderen aufziehen, dabei die Hände vorne beieinander, als ob sie die Zügel hielte. Ob sie noch nach Trixie schauen sollte?

Sie kommt an den Lüppertzschen Garten. Tanja schaukelt und freut sich riesig, Laura zu sehen. Natalie ist auch da. Sie schaukeln ein bisschen, dann fragt Tanja, ob sie nicht noch kurz in den Schlossgarten gehen sollten – im Versteck nach dem Rechten sehen! Das gilt gleich als beschlossene Sache. Frau Lüppertz bringt ihnen zur Erfrischung vorher noch Limonade aus selbst gemachtem Himbeersirup. Die Limonade ist köstlich und prickelt auf der Zunge. Tanjas Mutter ist viel lustiger als Lauras Vater. Aber die ist ja auch mit jemandem verheiratet.

„Lasst uns vorher noch unbedingt nach Trixie schauen!“ ruft Laura. Sie kann den Gedanken nicht so einfach fallen lassen.

„Du und deine Trixie!“ entgegnen Tanja und Natalie, nachdem sie ihre Limonade ausgetrunken haben. Trotzdem finden sie die Idee gut. Das Lüppertzsche Haus ist ein gedrungener Neubau, den Tanjas Vater hochgezogen hatte. Mutter Lüppertz trägt ihnen noch Grüße an den Bauern Fuldt auf.

„Der sitzt im Hof und trinkt Bier!“ kann Laura vermelden.

„Woher willst du das wissen?“ fragt Natalie, etwas dümmlich, wie Laura findet.

„Menschenskind, ich meine doch unseren Hof, den Steudener Hof“, erläutert sie. Die anderen lachen und Natalie schlägt sich leicht mit der flachen Hand gegen die Stirn.

Bei Fuldts stehen sie kurz darauf an der Koppel hinterm Hof etwas über dem Erlenbach, der in die Weida mündet. Seitlich beginnen die Ställe. Laura zeigt ihren Freundinnen die Box, in der Trixie sich gerade ihr Abendessen schmecken lässt. Im Trog liegen Hafer, Möhren und Äpfel. Als das schwarze Friesenmädchen Laura kommen sieht, hebt sie den Kopf und schnobert. Dann begrüßt sie sie freudig wiehernd. Ihre Mutter, Cora, steht in der Box nebenan und will natürlich wissen, was die Tochter so aufregt. Neugierig hängt sie den Kopf über die Trennungsmauer: Aha – alte, menschliche Freunde! Cora nickt kurz, als wollte sie Laura, Tanja und Natalie begrüßen. Dann verschwindet ihr Kopf und sie wendet sich wieder ihrem Trog zu. Trixie ist dagegen noch immer aus dem Häuschen vor Freude, vor allem freilich, weil Laura etwas auspackt, worauf sie insgeheim gehofft hat – die Zuckerwürfel, die sie in ihrer Höhle in der Wirtsstube wie kleine Barren Goldes gehütet hatte. Daniel hatte sie auf ihre Bitte hin von den Kaffeegedecken seiner Eltern stibitzt.

Das Quietschen einer höchst realen Schaukel holte Laura in die Gegenwart zurück. Es kam von der Laubenkolonie direkt hinter dem Schlossgarten, wo sich noch zu DDR-Zeiten viele Städter aus Halle, Eisleben oder Bad Lauchstädt, ihre Träume von einer Datsche auf dem Land erfüllt hatten. Auf Träume folgte stets das Erwachen. Laura seufzte, denn die schlimmen Gefühle, mit denen das Hier und Heute verbunden war, drohten sich schon wieder zu melden. Laura musste sie verscheuchen. Sie vertraute auf die Zauberwirkung der Pralinen, die sie bereits zum wiederholten Mal in die Vergangenheit zurückversetzt hatten. So geschah es auch diesmal, Marzipan sei Dank, dem Quietschen der Schaukel zum Trotz …

4. KAPITEL

„Das schaffe ich nie!“ Laura sitzt im Garten neben Oma Louise am kleinen Schuppen. Die Sonne scheint, die Vögel singen. Trotzdem herrscht eine gedrückte Stimmung.

„Menschenskind, du hast schon ganz anderes geschafft! Reiß dich mal ein bisschen am Riemen, Mädchen. Ich kann mich noch entsinnen, wie ich gezittert habe an meinem ersten Tag bei David & Söhne“, sagt die Großmutter.

„Ich kann mir nicht vorstellen, dass dein Chef auch so eine Salzkruste war, wie unser Meyer eine ist.“

„Na, na, Liebes – spricht man so von seinem Chef?“ Oma Louise überlegt kurz, dann sagt sie: „Unser Chef war der alte David selbst; nein, eine Salzkruste war der weiß Gott nicht! Der hat uns die Liebe zur Schokolade täglich vor Augen geführt. Ach was sag ich – eingeimpft! Wir mussten probieren, was das Zeug hielt. Manchmal hatten wir das süße Zeug so über, dass wir aus Verzweiflung saure Gurken und Salzheringe gegessen haben in den Pausen. Wir lechzten förmlich nach Salzkrusten! Euer Meyer wäre uns gerade recht gekommen.“

Jetzt müssen beide lachen. Laura schiebt Oma Louise ihr „Lehrbuch der Konditorei“, nach der Hauptautorin

Edith Auinger-Pfund auch schlicht „Auinger-Pfund“ genannt, über den runden Tisch. Ein Auinger-Pfund ist gleich zwei reale Pfund. Wenn man das Buch auf die Küchenwaage legte und wog, war es nämlich genau ein Kilo schwer.

„Was soll ich dich fragen?“ will die Großmutter wissen. Sie lässt die Seiten des Lehrbuchs am Daumen entlang schnurren. Es liegt auf der karierten Decke, die sie sich trotz der schönen warmen Maiensonne über die Beine gelegt hat. Das Buch ist schwer, aber sie will sich nicht anmerken lassen, wie sehr es sie anstrengt, es zu bewegen. Laura bemerkt es dennoch. Oma Louise ist seit einiger Zeit nicht mehr so agil wie früher. Wenn Laura sie fragt, dann schiebt sie es auf ihr Alter. Neunzig Jahre sind kein Pappenstiel, sagt sie dann. Was ja auch stimmt. Trotzdem ist Laura besorgt. In ihren Augen ist die Großmutter noch immer in den besten Jahren. Gerade jetzt braucht sie ihre Unterstützung. Sie will ihr nicht zur Last fallen.

„Bist du nicht zu müde, Oma?“ fragt sie vorsichtig. „Ich kann doch genauso gut Tanja fragen, ob sie mich abhört. Wirklich, du musst dich nicht meinetwegen so anstrengen.“

Die Großmutter schiebt Lauras Einwand mit einem unwirschen „Papperlapapp!“ beiseite und fügt hinzu: „Na, das wäre doch gelacht, wenn ich nicht mal mehr in ein kleines Büchlein schauen und dir ein paar läppische Fragen daraus vorlesen könnte. Das wäre ja noch schöner! Was soll es denn bitteschön heute sein? Etwas zur Chemie der Kohlenhydrate oder Fette – Saccharide oder Lipide?“

Laura stöhnt gequält auf und windet sich auf dem Gartenstuhl. „Bitte nichts mehr aus der Ernährungslehre! Das haben wir schon hundertmal durchgekaut“, fleht Laura sie an.

Die Großmutter schmunzelt bei diesem unfreiwilligen Kalauer und schaut, was das Inhaltsverzeichnis noch bereithält. „Also dann etwas aus der Nahrungsmittelkunde, oder?“

Laura nickt resigniert. Sie sieht aus wie eine Todeskandidatin, der man gerade ihre Rechte für den letzten Tag vor der Hinrichtung vorgelesen hat. Dabei sind es in ihrem Fall noch ganze neun Wochen bis zur Prüfung. „Wenn’s denn unbedingt sein muss. Ich bin mehr für die Praxis. Warum wird eigentlich alles uninteressant, sobald es im Lehrbuch steht? Ich glaube, bald kommt mir das alles wirklich aus den Ohren heraus. Wie Marzipan!“

Oma Louise hat sich ihre dicke Brille aufgesetzt. Sie bekommt durch diesen Riesenapparat viel zu große Augen, wenn man sie von vorne betrachtet. Das sieht irgendwie witzig, aber auch ein wenig beängstigend aus. Vor allem, da sie jetzt mit oberlehrerhafter Stimme wissen will: „Gutes Stichwort, meine

Liebe. Welche Produkte fallen unter den Überbegriff Marzipan?"

Laura seufzt. „Mist! Das hätte ich mir ja beinahe denken können!"

„Na?"

„Marzipanrohmasse, angewirktes Marzipan, französisches Marzipan, Modelliermarzipan und Marzipanersatz."

„Welchen man wie nennt?"

„Persipan."

„Sehr gut. Beschreibe mir einmal die wichtigsten Schritte bei der Herstellung von Marzipanrohmasse. Woraus besteht eigentlich Marzipan?"

Laura spult einen auswendig gelernten Text ab. „Marzipan besteht ... aus zwei Teilen hochwertiger Mandeln und einem Teil Zucker. Die Mandeln werden durch Sieben und im Luftstrom von Staub befreit, mit heißem Wasser überbrüht und zwischen Gummiwalzen geschält. Der Quellvorgang begünstigt die Lösung des Zuckers. Zugleich ist er für die weiche Konsistenz sowie die helle Farbe der Rohmasse verantwortlich. Die Mandeln werden mit dem entsprechenden Zuckeranteil vermischt und zuerst grob zerrieben, dann gewalzt, bis die gewünschte Feinheit erreicht ist. Die entstandene Masse wird bei etwa ... 85 bis 90 Grad Celsius unter ständiger Bewegung im Wasserbad abgeröstet."

„Was bewirkt das Abrösten?“ fragt die Großmutter rasch dazwischen.

„Geschmacksverbesserung durch Homogenität – Lösung des größten Teils des Zuckers – Verdampfung eines Teils des Wassers – Abtötung vorhandener Keime.“

Die Großmutter nickt anerkennend. Aber sie ist noch lange nicht zufrieden. „Weiter?“

Laura denkt angestrengt nach und versucht sich zu erinnern, was noch fehlt. „Ach ja, danach wird die fertige Marzipanrohmasse durch Zufuhr keimfreier Luft gut abgekühlt und vakuumverpackt!“ Laura lächelt mit gespieltem Stolz.

Die Großmutter rückt an ihrer Brille. Sie lässt das „Auinger-Pfund“ kurz sinken, um es sogleich wieder näher an die Lupengläser ihrer Brille zu bringen. „Fräulein Mahler, das war schon recht gut. Doch jetzt erklären Sie mir bitte einmal, was den angewirkten Marzipan von der Marzipanrohmasse unterscheidet. Und was beim Arbeiten mit Marzipan unbedingt beachtet werden muss.“

Lauras Mundwinkel, die gerade noch demonstrativ nach oben zeigten, sinken sofort wieder ab. Sie bläht die Backen wie ein Frosch und stößt dann die Luft durch die flatternden Lippen heraus.

„Für angewirktes Marzipan ist die Bezeichnung Marzipan gebräuchlich. Marzipan eignet sich zum Eindecken von Torten, zum Modellieren von Marzipanfiguren oder als Dekor. Modellierfähiges und haltbares Marzipan entsteht aus der Marzipanrohmasse, indem dieser im Verhältnis 1:1 Puderzucker zugesetzt wird. Im Ganzen liegt bei Marzipan das Verhältnis von Mandeln zu Zucker bei 1:2. Für die Marzipanrohmasse dürfen keine Bruchmandeln verwendet werden. Der genaue Zuckeranteil muss je nach Rezept berücksichtigt werden, weil man sonst brüchiges Gebäck durch zu viel Zucker erhält."

„Erstklassig, Laura! Was aber ist Französisches Marzipan?"

Laura dreht die Augen zum Himmel und zischt. „Marzipan, das in Frankreich hergestellt wurde?" versucht sie zaghaft. Oma Louise runzelt die Stirn, senkt den Kopf und blickt die Enkelin streng über den Brillenrand hinweg an.

„Was braucht man und was braucht man nicht dafür…", hilft sie dem Prüfling auf die Sprünge.

„Ach so, ja, man braucht so eine feine Reibe, einen Me… einen Melangeur! Was braucht man nicht – man braucht die Mandeln vorher nicht zu rösten! Man reibt die geschälten und getrockneten Mandeln erst grob, dann melangiert man sie, bis sich die Mandelmasse mit der Hand ballen lässt und Mandelöl austritt. Man kocht Zucker mit … 10% Glukosesirup. Glukosesirup verhindert eine zu starke Rückkristallisation des

Zuckers. Je höher der Zucker gekocht wird, desto fester wird das Marzipan. Man rührt die heiße Zuckerlösung sehr langsam in die Mandelmasse ein und rührt ständig weiter um, damit die Mandeln nicht zu sehr überhitzt werden."

Laura hechelt wie nach einem Hundertmeterlauf. Oma Louise nimmt die Brille ab und blickt sie sehr zufrieden an. Durch das Frage-Antwort-Spiel, das sie seit Tagen mit ihrer Enkelin spielt, ist auch heute wieder etwas Farbe in ihr blasses Gesicht zurückgekehrt. Laura sieht es mit Freude und vergisst darüber beinahe die schrecklichen Strapazen des Abgefragtwerdens. Welch ein schönes Gesicht die Großmutter doch hat. Wie viel Liebe und Wärme es ausstrahlt, wenn sie so lächelt wie jetzt. Bei den Fältchen ans Alter zu denken, fiele Laura nie ein – jedes dieser kleinen Zeichen ist eine Erfahrung, eine wohltuende Ermunterung, vielleicht auch ein Kuss in Gedanken. Woran denkt Louise Mahler jetzt? Ihr Blick scheint entrückt, sie blickt nach oben in die Wolken, zum tiefblauen Himmel zwischen den riesigen weißen bauschigen Gebilden. Das Vogelgezwitscher im Garten ist voller Hoffnung. Die gesamte Natur fiebert dem Hochsommer entgegen… Laura vergisst für einen Moment die Berufsschule, die Fragen, das „Auinger-Pfund", das Auswendiglernen, das Abgefragtwerden. Sie sieht die letzten Süßkirschen am Baum neben sich hängen. Die Zeit der Maikirschen ist schon fast vorbei. Für die Sauer- oder Weichselkirschen wird es etwa einen Monat noch dauern. Man kann so viele tolle Sachen mit den Weichselkirschen herstellen. Unwillkürlich spricht Laura halblaut den Artikel im „Auinger-Pfund“ vor sich hin.

„Weichseln in Weinbrand oder Cognac einlegen. Nach zwei Monaten aus dem Alkohol herausnehmen und abtropfen lassen. Weichseln in heißes Fondant tauchen und abkühlen lassen. In dunkle Kuvertüre tunken und auf Folie oder Trennpapier absetzen. Noch einmal eintunken, sodass der Stielansatz ein Zentimeter hoch mit Kuvertüre überzogen ist. Nach einiger Zeit löst sich das Fondant im Inneren auf und ergibt in Verbindung mit dem Alkohol eine süße, likörähnliche Flüssigkeit.“

Ihre Großmutter freut sich sichtlich.

„So gefällt mir die angehende Konditorin schon besser. Mit ganzem Herzen und ganzer Seele muss man dabci scin, sonst kommt in jedem Metier nur Murks heraus. Gerade in deinem Gewerbe ist es das A und O, dass man sich unter Kontrolle hat und die heißesten Dinge mit kühlstem Verstande betrachtet. Es ist schon merkwürdig mit den süßen Angelegenheiten: Pralinen zu machen ist keine Sache des zügellosen, vagen Gefühls. Im Gegenteil, man muss fast wie in einem Labor hantieren. Man muss mit den Rohstoffen operieren, als seien es unglaublich wertvolle Stoffe, die man sorgfältig zusammengibt. Man muss höllisch genau auf die Einhaltung der Temperaturangaben bei allen Rezepten achten, peinlich genau auf Sauberkeit und Ordnung, und man sollte sich zur Grundregel machen, von Anfang an nur die allerfeinsten Zutaten zu akzeptieren! Das merke dir, mein Engel, denn damit hast du schon die halbe Miete. Aus Schlechtem wird Schlechtes, da beißt die Maus keinen Zuckerfaden ab. Die Qualität deiner Ausgangsstoffe bestimmt die Qualität deines Endprodukts. Aus ranziger Butter wirst du keine wohlschmeckende Praline machen können. Aber was wollte ich sagen? – Ach so: Am Ende ist deine Sorgfalt zu schmecken. Die Mühe, die du bewiesen hast, indem du alles Üble abgewendet hast, die sitzt in deiner Praline, in deinem feinen Gebäck, in deiner Torte, ganz gleich, was du gemacht hast. Die Leidenschaft, mit der du bei der Sache bist, darf deine Handgriffe nicht lax werden lassen! Du bist kein Künstler, der im Rausch arbeitet – das machen vielleicht die Maler so, oder die Schriftsteller. Du dagegen bist ein Artist, ein Kunsthandwerker. Du kannst dir keine Unachtsamkeit, keine Nachlässigkeit leisten. Deine Arbeit muss leidenschaftslos auf ein Ergebnis hin ausgerichtet sein. Es gilt nicht, was die Künstler des L'art pour l'art sagen: der Weg sei das Ziel und die Kunst wäre nur um ihrer selbst willen da. Bei dir ist das Ziel das wunderbare Geschmackserlebnis. Da muss es zum Aha-Erlebnis kommen. Wenn du dieses Ziel erreichen willst, dass man beim Verzehr deiner Pralinen vor Wonne vergeht, musst du diese Wonne wohl verspürt haben, um zu wissen, worauf du hinarbeitest – aber sie darf dich während der Arbeit nicht irritieren. Wenn du experimentierst, um ein Rezept zu verfeinern, dann notiere dir deine Arbeitsschritte und deine Ergebnisse. Wenn du für dich allein Mist baust, ist es egal. Aber biete niemals anderen etwas an, das nicht perfekt ist! Der Geschmack deiner Pralinen muss wie der Geruch in einer Blüte sein. Solange sie geschlossen ist, sieht sie nur schön aus. Morgens aber, wenn die Sonne aufgeht, öffnet sich die Blume, und der Duft, der sich in der Nacht darin gesammelt hat, kommt heraus. Wie riecht ein Rosenbeet nach Sonnenaufgang! Genau so erleben wir den Geschmack einer Praline – wie den Geruch einer schönen Blüte, wenn sie sich morgens öffnet!"

Die Großmutter wird schon manchmal wunderlich, denkt Laura, obwohl ihr das Bild gut gefällt. Es ist vielleicht etwas kitschig, aber sie merkt, dass es irgendwie doch passt. Was Oma Louise über das Pralinenmachen erzählt, hat Laura allerdings schon so oft aus ihrem Mund gehört, dass sie es beinahe auswendig hersagen könnte wie ein zusätzliches Kapitel des „Auinger-Pfunds".

„Ach, Liebes, sei so gut und gib mir doch einmal eine Kirsche von dem Baum da herüber! Dein Opa hat ihn, glaube ich, gepflanzt, als wir gerade eingezogen sind. Er muss jetzt so etwas um die 60 Jahre alt sein. So alt wie dein Vater. Wie geht es ihm eigentlich heute?"

„Ooch, ganz gut glaube ich! Er ist nach Halle aufs Arbeitsamt gefahren. Er hofft auch noch immer, dass sich ein Pächter für die Wirtschaft findet."

Laura lehnt sich auf ihrem Stuhl so weit wie sie kann nach hinten und versucht, eine große, saftige Kirsche zu erwischen.

„Ich glaube, der Besitzer vom Thüringer Hof in der Burgstraße in Leipzig hat weiterhin Interesse. Der würde eine Art Landrestaurant mit Kegelbahn daraus machen wollen. Sogar einen Namen hatte sich der schon ausgedacht, als er hier war: Die Kegelhenne!"

Lauras Hand rudert kurz vor ihrem Ziel, einer gelb-orange-rot geflammten Kirsche, in der Luft herum. Dann kippt sie mitsamt Stuhl langsam nach hinten über. Sie schreit auf, doch es klingt nicht wirklich bedrohlich. Lachend rollt sie ab, während sich die Rückenlehne des biegsamen Gartenstuhles ins weiche, hohe Gras neigt. Gelenkig wie sie ist, springt sie auf und klopft sich die Jeans ab.

Oma Louise hat erst entsetzt geschaut, doch jetzt kichert sie. Laura ertappt sich bei dem Gedanken, dass die Großmutter den Juli vielleicht nicht mehr erleben könnte. Augenblicklich schimpft sie sich selbst dafür. Das war ja doch ein vollkommener Unsinn, gerade jetzt, wo sie wieder etwas Kraft gewonnen zu haben scheint. Sie sieht wirklich viel lebendiger aus. Vielleicht sollte man mit dem Abfragen noch weitermachen, wenn es eine derart erfrischende und belebende Wirkung auf sie ausübt? Laura selbst fühlt sich dagegen momentan ohnehin wie das pralle Leben. Die kleine, akrobatische Übung hat sie zusätzlich ermuntert. Wenn die Prüfung doch auch bloß so ein lockeres Abrollen wäre.

„Kegelhenne! Ist ein doofer Name, findest du nicht auch? Woran denkst du, Oma? Du siehst so versonnen aus. Ist es nicht einer der schönsten Sommer überhaupt?"

„Ich hab daran denken müssen, dass ich früher genauso war wie du, mein Schatz."

Sie schaut Laura wehmütig an, offensichtlich in Erinnerung an ihre eigene Jugend. In letzter Zeit geschieht das immer öfter, wenn Laura mit ihr zusammen ist. Laura sieht ihren entrückten Blick mit gemischten Gefühlen. Sie wünscht sich die Großmutter der früheren Jahre zurück, tatendurstig und quirlig. Wann haben sie zuletzt gemeinsam in der Küche gestanden und gebacken? Die Rommee-Freundinnen von Louise Mahler sind schon fast alle gestorben. Nur zwei von ihnen leben noch und kommen hin und wieder vorbei. Aber die Kuchen für das „Karten-Kränzchen“ muss Laura dann alleine backen. Oma Louise sitzt zwar zu diesem Anlass in der Küche auf demselben grünen Sofa wie früher – es sieht seit eh und je so aus, als ob es ein alter, gefällter Baum wäre, auf dem sich ein üppiger Moosteppich ausgebreitet hat. Doch die Großmutter steht kaum noch auf, um selbst beim Backen Hand anzulegen. Laura hat die Sache freilich im Griff, wenngleich sie die aktive Beteiligung von Oma Louise schon sehr vermisst. Manchmal wünscht sie sich, einen bestimmten Handgriff noch einmal genauer und aufmerksamer zu betrachten, als sie es vor Zeiten getan hat. Die alte Dame geht in der Küche nur noch selten auf dem Schachbrett des Bodens hin und her, langsam und leicht gebückt wie eine Königin, die im Spiele langsam gezogen wird. Die rechte Hand liegt auf dem Knauf ihres Stockes. Vorsichtig muss sie gehen. Welch ein Widerspruch zum jung gebliebenen Gesicht, zu den lustigen Augen, die noch immer blinken und blitzen können wie stets. Sie tun es auch jetzt, als sie zu Laura hinschaut und sagt:

„Dann kommt es mir so vor, als sähe ich mich selbst: Ich hatte exakt dein braunes langes Haar und deine gertenschlanke Figur, biegsam und sportlich. So sprang ich damals durch einen blühenden Garten in Leipzig, dieser wunderschönen Stadt, in der ich aufgewachsen bin. Wir waren leider viel zu selten gemeinsam dort. Erinnerst du dich aber wenigstens an den Garten, den ich dir gezeigt habe? Das kleine Haus am Berg, das meinem Vater, deinem Urgroßvater gehörte, stand nicht weit vom Völkerschlachtdenkmal entfernt. Heute ist nur noch der Garten da, sogar ein Zierbrunnen, eher eine kleine Version des großen Denkmals, den mein Vater noch gebaut hat."

„Ja, ich erinnere mich, wie wir zusammen dort waren. Man sieht das Denkmal durch die Bäume."

„Genau, es ist wie eine Felsspitze, die aus dem Boden ragt. Am Jahrestag der Schlusssteinlegung, am 18. Oktober, bin ich auf die Welt gekommen, da stand es allerdings schon acht Jährchen …"

Louise Mahler wischt die Erinnerung weg mit der gleichen, etwas müden Handbewegung, mit der sie sich bemüht, eine lästige Fliege zu verscheuchen, die sich immer wieder auf ihre Stirn auf einen Sonnenflecken setzen will.

„Wenn ich dich anschaue, Liebes, ist es mir so, als ob ein Kreis sich schließt. Was ich sehe, das ist das beste Stück von mir selbst. Laura, du, wirst das fortsetzen, was ich begonnen habe. Es ist nun nicht so, dass es große Reichtümer wären, die ich hinterlassen kann. Ich spreche von dem, was ich dir immer mitgeben wollte. Hier!"

Sie hat die Fliege in die Flucht gejagt, ihre rechte Hand zur Faust geballt und auf ihr Herz gelegt.

„Auch wenn Peter, mein Sohn, in vielem gescheitert ist – nicht allein durch die harten Schicksalsschläge, die ihn getroffen haben, sondern auch aufgrund seiner schwachen eigenen Natur, gegen die er nicht energisch genug ankämpfte –, werde ich die Gewissheit mitnehmen, dass du es schaffen wirst, dass meine Laura es schaffen wird! Du bist Peters Tochter, er hatte diese Kraft, die ich in dir spüre, auch einmal. Du wirst aber, das weiß ich schon beinahe mit Gewissheit, im Kampf um das eigene Glück und die Verwirklichung der Lebensträume nicht so einfach klein beigeben. Laura, das musst du mir aber hier und heute noch einmal hoch und heilig versprechen!"

Oma Louise hat sich fast ein wenig in Zorn geredet. Nichtsdestotrotz stehen ihr jetzt die Tränen in den Augen, die sie sich auch nicht zu verbergen bemüht. Nie hat Laura die Großmutter früher so aufgewühlt erlebt. Jedes Stirnrunzeln ist ihr dagegen nur wie eine strenge, aber gut gemeinte Ermahnung erschienen. Jede Träne ist eine Träne gewesen, die beim Lachen vergossen wurde.

„Was ist, mein Kind, versprichst du mir das? Versprichst du das deiner alten Großmutter?"

Laura nickt. Sie versucht sich vorzustellen, wie es wohl wäre, selbst dazusitzen wie die Großmutter jetzt mit ihr und zu einem Enkelkind zu sprechen, es abzufragen, ihr etwas von der Fortsetzung und

Verwirklichung eigener Lebensträume zu erzählen, während ihr die Tränen kommen. Sofort schimpft sie sich eine Närrin. Manchmal hat sie schon seltsame Gedanken. Aber die eigenen Tränen, die ihr nun in die Augen schießen wollen, kann sie doch nicht recht unterdrücken. Laura steht auf, tritt hinter Oma Louise und legt ihr die Hände auf die Schultern. Sie drückt ihre Wange an die großmütterliche und sagt:

„Werde ich die Gewissheit mitnehmen … – meine Güte, Oma, was redest du denn da? Was willst du denn damit sagen? Wir werden hier noch so viele Jahre sitzen, dass du schon noch selbst sehen wirst, wie ich meinen Leipziger Pralinenladen eröffne! Ich will doch bei der Eröffnung mit dir anstoßen! Stell dir hohe Räume mit Stuck an der Decke vor, strahlende 12-flammige Kronleuchter, die an langen Ketten wie riesige Kristalltropfen von der Decke hängen! Die Gäste stehen bei der Einweihung an kleinen Marmortischchen, die hohen Sektgläser vor sich, ach was rede ich, Champagnerflöten, mit dem allerbesten Champagner darin, den man kriegen kann! Und unter allen Köstlichkeiten, die ich auffahren werde, wird auch Champagner-Sorbet sein: 600g Puderzucker auf 6 Liter Champagner, verrührt und gefroren! Sagt zumindest das Buch da. Komm, ich nehme es dir einmal ab, es ist so schwer.“

Laura geht neben Louise Mahlers Stuhl in die Hocke. Sie blickt aus nächster Nähe auf das schöne Profil der Großmutter und muss unwillkürlich wieder an deren Ähnlichkeit mit Zarah Leander denken, die ihr schon früher aufgefallen war. Sie drückt der Großmutter einen zärtlichen Kuss auf die Wange, ergreift das Lehrbuch und verabschiedet den Gedanken, sich jetzt noch weiter abfragen zu lassen. Oma Louise atmet hörbar auf, als Laura ihr das Buch abnimmt.

„Lass es hier auf dem Tisch, wir machen schon noch weiter. Aber jetzt bitte ich dich, mir einmal mein Backbuch aus der Küche drinnen zu holen! Kind, sei so gut. Ich will dir nämlich noch ein ganz besonderes Geheimnis anvertrauen, ohne das du deinen Laden nie eröffnen wirst.“

Laura lächelt und legt das Lehrbuch auf den kleinen Marmortisch. In ihrem Laden wird sie Kopien dieses Tischchens aufstellen. Sie zweifelt nicht einen Moment daran, dass ihre Großmutter diesen Tag noch erleben wird. So viel Leben ist in diesem Gesicht dort, das sie so voller Liebe und Güte anschaut. Laura schlendert durch den Garten zur Villa und sucht in der Küche das Backbuch. Sie findet es nicht gleich, denn es liegt nicht auf dem Sofa, wie die Großmutter gesagt hat. Während sie zum Sitzplatz zurückgeht – durch die weit geöffnete Flügeltür des Salons, unterm Baldachin des Nussbaums hindurch, die kleine Gartentreppe hinab, über den Rasen bis zum kleinen Schuppen – sieht sie die friedliche und idyllische Szene vor sich, wie Oma Louise auf einem der weißen, altmodischen Gartenstühle sitzt, eingerahmt von den blauen Blüten der Clematis, die sich am Holz des Gerätehäuschens emporschlängelt und den untersten Zweigen des Kirschbaums. Seine Blätter sind tief dunkelgrün, während die Apfelbäume weiter hinten noch fast das Hellgrün des Maies an sich tragen. Die alte Dame sitzt ruhig und aufrecht da, als ob sie gerade von einem realistischen Maler porträtiert würde. Schade, denkt Laura, dass sie keinen Fotoapparat hat. Als sie neben der Großmutter steht, bemerkt sie, dass Louise Mahler eingeschlafen ist. Laura zupft ihr die Decke über den Knien zurecht und setzt sich vorsichtig wieder auf ihren Platz gegenüber. Sie blättert etwas in Oma Louises Backbuch, das eine Mischung aus Rezeptsammlung und privatem Logbuch darstellt. Es ist schon sehr alt und war ursprünglich eigentlich einmal ein Kalender. In fast unlesbar gewordenem Tiefdruck steht auf dem abgeschabten, roten Leder des Einbandes die Jahreszahl 1980. Das war das Jahr, in dem Laura auf die Welt gekommen ist. Einer der ersten Einträge lautet: „Für Laura, das Licht meines Alters!" Laura schaut voller Rührung auf die Schlafende. Aber die Einträge in der erst mikroskopischen, später größeren, doch stets vornehmen Handschrift der Großmutter, die für Laura alle

Wesenszüge der Schreiberin wiederzugeben scheint, nehmen auf die vorgedruckten Daten keine Rücksicht. Das Jahr 1980 etwa umfasst nur wenige Seiten im Januar, bis zum März ist bereits 1985 vorbei. 1989 fällt in den Juni, 1995 in den September. 2000 folgt sehr kurz darauf schon im Oktober. Zum Jahresende hin sind noch ein paar Blätter offen.

Laura legt das Buch vorsichtig auf den Tisch. Stattdessen nimmt sie das „Auinger-Pfund“, vertieft sich ins Kapitel über Blätterteig und beginnt zu memorieren ein wachendes Auge auf Oma Louise werfend. Ein paar Wacholderdrosseln bemühen sich im Baum über ihr, so viele Kirschen wie möglich zu stehlen, Laura erkennt sie am schäkernden Geräusch. „Still!“ zischt sie fast lautlos und mehr für sich. „Seht ihr nicht, dass hier jemand seine Ruhe haben will?“

5. KAPITEL

Am nächsten Tag kommt Laura erschöpft von der Berufsschule nach Hause und fragt ihren Vater nach seinen Erfolgen in Leipzig. Am Vorabend war sie spät von der Großmutter zurückgekommen, die sie förmlich noch hatte ins Bett bringen müssen. Sie hatte noch einige Zeit bei ihr gewacht und weiter im Lehrbuch gelesen. Nach ihrer ausgedehnten Siesta am Nachmittag und Abend war Louise Mahler noch einmal recht wach geworden und hatte Laura noch über Blätterteig abgefragt. Zufrieden mit der gelehrigen Schülerin war sie endlich eingeschlafen.

Peter Mahler zeigt sich seiner Tochter in einer fürchterlichen Laune. Er hat in Leipzig am Vortag kein Glück gehabt. Der potentielle Pächter hat das Interesse am Steudener Hof verloren. Angeblich, weil ihm der Steuerberater von dieser Expansion abgeraten und die umfangreichen Investitionen in Anschlag gebracht hat, die nötig wären, wollte man die Gastwirtschaft unter den veränderten Bedingungen wieder eröffnen.

„Kannst du dir das vorstellen? Das musst du dir einmal vorstellen! Der Steuerberater dieses … feinen Herrn hat entschieden, dass der feine Herr sich lieber nicht mit einem hübschen Landgasthof belasten sollte! Auch wenn er ihn für einen Appel und ein Ei bekommen kann. Selbst wenn er ihm nachgeschmissen wird! Sicher, man muss das alles ein bisschen aufmöbeln ... die Ansprüche haben sich geändert, alles muss heute nach Designerstudio aussehen. Selbst in einem Landgasthof muss der Gast sich fühlen wie in einem Grandhotel. Da muss alles blitzen, da muss die Wirtsstube verspiegelt sein wie in einem Puff! Da muss der Parkplatz aussehen wie geleckt, da darf selbst die Güllegrube nur feinen Veilchenduft verströmen!"

Laura merkt wohl, dass mit ihrem Vater nicht gut Kirschenessen ist. Sie macht also, dass sie wegkommt. Peter Mahler bleibt am Tresen seines seit einem halben Jahr geschlossenen Lokals zurück und grübelt. Laura geht über den Hof, der fast einer Wiese gleicht, zum früheren Hofgarten, in dem alles kreuz und quer wächst. Von den einstigen Beeten mit Kräutern und Blumen, sieht man nichts mehr. Trotzdem macht die Wildnis einen romantischen, malerischen Eindruck. Die Tür zum Feldweg ist schon seit einiger Zeit ruiniert. Sie hängt wie erschossen in den Angeln. Auf dem Feld hinterm Haus steht neuerdings Futtermais. Laura hat ihre hübsche Umhängetasche mit dem Lehrbuch der Konditorei dabei. Sie geht vor bis zur Schlossmauer. Mit einem Seitenblick sieht sie im Vorbeigehen, dass Tanja Besuch von ihrem Freund

Dietmar hat. Die Glückliche! Sie haben ein Zeichen vereinbart: Tanja steckt das Windrad in die äußerste Ecke der Blumenkästen vor ihrem Zimmer, wenn Dietmar da ist und sie nicht gestört werden wollen. Schade trotzdem, denkt Laura, denn sie hätte sich gerne mit der Freundin unterhalten. Aber Dietmar ist bei der Bundeswehr und hat nur so selten Zeit, seine Tanja zu besuchen. Da versteht Laura natürlich, dass die beiden die wenigen Stunden, die sie haben, unter sich sein wollen. Ein schönes Dachzimmer konnte Tanja neuerdings beziehen, mit großem Fenster zu den Feldern und einem eigenen kleinem Balkon. Eigentlich hat sie die ganze obere Etage des Häuschens für sich, das ganz anders aussieht als noch vor einigen Jahren. Der früher flache Betonbau der Familie Lüppertz hat sich zu einem niedlichen Klinkerhäuschen mit spitzem Giebel gemausert. Tanjas Vater, der Bauingenieur, erledigte beim Ausbau des Flughafens Halle-Leipzig manch gut bezahlten Auftrag. Jetzt ist er im Messebau tätig.

Laura muss wieder an ihren eigenen Vater denken. Das ewige Thema Zukunft steht ihr vor Augen. Was wird aus dem Steudener Hof? Sie weiß nicht, wie sie dem Vater noch helfen soll. Seit der Wiedervereinigung ist es mit der Wirtschaft immer weiter bergab gegangen. Erst sind die einheimischen Gäste weggeblieben, da in den ersten Jahren nach 1990 alle Steudener in die weite Welt hinausflogen, als gelte es, in einem Anfall den ganzen Erdball mehrfach zu umrunden. Als sie dann kein Geld mehr hatten und gebeutelt wieder im kleinen Steuden saßen, hat ihnen die alte Gemütlichkeit bei Peter Mahler plötzlich nicht mehr genügt. Die vereinzelten durchreisenden Gäste von auswärts, vor allem die nach Leipzig strömenden Wessis, hatten irgendwann auch genug von schäbigen Kneipen mit Ost-Flair. Aber Null-acht-fünfzehn-Schick genügte ihnen andererseits auch nicht. Den kannten sie aus dem Westen zur Genüge und waren ihn leid. Wenn schon internationale Küche, dann wenigstens Lokalkolorit oder Kuriositätenkabinett. Ein Gasthof musste etwas Besonderes sein, eine Aura haben, ein Anziehungspunkt sein, von dem man sich erzählte. Egal, ob der Gastwirt alte Flugzeuge oder Dreschmaschinen sammelte oder in seiner Gaststube ein Terrarium mit Anden-Krokodilen anlegte: Hauptsache publikumswirksam. Als dann mit der „Alten Mälzerei" in Steuden plötzlich tatsächlich Konkurrenz eröffnete – am Platz der Einheit gleich neben der Kirche im so genannten Schulzenhaus –, war das Schicksal des Steudener Hofes endgültig besiegelt. Alte Mälzerei, der Name allein wirkte auf die Auswärtigen schon anziehend, auch wenn es an der Stelle früher weder einen Gasthof noch eine Mälzerei gegeben hatte. Der Bezug zur ehemaligen LPG Saale-

Malz wurde einfach frech behauptet. In den properen Gasträumen, die sich Laura im Auftrag des Vaters einmal als verdeckte Ermittlerin angeschaut hatte, wurde die Geschichte Steudens und der Malzherstellung, ja der Malz- und Malzkaffee-Produktion im gesamten Großraum Halle-Saale dargestellt, als hätte der Gastwirt, ein Zugezogener aus Halle, die Weisheit mit dem Malzkaffeelöffel gefressen. Aufwändig hergestellte Fotowände, Erläuterungstafeln und kleine dekorative Vitrinen mit irgendwelchen alten Gerätschaften standen zwischen den Tischen herum. Es hätten Schürhaken von einem normalen Kohlenherd sein können, doch sie verstärkten den Eindruck von Bodenständigkeit.

Laura begreift, wie es funktioniert: Die Gäste in der Alten Mälzerei sollen den Eindruck gewinnen, dass sie mit dem Verspeisen eines x-beliebigen Schnitzels etwas Tradition mit aufnehmen. Die Bodenständigkeit fehlt ihnen, von der wissen sie nichts. Sie haben ihre eigene Geschichte verloren oder nie eine gehabt. Doch alle Welt fragt sie danach. Jeder will auf einmal wieder wissen, was früher war. Das alte Schulzenhaus, das zuletzt vielleicht zu Zeiten der von Einems einen Bürgermeister oder Dorfschulzen beherbergt hat, ist ein Dokumentationszentrum für ein Steuden, das es nie gegeben hat. Eine einzige Lüge. Selbst der Dorfpfarrer, der sich normalerweise sehr für die Geschichte einsetzte, war von diesem oberflächlichen Traditionszauber nicht begeistert. Im Gegenteil, er lehnte diesen strikt ab.

Jedenfalls ist die Alte Mälzerei voll, der Steudener Hof dagegen leer und jetzt auch noch geschlossen. Der junge neue Wirt hat Lauras Vater nicht einmal einen Anstandsbesuch abgestattet. Freilich ist die Küche in der Alten Mälzerei „ausgezeichnet“: Es kleben jede Menge Plaketten am Eingang, die auf die Preise und Auszeichnungen des gerade werkelnden Koches hinweisen. Die Köche wechseln oft, und die Preise steigen ständig. Täglich drängeln sich blanke Karossen auf den engen Parkplätzen hinterm Schulzenhaus. Einige parken zum Ärger des Pfarrers schnöd auf dem kleinen Grünstreifen unter der Eiche neben seiner außen schon schnieken, innen noch maroden Dorfkirche mit dem Familiengestühl der von Einems und der einzigen Kindermann-Orgel westlich der Saale. Für Spendengelder, die Restaurierung der Kirche und den Wiederaufbau der Orgel betreffend, steht ein großer, notorisch leerer Plexiglaswürfel hinter der Eingangstür. Aus Neugier haben fast alle Einheimischen das Essen in der Alten Mälzerei einmal probiert. Und jeder findet, dass es Mathilde, Peter Mahlers ehemalige Köchin, noch tausendmal besser hinkriegen würde – vor allem die regionalen Spezialitäten, die man auf der umfangreichen, internationalen Speisenkarte der Alten

Mälzerei vergeblich sucht, etwa den Kümmelbraten im Malzrand mit Klößen.

Laura hat dem Vater schon eine sehr genaue Vorstellung entwickelt, wie sie dagegen ein Gasthaus betreiben würde. Worauf sie Wert legen, was sie erstreben würde – auf keinen Fall etwas so Aufgesetztes wie die Alte Mälzerei! Sie hat sich ganz genau ausgemalt, dass es ein Hotelrestaurant sein würde. Platz gibt es im ehemaligen Steudener Hof ja genug. Den ganzen oberen Stock, die Stallgebäude und die Scheune würde sie umbauen und zu Gästezimmern machen. Laura würde mit dem Ponyhof Fuldt zusammenarbeiten und mit den kleineren Landwirten, die den Umbruch überlebt haben, denn es schwebt ihr so eine Art Erlebnisgasthof vor. In ruhigen, bequemen Zimmern fänden vor allem Familien mit Kindern Erholung, die sich teure und stressige Auslandsurlaube ersparen wollen. Die Kinder könnten auf dem einheimischen Land durchaus aufregende Ferien erleben, mit Ponyreiten, Lagerfeuer, auf einem Bauernhof mithelfen und solche Sachen – ja selbst baden in der Weida wäre denkbar, oder ein Kremser-Shuttle zum großen Bade- und Zeltplatz an der Saale! Der Phantasie sind keine Grenzen gesetzt, denkt Laura und spinnt weiter vor sich hin. In der Gegend gibt es verschiedene alternative Projekte; Höfe, auf denen Landwirtschaft ohne die Chemie betrieben wird. Umweltschutz steht ganz hoch im Kurs, und auch Laura ist davon überzeugt, dass es zukünftig immer wichtiger wird, sich mit Verstand zu überlegen, was man isst und was man besser meiden muss. Die Kinder müssten lernen, worauf es künftig ankommt, nicht mehr bloß längst Überholtes. Da könnte es nützlich sein, sie an die Landwirtschaft in ihrer guten, alten und jetzt eben wieder neuen, zukünftigen Form heranzuführen. Sie denkt an manche Artikel im „Auinger-Pfund", die ihr auch nicht mehr ganz aktuell zu sein scheinen. Überhaupt macht ihr das Handwerk in seiner Organisation einen arg vorsintflutlichen, chemiezeitlichen Eindruck. „Chemiezeit" nennt sie die Zeit, als in Halle noch der gelbe Staub lag. Deshalb findet sie es gut, wenn in „ihrem" Landgasthof ganz auf der Höhe der Zeit nur das Beste vom Besten, freilich ökologisch, verarbeitet wird. Einen richtigen Hofladen wird sie einrichten, in dem ausschließlich Erzeugnisse aus der Region verkauft werden. Süße Sachen natürlich nicht ausgeschlossen! Herrlichen Malzkaffee aus Öko-Malz und Öko-Zichorien. Dazu Bienenstich, den sie schon seit Kindertagen zu ihrem Lieblingskuchen erklärt hat. Nicht einmal den Namen der alten Wirtschaft würde sie ändern. Der Steudener Hof wäre das, was der Name sagt: nicht der Alte Steudener Hof, wie ihn der Wirt von der Alten Mälzerei vielleicht nennen würde, auch nicht die Kegelhenne – ein unübertrefflich blöder Name, findet

Laura und gackert in Gedanken daran vor sich hin! – sondern der jetzige, also künftige Steudener Hof. Ein Hof für jung und alt! Das ist praktisch schon die Werbezeile für das Faltblatt, mit dem man Propaganda machen könnte …

Aber Peter Mahler will von diesen Flausen nichts wissen. Er hat sich wohl mehrmals schon angehört, was sein hübsches Töchterlein ihm da alles so vorschwärmt. Aber eigentlich geht bei ihm alles zum einen Ohr rein und zum anderen wieder raus. Peter Mahler sieht nur die äußere Gestalt der Tochter. Sie kommt immer mehr nach seiner großen Liebe Susanne. Wenn er sie ansieht, ist er erst glücklich, denn es ist ihm dann, als ob seine verstorbene Frau zu ihm zurückgekommen ist. Doch diese Ideen, diese Pläne von Laura, in denen alles auf den Kopf gestellt wird, was ihm in seinem Leben sicher zu sein scheint, wollen ihm nicht gefallen. Er merkt sich die Einzelheiten gar nicht, stellte Laura fest, als sie mit ihm geredet hat. Die alten Gebäude umbauen? Eine Unsumme Geldes kostet das! So denkt er. Immer bloß an die Kosten, an Geld, das er nicht hat. Tricks, es zu bekommen, lehnt er ab. Selbst erarbeitet, selbst geschafft, aus eigener Kraft – das ist seine Leier. Dass die Zeiten sich geändert haben, dass man Geld „investiert“, was einem noch nicht gehört, ein Risiko eingeht, etwas wagt, das will oder kann ihr Vater nicht begreifen. Kredite aufnehmen, sagte Laura, müsse man. Und wird mir einer Kredit geben, fragt Peter Mahler und glaubt schon sicher zu wissen, dass es keiner tun wird. Laura kennt diesen ständigen Pessimismus. Er raubt ihr damit manchmal den letzten Nerv, und sie kann dann nicht mehr ernst bleiben. Dann geh ich an deiner Stelle, sagt sie, und wickele den Banker um den kleinen Finger! Er meint, dass ihr dies sicher gelänge und lacht. Kredit werden mir die Banken sicher trotzdem nicht geben, behauptet er. Denn dazu braucht es Sicherheiten! Sicherheit, sagt Laura, in deren Kopf das Standard-Gespräch mit dem Vater wie ein Ping-Pong-Spiel abläuft, ist die Vision in einem ausgearbeiteten Plan, den man vorlegt, und den die Banken anerkennen. Sie sagt es wie eine Gewissheit, aber so ganz sicher ist sie sich in diesem Punkt selbst nicht. Das Gespräch über Sicherheiten macht sie unsicher. Die Möglichkeit, auf den Hof noch eine Grundschuld eintragen zu lassen, erwähnt sie dem Vater gegenüber nicht, denn das bringt ihn bestimmt vollends in ein dunkles Fahrwasser. Offenbar steht es damit nicht zum Besten. Laura nimmt an, dass der Vater schon mehr Hypotheken aufgenommen hat, als gut wären. Immerhin kann sie ihn immer wieder ermuntern, das eine oder andere zu versuchen. Die Arbeitslosenunterstützung reicht kaum für ihrer beider Lebensunterhalt. Und außerdem gibt es ja immer noch Oma Louise. Die Erwähnung der Mutter gleicht aber erst recht dem Tritt in einen Fettnapf. Die Großmutter und der Vater sind sich nicht grün. Er würde sie nie um Hilfe bitten, denn das verbietet ihm seine Vorstellung von Ehre. Mutter Louise hält ihm stets aufs Neue seine Entschlusslosigkeit vor, seine Mutlosigkeit, seine Perspektivlosigkeit. Die Zeit im Gefängnis hat ihn so gemacht, sagt er. Laura glaubt ihm das. Aber sie weiß, dass die Oma Louise Recht hat. Nur sagen würde sie es dem Vater an Omas Stelle nicht ständig. Laura fühlt sich in diesem Streit zwischen den beiden aufgerieben. Sie versteht ihn mitunter besser als die Großmutter.

Tanjas kleines Windrad, dieses Signal des Glückes, versetzt Laura einen schmerzhafteren Stich, als sie sich eingestehen will. Weshalb ist sie selbst eigentlich nicht in der schönen Verlegenheit, derlei Zeichen zu geben? Insgeheim findet sie, dass sie in jeder Hinsicht besser aussieht als Tanja, was sie aber vor sich selbst als Koketterie abtut. Irgendwie will sie aber jetzt nicht weiter über dieses Problem des Windrades nachdenken … Sie biegt entschlossen vom Feldweg in den Schlossgarten ein, diesen Wildpark aus schulterhohen Brennnesseln, Schutthalden und Obstbaumruinen. Die Schneisen zwischen den pieksenden Gewächsen sind nicht überall breit genug, um ohne Verbrennungen an den nackten Armen hindurchzukommen. An einigen Stellen muss Laura seitliche Schritte machen. Als sie das Gelände durchquert hat und aus dem rückwärtigen Durchschlupf zum Schäferweg hinaustritt, sieht sie das

Gewitter, das sich über Steuden zusammenzubrauen beginnt. Über den Nussbäumen, in denen das großmütterliche Haus wie in zwei grünen Kissen ruht, hängt der regenschwere Himmel bereits in den dunkelsten Blautönen. Laura zuckt zusammen, als der erste Blitz über der Landschaft steht. Dem neonweißen, weit verzweigten Gekrakel, welches den Petersberg als weißes Relief im Hintergrund erstrahlen lässt, folgt nach wenigen Sekunden ein derart grauenhaftes Donnern, dass Laura froh ist, zu Oma Louise in die rettende Villa zu kommen. Die Großmutter hat sich ihren Rattan-Schaukelstuhl an die weit geöffnete Flügeltür zur Terrasse gerückt, wiegt sich leicht vor und zurück und ist überaus froh, Laura bei sich zu sehen. Mit schwacher Stimme sagt sie:

„Schön, dass du es noch rechtzeitig geschafft hast! Ich beobachte das Wetter schon den ganzen Nachmittag. Du weißt, wie ich Gewitter liebe – das ist viel besser als Fernsehen."

Beim nächsten Blitz wird Louise Mahlers Gesicht aschfahl und ihre Stimme bekommt etwas Stärke:

„Herrje, ich glaube wir haben gestern Abend das Backbuch draußen liegen gelassen. Ich habe es vorhin in der Küche vergeblich gesucht!"

Laura braucht einen Augenblick, um das Malheur zu begreifen. Endlich schreit sie auf und rennt in den gewitterdüsteren Garten hinaus zum Sitzplatz, wo die Großmutter gestern noch bis zum Dunkelwerden geschlafen hat. Sie ist sich eigentlich sicher, das Backbuch mitgenommen zu haben, aber mit den Sicherheiten ist das so eine Sache ... Da liegt das verflixte Ding doch tatsächlich auf dem kleinen Marmortischchen! Die ersten dicken Tropfen schlagen auf die Blätter der Gewächse ringsum und rufen ein lautes Klatschen hervor. Laura spürt den Regen auf der Haut. Sie kommt kreischend mit dem Backbuch zurück. Der heftig herabrauschende Regen klingt wie Applaus für diese sportliche Einlage.

„Bravo, mein Kind, fast wäre meine gesammelte Lebensweisheit von der Sintflut weggespült worden. Jetzt geh und trockne dich ab."

Laura findet, dass das nicht nötig ist. Soviel hat sie gar nicht abgekriegt. Sie holt sich einen der alten Nussbaumstühle mit dem vornehm gestreiften Polsterbezug und setzt sich neben die Großmutter. Gemeinsam schauen sie hinaus. Der Regen platscht trotz des weit nach vorne reichenden ausrollbaren Sonnenschutzes aus Zeltstoff auf die äußersten der flachen, unregelmäßigen Natursteine, mit denen die Terrasse gepflastert ist. Die Blitze beleuchten ab und zu die Regenvorhänge, die um die Baumwipfel flattern. Donnerschläge, laut wie Geschützlärm, ertönen. Louise Mahler zuckt zusammen.

„Meine Güte, das klingt wie in Karlshagen 1943..."

Laura erinnert sich dunkel an frühere Erzählungen, in denen die Großmutter von ihrer ersten Liebe erzählt hat, jenem Wissenschaftler, den sie einst auf der Insel Usedom kennen lernte, wo sie in einem weithin bekannten Café-Restaurant als junge Konditorin beschäftigt gewesen war.

„Und lenkt uns haargenau zu dem, was ich dir gestern schon zeigen wollte. Gib mir einmal bitte das gerettete Buch."

Laura tut wie ihr geheißen und bekommt eine Fotografie in die Hand gedrückt, die in einem Geviert aus Fotoecken mitten im großmütterlichen Hauptbuch offensichtlich all die Jahre auf diesen Augenblick gewartet hat. Laura erblickt darauf die Großmutter als wunderschönes, junges Mädchen, mit wehendem Haar und strahlendem Lächeln, in einem einteiligen Badeanzug, wie er 1943 in der Mode war. Neben ihr steht ein äußerst gut aussehender Mann, der ein paar Jahre älter aussieht. Kurzes, leicht gewelltes Haar, im Mund eine Pfeife. Schwarze Badehose. Sehr männliche Figur, markantes Kinn, leicht pausbäckig, aber gut trainiert.

„Ohne diesen Kerl wären die Amerikaner später nicht zur Großmacht aufgestiegen ... Aber was viel wichtiger ist – dreh das Foto mal um!"

Laura dreht es so, dass die Großmutter und ihr damaliger Freund auf dem Kopf stehen.

„Dummchen! Die Rückseite sollst du dir doch angucken!“

Laura dreht das Foto herum und hat eine Rezeptur vor Augen. Sie überfliegt die Zutaten und findet nichts Besonderes daran. Je ein halbes Pfund weiche Butter und Haferflocken, 80 Gramm Zucker, 3 Esslöffel Kakao, 1 Esslöffel Kaffee, ein wenig Orangensaft, ein wenig Honig … einige Mandeln zum Füllen, zum Überziehen Kuvertüre, und Kakaopulver und Kokosraspeln, um das Endprodukt darin zu rollen. Die Herstellung scheint kinderleicht zu sein: Die Zutaten in einer Schüssel zu einer bissfesten Masse verkneten. Kleine Kugeln daraus formen, eine Mandel in jede Kugel drücken und die Kugeln in Kuvertüre tunken. Sogar einen Titel hat das Ganze: „Der süße Kuss“

„Klingt interessant, vor allem, weil es mir so einfach vorkommt“, sagt Laura. Interessanter erscheint ihr trotzdem der Mann auf dem Foto. „Hm, hm – süßer Kuss – … Sag mal, Oma, hat das Rezept etwas mit dem schönen Mann hier vorne neben dir zu tun?“

Louise Mahler lächelt fein. Der Regen hat an Heftigkeit verloren. Aus dem wilden Sturzbach ist ein kultivierter, sanfter Landregen geworden. Ein Regenbogen spannt sich über Steuden, während Oma Louise mit verschmitzter Miene zugibt:

„Ja, ja, ich will es gar nicht leugnen. Ich habe an uns beide, an ihn und mich dabei gedacht. Er konnte übrigens auch ganz herrlich segeln und Tennis spielen. Seine Liebe für süße Sachen hat uns zusammengebracht. Er war fast jeden Tag in Schwabes Café-Restaurant in Zinnowitz, wo ich damals angefangen habe mit der Patisserie. Wir sind am Strand entlanggeschlendert, als ich Feierabend hatte. Abend für Abend ...Nachdem er mich zum ersten Mal geküsst hat, habe ich spontan diese Praline erfunden. Seitdem gab es sie bei Schwabes, bis das Restaurant zugemacht hat. In den Fünfzigern muss das gewesen sein."

„Wie hat er denn so geküsst?" fragt Laura leise, um die Stille, die draußen nach dem verstummenden Regen jetzt herrscht, nicht zu stören. Die Vögel haben sich während des Unwetters in ihre Unterschlupfe zurückgezogen und kommen jetzt erst langsam wieder heraus. Einige Grasmücken schwätzen fröhlich, weil die Sonne wieder scheint. Alles dampft und atmet. Es riecht wunderbar, wie immer im Anschluss an einen solchen Guss.

„Lass uns diese Pralinen machen, und du wirst es selbst erleben!"

Oma Louise hat wieder etwas Farbe bekommen und schmunzelt.

„Na ja, sagen wir fast, denn was so ein echter Kuss ist – du wirst es vielleicht schon wissen oder wirst es bald herausfinden –, den kann man kaum beschreiben, geschweige denn mit Schokolade abbilden. Aber ich habe wenigstens versucht, es mit diesem Rezept zu beschreiben. Komm, Liebes, lauf rüber zu Frau Behrendes in den Laden und kauf uns eine Tüte Haferflocken; ich glaube, etwas Butter brauchen wir auch und Honig. Bring uns den besten, den sie hat, ich glaube, da gibt es einen von einem Etztaler Imker! Und nimm dir meinen Geldbeutel, der draußen am Telefon liegt!"

Laura ist entzückt von dieser Idee. Von der Erklärung, die das Küssen betrifft, sowieso. Was für eine Idee, die Art, wie einer küsst, mit einer Praline wiederzugeben. Oder die Liebe zu einem Menschen mit einer neuen Spielart von Konfekt zu feiern.

„Du hast ihn wirklich geliebt?" fragt Laura, bevor sie begeistert in den Flur hinausstürzt und den Geldbeutel holt.

„Ach, mein Engel, Liebe – das ist ein so großes Wort ... Ich habe die Art geliebt, wie er mich auf Händen getragen hat, wenn du verstehst, was ich meine. Ich war verliebt, verschossen, das ja. Aber, meine Güte, ich war noch so jung und unerfahren. Liebe – ..."

Laura hat die letzten Worte schon im Türrahmen zur Terrasse hin angehört. Gerade als es interessant wird, scheint die Großmutter ins Träumen geraten zu sein. Vielleicht erzählt sie nachher noch etwas, denkt Laura und springt hinaus. Sie ist froh und glücklich bei dem Gedanken, dass sie gleich gemeinsam Pralinen machen werden. Oma Louise wieder beim gemeinsamen Werkeln in der Küche zu erleben, versetzt Laura in einen freudigen Taumel. Sie verfällt in den Pferdegalopp von früher und muss auf offener Straße über sich selbst lachen. Christa Behrendes, die vor wenigen Wochen den kleinen Laden wieder eröffnet hat, der so lange geschlossen war, bekommt den Mund vor lauter Erstaunen kaum zu. Als es ihr endlich gelingt und sie die Einkäufe Lauras abkassiert, fragt sie:

„Laura, was ist denn mit dir los? Hast du Lachgas abgekriegt? Was mischt ihr denn neuerdings in euren Malzkaffee?"

Sie kennt Laura seit Wochen bloß als leibhaftige Darstellung der „Melancholie".

„Ach, Frau Behrendes, es ist wegen Oma Louise! Sie ist seit einem Monat so schwach, und gerade heute geht es ihr auf einmal besser. Sie ist fast wieder so lebensfroh wie vorher."

Christa Behrendes freut sich mit ihr, auch wenn ihre Erklärung für die prompte Besserung des großmütterlichen Zustandes einfacher und banaler ausfällt, als es Laura gefallen will.

„Der Regen hat auf jeden Fall die Luft gereinigt. Jetzt atmet alles auf."

Laura nickt. Zu so einer lieblosen Anschauung der Dinge will sie nichts sagen und macht sich rasch auf den Rückweg. Ihr Herz klopft. Sie hat eine dunkle

Vorahnung. Sie kennt dieses Gefühl – aus dem Anschauen schlechter Filme … Wenn sie zurückkommt, ist etwas passiert! Sie rennt, die Apfelsinen, die sie gekauft hat, rollen ihr mehrfach aus der Armbeuge, wo sie die wenigen Einkäufe trägt. Fast wäre der Honig ebenfalls zu Boden gefallen. Sie biegt in den Schäferweg ein, starrt zum Haus der Großmutter, als ob sie mit diesem Voraussehen ein Unglück abwenden könnte, von dem sie doch andererseits zu glauben meint, dass es längst stattgefunden hat. Sie nimmt drei Stufen auf einmal, nur um schneller im Haus zu sein.

„Meine Güte, das ging aber flott!"

Oma Louises Stimme zu hören, ist für Laura die größte Erleichterung, die sie sich momentan denken kann. Sie hilft ihr, in die Küche zu gehen, wo sie zuvor die Zutaten für ihr Patisserie-Praktikum bei Großmutter parat gestellt hat. Schweigend, aber mit einem Lächeln auf den Lippen machen sie sich an die Arbeit. Zuerst lässt Laura die Großmutter ganz allein arbeiten, während sie selbst nur assistierende Handreichungen macht. Schließlich will sie den „Süßen Kuss" auf die gleiche Weise erleben, wie ihn Oma Louise sich durch die Praline in Erinnerung zu rufen sucht. Diese bemerkt jedoch Lauras vornehme Zurückhaltung und trägt ihr auf, in blindem Vertrauen auf die Güte des Rezepts ihre eigene Version zu wagen. Laura schielt dennoch ab und an zu den Handbewegungen der

Großmama neben sich. Nur so kann sie lernen. Hielt sie es nicht immer so? Bei den Kuchen früher? Bei den Plätzchen?

Dann ist es so weit. Sie sind fertig. Laura hat wie Oma Louise die eine Hälfte der Pralinen zum Tunken in die Kuvertüre vorbereitet. Laura muss ihrer Lehrmeisterin erklären, wie man Kuvertüren verschiedener Deklarationen von Trockenkakao-, Zucker- und Kakaobutter-Bestandteilen miteinander mischt und die daraus resultierenden Anteile berechnet. Erst rollen sie nun das andere halbe Dutzend ihrer Pralinen in Kakaopulver. Dann beginnen die wichtigen Kontrollen der Raumtemperatur und das vorsichtige Temperieren der Kuvertüre. In der Küche ist es fast zu kühl, doch 18 Grad sind gerade noch tragbar. Die Kuvertüre wird im Topf auf 45 Grad Celsius erhitzt, dann im kalten Wasserbad so lange gerührt, bis sie bis auf die erforderlichen 30 Grad Celsius abgekühlt ist. Jetzt können die ihrerseits etwa 20 bis 25 Grad warmen Pralinenrohlinge in die Kuvertüre getunkt werden. Laura hat alle Temperaturen mit einem Laborthermometer überprüft. Auf einem Sieblöffel, der seinerseits temperiert wurde, damit die Kuvertüre bei der Berührung mit ihm nicht schlagartig abkühlt, werden die zu überziehenden Pralinenteigkugeln eingetunkt. Laura findet es jedes Mal faszinierend, wie sich ein zuvor unscheinbares Stückchen Masse durch den erkaltenden schokoladenartigen Überzug in ein essbares Juwel verwandelt.

Laura stellt ein kleines Tischchen auf die Terrasse. Sie begleitet die Großmutter auf dem sie anstrengenden Weg aus der Küche nach draußen. Zuletzt holt sie die Pralinen und stellt sie auf die Marmorplatte des Tischchens. Es stammt aus Paris und ist ein exaktes Duplikat des Tischchens am kleinen Schuppen im Garten. Malzkaffee haben sie sich gekocht und sind begierig, das Ergebnis ihrer Arbeit zu kosten. Laura ist auf den „Süßen Kuss" gespannt. Sie nimmt einen Schluck des heißen Getränks. Gespannten Blickes schaut sie die Großmutter an, dann lässt sie einen „Süßen Kuss" auf sich wirken.

„Wow!"

Sie leckt sich die Lippen und macht große Augen. Die Großmutter lacht. Laura steckt sich sogleich eine zweite Praline in den Mund. Louise Mahler hat ebenfalls eine Praline gegessen. Sie nickt und ist augenscheinlich von der Güte ihres gemeinsamen Produkts überzeugt.

„Wenn er so gut geküsst hat, dann versteh ich nicht, wieso du ihn nicht geheiratet hast, deinen Wissenschaftler", sagt Laura in Anspielung auf die Ursprungsgeschichte der Pralinenidee. Louise Mahler blickt versonnen in den blauen Himmel, an dem jetzt nur noch ein paar Schönwetterwölkchen zu sehen sind.

„Tja, es kommt eben doch immer anders, als man denkt. Einen Tag, bevor ich ihn ein bisschen in diese Richtung bringen wollte, gab es den großen alliierten Luftangriff, an den mich der Donner vorhin so lebhaft erinnert hat. Die Elektromagnetischen Werke Karlshagen, wie sie ihr geheimes Wehrmachtsprojekt damals scheinheilig genannt haben, wurde dabei schwer beschädigt. Wohlgemerkt: So wie der Donner vorhin hat dieser Angriff in etwa zehn Kilometern Entfernung in Zinnowitz geklungen! Er wurde zwar nicht verletzt, doch er musste die Auslagerung seiner gesamten Forscher in den Harz organisieren. Wir haben uns nie mehr gesehen. Dass er durchkam, hat mir eine Postkarte gezeigt, die ich lange Jahre danach auf Umwegen erhielt. Er hat mich nicht vergessen. Ich habe ihm eine Schachtel ‚unserer' Küsse nach Amerika geschickt. Keine Ahnung, ob er sie bekommen hat. Nun, ich habe sie seither nie mehr gemacht. Bis heute! Ich bin so glücklich, Laura, dass du die Geschichte jetzt kennst. Und dass du das Geheimrezept hast. Ich hoffe, es hilft dir. Achte nur darauf, dass du immer gute Zutaten verwendest."

Louise Mahler wirkt jetzt plötzlich entkräftet, fast schwächer noch als am gestrigen Abend. Laura ist bestürzt, schiebt diese Kraftlosigkeit aber auf die gerade erlebten Strapazen beim Pralinenproduzieren. Sie bleibt wie am Vorabend noch lange bei der Großmutter, auch wenn diese nicht mehr viel erzählt. Manchmal schläft sie aus Erschöpfung ein. Laura lernt auswendig und wacht am Bett der Pralinenerfinderin. Wenn Oma Louise aus dem Minutenschlaf wieder aufschrickt und Laura erblickt, lächelt sie zufrieden. Sie nimmt noch eine der Pralinen zu sich, die sie gemeinsam gemacht haben. Beim genüsslichen Verzehren des teuflisch guten Konfekts scheinen ihre Lippen manchmal einen Namen formen zu wollen. Aber Laura kann ihn sich nicht sicher zusammenreimen. W... we... wer...

Als Laura am nächsten Tag, es ist ein Samstag, früh morgens vom Vater geweckt wird, weiß sie erst nicht, was sie daraus schließen soll. Doch in Peter Mahlers seltsam verschleiertem Blick liest sie, was ihr gleich darauf seine eigenartig belegte Stimme verkündet. Ohne sich dagegen wehren zu wollen, fühlt sie die Tränen in die Augen schießen:

„Deine Großmutter ist heute Nacht gestorben."

6. KAPITEL

Laute, aufgeregte Kinderstimmen rissen Laura in die Gegenwart zurück. Sie saß auf den Stufen zum ehemaligen Kinderladen „Bienenstich“ und schaute auf die ungemähte Wiese, an deren jenseitigem Ende der wild verwucherte Schlossgarten begann. War es nicht einfach bloß ein lustiger Samstagmorgen im Juni? Für einen Moment schien es Laura so. Da stand eine Pralinenschachtel neben ihr mit den besten Pralinen, die man bekommen konnte. Sie hatte sich in Gedanken weit in die Vergangenheit zurückbegeben, in das Jahr, in dem zwei Ereignisse von großer Bedeutung für sie stattgefunden hatten: der Tod ihrer Großmutter Louise und ihre Konditorenprüfung. So vieles war seither noch passiert. Schlagartig fiel ihr wieder ihre momentane Situation ein, und sie seufzte. Sie hatte sich mit handfester Arbeit von ihren trüben Gedanken ablenken und dem bohrenden Schmerz Paroli bieten wollen, der sie überkam, wenn sie an Lars Hoffmann dachte. Stattdessen saß sie hier und blies Trübsal.

Aber da waren ja die vier Kinder, die schnurstracks auf sie zusteuerten und Laura mit ihrer Energie alle Melancholie für den Augenblick vergessen ließen! Es waren die Sprösslinge des Bäckers, bei dem sie arbeitete. Kaspar und Ludwig, die beiden älteren Zwillinge, trugen einen Flechtkorb und stellten ihn neben Laura. Rasch zog sie ihre Pralinenschachtel zur Seite, sonst wären die Köstlichkeiten, die darin noch lagen, brutal zerdrückt worden. Die Brüder stritten sich offenbar, ohne groß auf Laura zu achten. Manchmal waren sie schon reichlich aggressiv. Wenn man bedachte, dass sie nächstes Jahr in die Schule kämen, wo auch jede Menge anderer Raufbolde beisammen wären …

„Lass mich doch in Ruhe, du Idiot! Ich hab es dir schon mal gesa…“

Statt einer verbalen Entgegnung erhielt Kaspar einen Tritt mit dem Turnschuh zur Antwort. Ludwig war in Rage. Laura hatte ihn schon oft so erlebt und irgendwann aufgegeben, im Einzelnen herausfinden zu wollen, was ihn bedrückte. Manchmal saß er zusammengekauert in einer Ecke und war durch nichts von der Stelle zu bewegen. Dann war Laura überzeugt, dass er einen Psychologen nötig hatte. Schon wenige Minuten später konnte man ihn wieder fröhlich herumrennen sehen. Kaspar hatte auch seine Macken. Er schwätzte mitunter gelehrt wie ein wandelndes Lexikon. Dann aber konnte er fluchen und ziemlich vulgäre Ausdrücke von sich geben. Beide schienen Laura auf ihre Weise gefühlsmäßig unterentwickelt. Für die Belange einer Gruppe konnten sie sich nur schwer interessieren. Franka und Sunhild, die beiden Mädchen dagegen, waren die Herzenswärme und Solidarität selbst. Sie waren offen und freundlich gegen alle anderen und hätten sich nie gegenseitig angebrüllt oder gar getreten. Sie drückten Laura flüchtige Küsse auf die Wangen. Mit einem Mal fühlte sie ihre Schwermut davonfliegen wie einen schwarzen Raben und strahlte die Besucher ungläubig an.

„Nanu? Was wollt denn ihr hier?"

„Hi Laura!" wisperten die Stimmchen im Duett. „Wir wollen malen und was basteln!"

„Und wer hat euch gesagt, dass ich hier bin? He – habt ihr die Sprache schon wieder verloren?"

Doch statt eine Antwort zu geben, rannten die Mädchen ins große Malzimmer im Schloss und holten die Bilder von der dort gespannten Wäscheleine, um sich anzuschauen, was sie zuletzt gemalt hatten. Dann kramten sie wie immer an Bienenstich-Nachmittagen die Kisten mit Stiften aus dem schäbigen alten Holzregal, das noch aus den Zeiten zu stammen schien, als die Kindertagesstätte im Haus untergebracht gewesen war. Die Mädchen teilten sich einen großen Bogen Papier und Wachskreiden und waren bereits bei der Arbeit, kaum, dass sie das Papier vor sich ausgebreitet hatten. Laura staunte stets erneut über diese doppelten Zwillingspärchen. Zwei Mädchen, die sogar ein gemeinsames Bild malten in ihrer notorischen Anhänglichkeit – daneben zwei Jungen, die sich wechselweise bekriegten, um sogleich wieder ein Herz und eine Seele zu sein. Mitunter konnte das eine Extrem binnen einer Sekunde ins andere umschlagen. Oft genügte eine Ermahnung, diesen Sinneswandel auszulösen. Momentan war Kampf angesagt. Kaspar und Ludwig hatten aufgrund ihres Zwistes die Begrüßung vergessen und balgten sich wegen irgendeiner Sache, die am Morgen vorgefallen sein musste. Laura wollte aufspringen, um sie zur Räson zu bringen, denn wie sie da in einiger Entfernung über den Rasen rollten, wollte ihr immer weniger gefallen. Aber dann entschied sie, die beiden toben zu lassen, denn verletzen würden sie sich nicht, dafür kannte sie das Gespann zu gut.

Interessiert blickte Laura in den Korb, den Kaspar und Ludwig neben ihr abgesetzt hatten. Da fand sie nun belegte Brötchen, Marmelade und Butter, etliche kleine Becher Frucht- und Naturjoghurt, eine Flasche Milch, ein Glas Honig, ein Tetrapack Orangensaft, Äpfel, Bananen, Trauben, aber auch eine Vorratsbox mit Kakao und ein Paket Zucker. Sogar Haferflocken entdeckte Laura, denn Franka und Sunhild verschmähten zu Mittag alles außer Milch mit Haferflocken. Noch staunend über diese unerwartete Proviantlieferung vernahm Laura die resolute Stimme ihrer Chefin, Verena Wenzel, die jetzt um die Schlossecke rauschte und wie eine Furie auf die beiden Streithähne zuhielt.

„Fängt denn das schon wieder an? Wollt ihr wohl

aufhören? Was hab' ich euch vorhin gesagt? Wenn ich hier weggehe, dann will ich das in Ruhe tun und mir nicht dauernd denken müssen, dass ihr Laura auf dem Kopf herum tanzt oder euch hier gegenseitig abmurkst! Hört mir mal genau zu, ihr zwei! Wenn ich euch wieder abhole, werde ich Laura fragen, ob ihr hier Terz gemacht habt! Und wenn sie mir dann erzählen muss, dass ihr auf dem Boden herumgerollt seid und Anstalten gemacht habt, euch die Haare auszureißen oder die Ohren abzubeißen, dann könnt ihr euch die Fahrradpläne für morgen aus dem Kopf schlagen!"

Ihre rechte Hand war erhoben, so als wollte sie eine äußerst realistische Übersetzung des letzten Wortes nachfolgen lassen. Laura vermutete, dass es aber eher der bedrohliche Hinweis auf den Wegfall der Radtour war, die sie anscheinend für den Sonntag geplant hatten, der die zwei Juniorwenzels jetzt von der gegenseitigen Massakrierung Abstand nehmen ließ. Erstaunlich immerhin, mit welcher Lautstärke diese kleine, dunkelhaarige Frau mit dem Brillengestell nach Art der Fünfzigerjahre ihre Stimme erschallen lassen konnte. Etwas gedämpfter sagte Verena Wenzel:

„Hallo, Laura! Ich hoffe, du hast nichts dagegen, dass ich dir jetzt diese aufgeweckte Gesellschaft vorbeibringe?"

Laura schüttelte spontan den Kopf und schaute belustigt auf den riesigen gelben Sommerhut mit schwarzer Schleife, der Verenas Outfit nach oben hin perfekt abrundete. Und wirklich und wahrhaftig – auf so nette Art gestört zu werden, war ihr eigentlich ganz lieb. Das dauernde Nachgrübeln, all das vergebliche Graben in der Vergangenheit brachte ja doch nichts. Sie aß nur Pralinen dabei und wurde nicht nur trübsinniger, sondern auch noch dicker. Was Besseres zur Ablenkung als die kleinen Wenzels konnte es gar nicht geben. Sie würde die vier schon bald schmerzlich vermissen, das wusste sie. Warum also nicht noch einmal so tun, als sei nichts geschehen, warum also nicht noch einmal einen „Bienenstich-"Nachmittag gemeinsam glücklich und zufrieden sein? Indessen erstaunte es Laura doch, wieso Verena Wenzel auf die Idee gekommen war, sie könnte hier zu finden sein. Laura war begierig, herauszufinden, wer ihr vom wahren Grund ihres Fernbleibens von der Arbeit – von ihrer Trennung von Lars Hoffmann erzählt hatte. War es Lars selbst gewesen? Das war am wahrscheinlichsten.

„Ach was, ganz im Gegenteil, Verena!"

Normalerweise duzten sich Chefin und Gehilfin wohl nicht. In Lauras und Verenas Fall war das aber etwas anderes. Laura hatte sich von Anfang an bei den Wenzels zu Hause gefühlt und war behandelt worden wie ein Familienmitglied. Laura hatte sich erhoben und stand in ihren Malerklamotten förmlich einer Weltdame in der Sommerfrische gegenüber. Sogar hübsche rote Lederschuhe hatte diese an. Verena nahm den Hut ab, hielt ihn in einer Hand, während sie Laura umarmte und herzlich an sich drückte.

„Wundere dich nicht über meinen Aufzug. Ich fahre mit Heiko nachher nach Eisleben, Japanisch essen. Sushi. Heute ist der einzige Tag, an dem Heiko und ich uns freimachen konnten. Wir haben unsere Nichte Adelheid dienstverpflichtet. Matthias muss ihr helfen, das wird was geben, aber egal. Ach ja, und wundere dich ebenfalls nicht, dass wir hier auftauchen. Du weißt ja, dass an mir keine Neuigkeit vorbeikommt. Ich habe gehört, was der wahre Grund für deine Krankmeldung ist. Von wegen Sommergrippe, Mädchen! Wusste ich doch gleich, dass da was anderes im Busche war. Du hattest noch nie etwas, nicht mal einen Schnupfen. Und da willst du mir gleich den Bären einer Grippe aufbinden … Dass es dir schlecht ging, das hab ich an deiner Stimme schon gehört. Na, egal. Keine Sorge, von mir erfährt keiner was. Vielleicht hab ich dich in den letzten Jahren oft genervt, ja, ganz bestimmt sogar, gell? Du weißt, wie schwer ich mich damit tue, etwas für mich zu behalten. Ich glaube, das Krankheitsbild hat auch einen Namen. Na ja, ist ja wurscht. Aber du sollst wissen, dass ich durchaus trennen kann zwischen Privatem und Allerweltsmeldungen. Du weißt, dass man einen Laden interessant machen muss. Bei uns auf dem Land ist es eben wichtig, den Leuten einen Anlaufpunkt zu bieten. Als Friseuse würde ich bestimmt auch meinen Schnitt machen, dank meines Mundwerks und meines Gespürs für interessanten Gesprächsstoff. Ich würde mir aber die Zunge abschneiden, bevor mir auch nur eine Silbe über euch zwei herausrutschte ... na ja, ist ja verflucht noch mal kiki-egal, oder etwa nicht?“

Laura amüsierte sich über diesen Wortschwall. Auch der würde ihr fehlen. Laura hätte der Ex-Chefin gar nicht so viel Selbstironie zugetraut. Auch hier, schien Laura, tat sich durch die Trennung von Lars, mit einem Mal eine neue Welt vor ihr auf. Sie hatte angenommen, dass Verena Wenzel und ihr Mann ihr zutiefst gram wären, weil sie von einem auf den anderen Tag aus der Bäckerei fortgeblieben war. Doch weit gefehlt, wie sich nun zeigte. Wo und wie Verena das mit Lars und ihr auch erfahren haben mochte – von Lars oder am Ende gar von Christa – das war egal. Es hatte nun eine gänzlich andere Wirkung gehabt, als sie vermutet hätte. Die Brötchengeber, wie Christa Behrendes die Wenzels mit leichtem Spott nannte, hatten offenbar den Ernst der Lage sofort begriffen und setzten nun darauf, dass sich Laura wieder beruhigte und Steuden nicht verließ. Ganz klar, das war der Hintergrund dieses Überraschungsbesuchs, dachte

Laura. Verena und Heiko Wenzel wollten natürlich verhindern, dass ihnen ihre beste Kraft im Verkaufsraum so Hals über Kopf verloren ginge, vor allem so kurz vor dem Kreisfeuerwehrfest in Teutschenthal, das nächste Woche anstand: Hunderte von belegten Brötchen, sehr viele Bleche Streuselkuchen ... Wetten, dass Heiko Wenzel schon ordentlich im Dreieck sprang und seine Tiefkühltruhen bereits vor lauter Vorgebackenem überquollen? Jetzt auf die Schnelle eine qualifizierte Aushilfe anheuern zu müssen, war selbstverständlich eine Horror-Vorstellung.

Laura hielt einen Moment inne und ermahnte sich selbst bei diesen Überlegungen. Sie durfte und konnte nicht ständig die Probleme der ganzen Welt zu ihren eigenen machen. Dieser Fehler hatte sie bereits zu viel Zeit und Kraft gekostet in ihrem Leben. Nie hatte sie gedacht, dass die oberste aller Prioritäten, die es stets neu zu setzen galt, auch einmal man selbst sein könnte. Sie musste endlich einmal an sich denken. Im Augenblick stand ihr eigenes Leben vor der Hinrichtung – Grund genug, Heiko Wenzel und das Kreisfeuerwehrfest aus ihrem Kopf zu drängen. Wenn es ohne sie gehen musste, dann würde es schon gehen. Wenn es gehen muss, geht alles, auch ein Kamel, durch ein Nadelöhr, hätte Oma Louise gesagt. Kein Feuerwehrfest der Welt, kein Termin, kein Auftrag, kein Geschäft waren wichtiger als das eigene Leben, wichtiger als eine

Entscheidung, als eine Klärung der eigenen Gedanken und Pläne! Die mussten stets an erster Stelle stehen und sie hatten so klar zu sein wie Kristallzucker.

„Na ja, irgendwann hättest du es ja sowieso erfahren“, entgegnete Laura der Bäckerin, die sich offenbar bemühte, sich vorsichtig auszudrücken. „Spätestens Montag wäre ich dir auf die Pelle gerückt. Du weißt ja wohl, was uns bevorsteht?“

Laura seufzte. Verena meinte das Teutschenthaler Kreisfeuerwehrfest, sonnenklar. Aber ihr, Laura, stand etwas ganz anderes bevor. Erfasste Verena Wenzel überhaupt die Tragweite dessen, was ihr, Laura widerfahren war? Es klang in Lauras Ohren so, als wollte Verena es bewusst herunterspielen. Sollte sie allerdings durch Lars davon erfahren haben, wäre es nur verständlich, dass sie sich so verhielt. Lars hatte bestimmt jedem, der ihn fragte, gesagt, dass es nur ein kleines Missverständnis zwischen ihnen gegeben habe, das er aber bereits ausgeräumt hätte. Sie, Laura, bräuchte aber ein bisschen Zeit für sich, um sich zu beruhigen. Laura stieg die nackte Wut in der Kehle hoch, doch sie bezwang sich. Nur jetzt nicht davon reden. Auf keinen Fall vor Verena davon reden. Was immer sie jetzt noch sagte, konnte gegen sie ausgelegt werden. Verena Wenzel würde die kleinste Äußerung, die Geschichte mit Lars betreffend, im ganzen Dorf verbreiten, was immer sie jetzt auch von Verschwiegenheit in Privatangelegenheiten erzählte. Mochte ihre ehemalige Chefin ruhig weiter davon ausgehen, dass sie, Laura, ihre erste Verkaufskraft, auch künftig in Steuden bliebe, wenn sie sich wieder eingekriegt hätte. Laura atmete auf, denn jetzt fiel ihr auf, dass Christa unmöglich geplaudert haben konnte! Hätte sie das getan, würde Verena bereits wissen, dass Laura vorhatte, endgültig aus Steuden zu verschwinden. Und das würde sie, komme was da wolle! Hätte Christa sie verpetzt, dann könnte Verena nicht die leiseste Hoffnung hegen, Laura noch davon abzubringen. Andererseits – könnte es nicht vielleicht auch sein, dass Verena sich verstellte, und nur so tat, als sei sie ahnungslos? War das nicht sogar wahrscheinlicher angesichts des Aufwandes, den sie nun betrieb, ihr diesen Tag so angenehm zu machen? Hatte nicht am Ende sogar der verschlagene Lars die Bäckerin angestiftet, ihr hier diesen Präsentkorb zu bringen, um sie auszuhorchen? Laura blickte auf den Korb. Sie wollte sich auf keinen Fall selbst verplappern und war bestrebt, das Gespräch auf kleiner Flamme zu halten. Daher nickte sie bloß unbestimmt und wartete ab.

Sie war plötzlich erstaunt über ihre eigenen Gedanken, die ziemlich panisch nach allen Richtungen davonliefen. Meine Güte, würde sie jetzt verrückt? Solche Verschwörungstheorien zu erwägen, das war doch nicht mehr normal. Am Ende war es eine schlichte Geste der Fürsorge, die Verena auf die Idee gebracht hatte, nach Laura zu fahnden. Die Wenzels hatten gehört, was sich zwischen Laura und Lars abgespielt hatte und machten sich Sorgen um sie. Ganz schlicht und einfach, so war das. Lars hatte sich in der Bäckerei nach ihr erkundigt, daran zweifelte Laura jetzt nicht mehr. So und nicht anders musste es gewesen sein. Auch wenn er nichts erzählt hatte, musste Verena schon misstrauisch geworden sein – warum machte er diesen Umweg? Warum rief er seine Braut nicht direkt an? Verena warf einen Seitenblick auf ihre beiden Prügelknaben, die sich beruhigt hatten und zu den Schwestern in den Malraum gingen. Verena stand jetzt als Einzige in der Sonne, die heute unglaublich brannte. Laura hatte sich wieder auf die oberste Treppenstufe in den Schatten gesetzt und lauschte Verenas Worten.

„Aber du musst dir keine Gedanken machen deshalb. Wir haben wegen deines Arbeitsausfalls zur Sicherheit schon mal zwei Hilfskräfte besorgt. Das hätten wir sowieso getan. Musst dich also nicht sorgen. Und die Adelheid ist auch noch da, die kann zur Not die Schule schwänzen, haha. Überhaupt nicht. Du kannst dir Zeit lassen mit dem Verkraften … Kopf hoch, Mädchen! Das wird alles schon wieder. So oder so. Wie auch immer. Und jetzt amüsiert euch gut, ihr fünf Hübschen. Wenn du nichts dagegen hast, lass ich sie dir also hier, damit sie dir bis um fünf auf der Nase rumtanzen können. Das hilft gegen Verspannungen im Kopfbereich! Anschließend wollen wir noch nach Bad Lauchstädt ins Freibad. Falls unter den beiden Rackern Krach ausbricht, sag mir gleich per Handy Bescheid, dann hat sich's was mit lustig! He, ihr zwei Rüben, ihr Racker, Blagen, Rotznasen, Bälger – habt ihr mich verstanden?"

Sie hatte das letzte sehr laut und deutlich gesagt, dass Ludwig und Kaspar sie hören konnten. Von drinnen kam nur ein schleppendes „Ja, ja …" zum Zeichen, dass man diesen überdeutlichen Wink durchaus zur Kenntnis genommen hatte.

„Mach's mal gut dann, Laura, und tschüssi euch da droben!"

Irgend etwas Undeutliches, Akustisches drang aus dem Malzimmer des Ex-Schlosses als Reaktion.

„Ok, bis später! Wir werden uns schon die Zeit vertreiben. Und danke, ich finde es echt nett von dir, dass du dir Sorgen gemacht hast und so. Das mit dem Fest und den Vorbereitungen tut mir Leid. Ich wollte ni…", sagte Laura, doch Verena Wenzel winkte ab und war schon beinahe um die Ecke, da stürzten Franka und Sunhild noch quiekend und piepsend vom Ort des Malens heraus, um ihre Mama persönlich und eigenhändig und mit Küsschen zu verabschieden. Dann rasten sie wieder ins Ruinenschloss an ihre Blöcke zurück. Höhnische Kommentare der beiden Jungs über dieses anbiedernde Verhalten ihrer Schwestern waren im Flüsterton zu hören. Laura beobachtete die Kinder aufmerksam und mit einem Lächeln auf den Lippen. In Gedanken bemühte sie sich, das Verhalten von Verena und ihre Äußerungen in ihre allgemeine Beurteilung der Lage einzuordnen. Dass das Kreisfeuerwehrfest von der Bäckerei Wenzel in Steuden notfalls auch ohne Laura Mahler mit den erforderlichen Backwaren zu versorgen wäre, war ihr eine größere Erleichterung, als sie sich eingestehen wollte. Es kam ihr selbst komisch vor, aber darauf reduzierte es sich tatsächlich. Damit war der Weg schon ein bisschen geebnet. Lauras Weg aus Steuden heraus … wären da bloß nicht diese alten Geschichten in ihrem Kopf gewesen, die sich seit dem Morgen seltsam zu rühren begannen. Die Klarheit eines normalen Tages wollte sich partout nicht einstellen. Laura warf einen Blick auf die Kinder drinnen im Malzimmer. Sie kritzelten und schabten andächtig auf ihren Papieren vor sich hin. Diese idyllische Ruhe musste ausgenutzt werden. Sie würde, statistisch gesehen, schon in wenigen Momenten der Vergangenheit angehören. Vorsichtig zog Laura die Pralinenschachtel zu sich heran. Zum Glück hatte keines der Kinder sie erspäht. Sie betrachtete die Konfektstücke und konnte nicht anders. Sie erlag der Versuchung. Vermochte einfach nicht zu wiederstehen. Der Name Lesautre löste süße Gefühle aus und ließ die Wogen der Erinnerung ein weiteres Mal über Lauras Kopf zusammenschlagen …

Die Tage nach Großmutters Beerdigung waren dunkler als das dunkelste Grab gewesen. Ungläubig und wie aus allen Wolken gefallen hatte sie den Vater angestarrt, als dieser ihr die Nachricht überbracht hatte, dass die Großmutter gestorben war. Was für eine Verblendung hatte Laura zuvor daran gehindert, den wahren Gesundheitszustand der alten Dame zu erkennen? Der Stress der Konditoren-Ausbildung? Laura sagte sich, dass es einfach ihre mangelnde Erfahrung gewesen sein musste. Oder die große Nähe zu Oma Louise. Wenn man ständig mit einem Menschen zusammen war, verlor man leicht die nötige Distanz, um Veränderungen frühzeitig wahrzunehmen. Herrgott, sie musste urplötzlich wieder an Lars denken und fühlte nur zu genau, wie sehr diese Erkenntnis auch in gänzlich anderer Hinsicht stimmte. Sie brauchte einen Augenblick, um wieder auf die Großmutter zurückzukommen. Offenbar war ihr nicht aufgefallen oder auch nur in den Sinn gekommen, dass deren zunehmende Entkräftung krankhafte Ursachen gehabt hatte. Nur am Vorabend von Louise Mahlers Tod, an dem sie gemeinsam zum letzten Mal in der Küche gestanden hatten – o wie schwach war Oma Louise gewesen, und sie hatte nichts unternommen! – hatte sie sich einmal dabei ertappt, zu denken, die Großmutter könnte nicht mehr lange leben. Doch dies war schon im nächsten Moment vergessen gewesen. Der Arzt hatte später von einem irreversiblen Prozess gesprochen, vielleicht um Laura die Selbstvorwürfe zu ersparen, die sich selbstverständlich dennoch bei ihr einstellten. Altersschwäche hin oder her, sie hätte es doch sehen und einen Arzt alarmieren müssen! Wer weiß, vielleicht hätte eine einzige Vitaminspritze das Unheil noch einmal abwenden können? Das Leben der Großmutter wäre zu retten gewesen. Einige weitere unbeschwerte Jahre hätten vor ihr gelegen. Und, musste Laura nun unweigerlich denken, alles wäre anders gekommen, wenn Louise Mahler nur etwas länger gelebt hätte. Bis nach Lauras Prüfung etwa.

Als der Vater ihr die unfassbare Mitteilung vom Tod der Großmutter gemacht hatte, hatte sie ihren Tränen freien Lauf gelassen. Zum ersten Mal, seit sie denken konnte, hatte sie an der Brust des Vaters hemmungslos geweint. Der Schmerz über Louise Mahlers Tod hatte Vater und Tochter vereint, denn sie hatten beide an ihr gehangen und vermissten sie sehr.

Großmutters Besitz war unter den Hammer gekommen, und der Erlös war vom schwarzen Loch der Grundschulden des Steudener Hofes verschluckt worden. Ein reicher Wessi, ironischerweise bei der „Treuhand" tätig, riss sich die Villa Mahler unter den Nagel.

Laura kochte innerlich schon wieder, denn sie musste daran denken, dass dieser Raffzahn nur ein paar Meter von hier in seiner Zwingburg hockte.

Doch Lauras Erinnerungen konnten durch diese äußerlichen Umwälzungen nicht zunichte gemacht werden. In ihr lebten die Großmutter und ihr Anwesen fort. In Lauras Gedanken war dies eine Einheit, die durch nichts gesprengt werden konnte. Wer immer das Haus nun besaß und umgestaltete, vermochte die Villa Mahler in Lauras Kopf nicht zu zerstören. Die äußeren Veränderungen änderten herzlich wenig am Schatz der Erinnerungen. Laura hatte dies als eine ungeheure Beruhigung empfunden. Mit einem Male war ihr bewusst geworden, welchen Reichtum sie der Großmutter verdankte. Eine Fülle von schönen Stunden und Erzählungen etwa, die mit keinem Geld der Welt aufzuwiegen waren. Was sie von ihrer Großmutter geerbt hatte, war ja so unendlich viel mehr wert als schnödes Geld. Es waren gemeinsame Unternehmungen und Gespräche voller Licht und Farbe, die ewig in ihrem Kopf fortleben würden und sie stets erfreuen würden, wenn das Leben ihr einmal die graue Schattenseite zeigen sollte. Kurz nach Louise Mahlers Tod war Laura diese Erkenntnis bereits gekommen, doch noch schmerzte der Verlust zu sehr und überschattete alle etwaigen positiven Empfindungen. Die schönen Bilder vom jahrelangen Zusammensein mit

Oma Louise wurden zu stark bedrängt von den tragischen Eindrücken der Gegenwart.

Hinzu kam, dass auch die schönsten Erinnerungen nicht verhindern konnten, dass Laura sich auf einmal furchtbar allein fühlte. Sie hätte mit der Großmutter reden wollen, hätte sie fragen wollen, ihr etwas sagen wollen, doch all dies war nun nie mehr möglich. Sicher konnte sie es im Geist tun, doch war es wirklich die Großmutter, die ihr antwortete? Waren es nicht vielmehr ihre eigenen – Lauras – Worte? Nur ein billiger selbst gemachter Abklatsch dessen, was Oma Louise vielleicht gesagt haben würde? Laura begriff, was es bedeutet, wirklich einsam zu sein. Sie fühlte sich wie das letzte Blatt an einem Baum. Die Welt war laut und gesellig. Sie aber konnte nur noch in sich schauen, und in ihr war es still und leer. Sie fand keinen Zugang zu den anderen, konnte mit den Themen, über die man mit ihr reden wollte, nichts anfangen. Nichts betraf sie, nichts hatte Bezug zu ihren Gefühlen, zu ihrem Schmerz, nichts konnte ihn lindern. Laura sprach mit sich selbst. Sie ertappte sich dabei und ermahnte sich, es nicht zu tun, da sie es für ein Anzeichen von Verrücktheit hielt. Allmählich begriff sie, dass es nur der Wunsch nach Gesellschaft war, nach Gemeinschaft mit einem anderen Menschen, nach vertrauter Zweisamkeit. Allerdings, so dachte sie bald, musste es eine andere Art von Zweisamkeit sein, als sie zwischen

Großmutter und Enkelin geherrscht hatte. Laura schaute mit stillem, heimlichen Neid auf Tanja und Dietmar. Mehr als je zuvor sehnte sie sich nach einem Freund, dem sie wirklich alles erzählen könnte – und der sie verstehen würde.

Laura hatte kein klares Bild vor Augen, wenn sie ihn sich vorzustellen versuchte. Doch sie hatte klare Vorstellungen davon, was er können müsste: Er müsste zuhören, aber auch erzählen, er müsste sie zum Lachen bringen, und trösten. Sie müsste sich bei ihm sicher und geborgen fühlen. Er sollte natürlich gut aussehen, sportlich und fit sein. Aber letzten Endes war das nicht unbedingt so entscheidend. Er müsste Charakter haben, hätte Oma Louise wohl gesagt. Was aber bedeutete das? Laura überlegte und kam zu dem Schluss, dass dieser Unbekannte, dieser Jemand, dieser Idealfreund, den sie herbeiwünschte, einer sein müsste, dem sie blindlings würde vertrauen können. Auf ihn verlassen wollte sie sich können. Ihre Vorstellung von Gemeinsamkeit ging noch weiter: Sie müsste stets wissen können, was er dachte und fühlte, und genau das würde sie auch bei ihm voraussetzen. Er und sie müssten in allem eins sein. Daher würde sie es auch sofort wissen, wenn sie ihm begegnete, dass sie füreinander bestimmt wären! Tanja und Bärbel fanden, dass sie damit von sich und diesem „Traumprinzen“ viel zu viel verlangte.

Sie nannten sie eine Idealistin. Aber das war ihr egal. So dachte sie nun einmal.

Bärbels Aussagen war ohnehin kein Gewicht beizumessen, denn sie hatte auf diesem Gebiet absolut keine Erfahrungen. Tanjas Vorstellungen dagegen waren zwar viel konkreter, von Erfahrungen geprägt, aber auch banaler in Lauras Augen. Ein Kerl müsste es sein, mit dem man durch dick und dünn gehen könnte, das war Tanjas Formel. Einer zum Pferdestehlen. Vielleicht war das ja das Gleiche, nur kürzer formuliert. Aber Laura wollte sich Tanja nicht zum Vorbild nehmen, wenn es darum ging, sich ihren künftigen Freund auszusuchen. Tanja hatte sich zu oft geirrt, wenn Laura an Dietmars Vorgänger dachte. Laura wollte sich nicht dem Erstbesten an den Hals werfen. Sie wollte wirklich geliebt werden!

Bis die neuen Besitzer allerdings mit dem Umbau der Villa begonnen hatten, war Laura noch ein paar traurig-schöne, unvorstellbar heiße Sommerwochen lang täglich durch den großmütterlichen Landhausgarten gestreunt und hatte sich an dem kleinen Marmortischchen vorm Geräteschuppen auf ihre Konditoreiprüfung vorbereitet. Sie hatte auf den leeren Stuhl gegenüber geschaut und in Gedanken mit Oma Louise endlose Dialoge geführt, bis abends die Sterne am Himmel geflimmert hatten. Wie hatte sie die Kommentare der Großmutter vermisst, ihren Zuspruch und ihren Humor! So nötig hätte sie es damals gebraucht, wieder aufgebaut zu werden, als sie kurz davor gewesen war, das Handtuch zu schmeißen und ihre Konditorenausbildung abzubrechen. So hatte sich Laura nur an die noch so lebhafte Erinnerung klammern können, an die Abende, an denen sie mit Oma Louise ihre Rezeptideen besprochen und immer wieder Neues ausprobiert hatte. Laura hatte sich immer weiter zurückgezogen, bis auch ihr Vater kaum noch an sie herangekommen war. Ein letztes Mal war sie am Vorabend ihrer Konditoreiprüfung durch die verwilderten Pfade geschlichen, die den Garten damals fast wie den wüsten Schlossgarten hatten wirken lassen. Verzweifelt hatte sie den Geist der Großmutter beschworen, ihr beizustehen bei der bevorstehenden Nagelprobe.

Die Zeit war nach dem Tod der Großmutter nicht stehen geblieben, wie Laura es im Innersten erwartet hatte. Zugegeben, das war unrealistisch gewesen, und sie hatte schon damals zuinnerst gewusst, dass es anders kommen würde. Dass aber die Welt und Steuden über das Dahinscheiden der alten Dame so schnöde und lieblos hinweg gehen würden, als ob es nichts gewesen wäre, das hatte sich Laura selbst in ihren schwärzesten Träumen nicht ausmalen können. Ein ganzes Leben war binnen weniger Monate fortgewischt und in Zahlen aufgelöst worden. Der

Vater hatte die eigene Mutter in eine verfügbare Geldsumme verwandelt.

Zahlen! Wie hatte Laura Zahlen in dieser Zeit gehasst. Sie hatte zwischen ins Kraut schießenden Bäumen und Büschen des verwaisten Gartens gesessen, sich selbst nun doppelt verwaist gefühlt, hatte der Vergangenheit nachgetrauert und ein Buch voller offener Fragen vor sich liegen gehabt. Oder recht eigentlich waren es zwei derartige Bücher gewesen: In dem einen, imaginären, hatten schier nicht zu beantwortende Fragen von der Art gestanden: „Was soll jetzt werden? Was wird jetzt passieren? Wie wird es jetzt weitergehen? Was bringt die Zukunft?“ In dem zweiten, erschreckend realen, waren dagegen so banale Fragen eingedruckt gewesen wie:

„Wir fertigen Pflaumenkuchen. Dazu benötigen wir für 1 Blech, 350 g Teig und 2,2 kg Pflaumen. a) Wie viel kg Pflaumen muss der Konditor für 6 Bleche bestellen, wenn er mit 3 % Verderb zu rechnen hat? b) Wie viel kg Teig müssen wir für die 6 Bleche vorbereiten, wenn ein Gär- und Einwiegverlust von 2% auftritt? c) Ein Blech ergibt 40 Stücke. Wie hoch ist der Backverlust in g und in %, wenn 1 fertiges Stück 50 g wiegt?“

Nicht alle Aufgaben waren so einfach wie die:

„Beim Transport eines Tabletts mit Krapfen stolpert der Auszubildende und verliert 12,5 %. Danach stehen zum Verkauf nur noch 35 Krapfen zur Verfügung. Wie viele Krapfen hatte er ursprünglich auf dem Tablett?“

Laura hatte damals oft geflucht, während sie am kleinen Marmortischchen saß und verbissen für ihre Konditorenprüfung lernte, und wer sie im wilden Garten gesehen hätte, wie sie sich mit den Worten der toten Großmutter ermahnte, der hätte sie leicht für komplett durchgeknallt halten können. Nicht wenige Steudener taten dies wohl auch und erzählten einander hinter vorgehaltener Hand, dass die Enkelin von Louise Mahler jetzt so viel Geld hätte, dass sie sich Designerdrogen kaufen und sie auch einnehmen würde! Man müsste sich nur einmal anschauen, wie sie sich im Garten der Villa, die ihr ja längst nicht mehr gehörte, herumtreiben und dabei Selbstgespräche führen würde.

7. KAPITEL

In Wahrheit hatte Lauras Vater ja vom Erlös aus dem Villenverkauf nicht viel übrig behalten. Tanja und Bärbel standen Laura in ihrer Trauer über den Tod der Großmutter so gut bei, wie sie konnten. Doch es war selbst für die Freundinnen schwer, an sie heranzukommen. Sie wirkte wie abwesend. Wenn sie ihr etwas erzählten, was sie aufheitern sollte, hörte sie oft gar nicht zu. Sie schien lebensmüde und sah so aus, als ob sie sich etwas antun wollte. Tanja und Bärbel waren besorgt und wollten nicht zulassen, dass sie allein blieb. Sie versuchten, sie öfters zu Diskobesuchen mitzunehmen, doch Laura hasste in dieser Zeit nichts mehr als Menschenaufläufe. Ihrem Vater bereitete es zunehmend Schwierigkeiten, mit Laura zu sprechen. Niemand hatte ihr die Selbstbeschuldigungen ausreden können. Laura hatte sich immer weiter in ihren Schuldgefühlen eingeigelt und war ganz unnahbar geworden, je näher die Konditorenprüfung herangerückt war. Sie hatte alles falsch gemacht, davon war sie überzeugt, jetzt würde sie auch noch die Prüfung, an der ihr weiteres Schicksal hing, vergeigen!

Dennoch war ihr in dieser schweren Zeit das Lernen für die Prüfung als das Einzige erschienen, woran sie sich hatte festhalten können. Und so hatte sie wohl sogar noch weit mehr gelernt, als sie es getan hätte, wenn die Großmutter noch am Leben gewesen wäre.

So und ähnlich hatte sie es sich Tag für Tag eingeredet und war so niedergeschlagen gewesen wie nie zuvor, als der Tag X dann unausweichlich und drohend ganz nahe heranrückte. Die Prüfung unter diesen Randbedingungen zu bestehen, würde an ein Wunder grenzen, hatte sie gedacht. Sie war dann tatsächlich wie unter Drogen nach Bad Lauchstädt gefahren und vor die Prüfungskommission getreten. Leer war ihr Kopf gewesen, eine evakuierte Hohlkugel. Jetzt sitze ich hier, um alles zu geben, und habe nichts in der Birne, hatte sie gedacht, während sie sich auf ihren Stuhl gesetzt und die erste an sie gerichtete Frage auf dem Prüfungsbogen gelesen hatte.

Auf ihr unerklärliche Weise war dann das Wunder geschehen. Es sprudelte nur so aus ihr heraus. Die kompliziertesten Zahlenoperationen kamen ihr wie Kinderspiele vor. Die Aufgaben hätten wirklich ein bisschen anspruchsvoller sein können, dachte sie zwischendurch und lächelte in sich hinein vor Freude. Laura hatte zuletzt das Gefühl gehabt, dass die Großmutter an ihrer Stelle in den Prüfungsraum gegangen und ihr den Stift geführt hatte. Ohne noch recht zu wissen, was mit ihr vorgegangen war, hatte sie wie durch Watte die mündlichen Fragen der Ausbilder gehört und die eigenen Antworten. Der praktische Teil war ohnehin ein Heimspiel bei ihren geschickten Händen! All die Stunden, in denen Oma Louise Laura abgefragt hatte, schienen plötzlich ihre Wirkung zu tun. Auf den Mienen der Berufsschullehrer, selbst auf dem des verhassten Herrn Meyer, der sie jahrelang mit seiner drögen Gerätekunde gepiesackt hatte, war ein stolzes Lächeln erschienen.

Eben dieses Lächeln der Genugtuung hatte auch auf dem Antlitz des Kreisinnungsmeisters gestanden, als er ihr in der öffentlichen Verleihung ihr Prüfungszeugnis und ihre Urkunde überreicht hatte. Laura hatte die Konditorenprüfung mit dem besten Ergebnis ihres Jahrgangs bestanden. Wenige Stunden danach war sie vor Schmerzen zusammengebrochen und mit einer akuten Blinddarmentzündung ins Bad Lauchstädter Kreiskrankenhaus eingeliefert worden. Es war ihr so erschienen, als hätte selbst die Krankheit noch gewartet, bis dieses wichtigste aller Ereignisse über die Bühne gegangen war.

„Laura?"

Sie drehte sich um und sah, dass die „autonome Bildtherapie" nicht mehr zur Ruhigstellung der Wenzelkinder genügte. Die Zeit der ruhigen Selbstbeschäftigung war vorbei.

„Wir haben keine Lust mehr zum Malen. Können wir nicht was spielen?"

Kaspars Stimme klang so kläglich wie die eines Todeskandidaten. Laura fragte, auch mit Blick auf ihre Armbanduhr:

„Habt ihr denn keinen Hunger? Wollt ihr jeder eine Banane? Oder sollen wir etwas zusammen kochen?“

Sie überlegte, ob das nicht eine etwas vorschnelle Frage gewesen war. Zum Kochen waren wirklich kaum Zutaten vorhanden.

„Wir wollen lieber Brötchen essen!“ sagte Kaspar und sprach für seinen Bruder gleich mit.

„Na, dann bedient euch!“ sagte Laura. „Ihr habt die ganzen schönen Sachen ja schließlich mitgebracht. Was ist mit euch beiden?“ fragte sie Franka und Sunhild, die sich nur zögernd von ihrem zeichnerischen Gemeinschaftsprojekt trennen konnten.

„Wir wollen Haferflocken essen“, sagte Franka. „Mit Obst und Milch“, ergänzte Sunhild. „Und Pralinen wollen wir auch essen!“ fügte sie hinzu, auf die Schachtel neben Laura deutend.

„Pralinen können wir nach dem Essen machen!“ schoss es Laura durch den Kopf. Wenn sie es genau betrachtete, hatten sie alles da, was zu Oma Louises „Süßem Kuss“ nötig war. Die letzten Schätze von Lesautre musste sie jetzt aber irgendwie aus dem Blickfeld befördern. Bei aller Liebe, die waren ihr doch zu kostbar, um sie in einem Akt der Großherzigkeit an diese Wildfänge zu verfüttern.

„Die müsst ihr mir lassen. Das ist heute meine Medizin! Ganz, ganz wichtige Medizin. Ganz gefährlich für euch! Das sind keine Kinderpralinen!“

Franka machte Anstalten, ihr die Schachtel abzunehmen. Laura wehrte sich und lachte:

„Nein, nein – nichts da! Franka, du kleines Pralinen-Monster! Wenn du jetzt brav bist, dann machen wir nachher so viele Pralinen, dass du dich darin suhlen kannst. Davon kannst du essen, bis du selbst zum Schokoladenschweinchen wirst! Wie beim Bienenstichfest.“

„Jaaa, wie beim Pralinen-Contest!“ krähte Sunhild, die jetzt auch herauskam und sich eine Banane und einen Apfel aus dem Korb nahm. Im Anschluss daran stolperte sie in die Küche vom Bienenstich-Provisorium, um sich eine Schüssel für ihr Müsli zu holen. Als sie wieder herauskam, hatte sie weder das Obst noch gar einen Löffel oder ein Messer dabei. Ludwig hatte sein Brötchen verloren und war dabei, eine Wurstscheibe von der Treppenstufe in den Abgrund zu befördern, während er sich mit der anderen Hand den Rest des Brötchens auf dem linken Knie zermatschte. Laura seufzte. Sie hatte für den Moment alles vergessen, was sie bedrückte. Hier musste sie jetzt erst einmal eingreifen und für Ordnung sorgen …

Es dauerte gar nicht lange, da saß die kleine Gruppe auf einem ausgebreiteten großen Tuch im Schatten einer Libanon-Zeder, die einst das Prunkstück des von Einemschen Parks gewesen war. Angeblich ein Geschenk von Kaiser-Wilhelm-Zwo an seinen Kraftfahrzeugmeister Adelbert von Einem, der in Steuden seine Sommer verbrachte. Einmal war der Kaiser auch da gewesen; Oma Mahler hatte ihn auch einmal durch Leipzig reiten sehen, als Kind.

Laura blickte zufrieden auf die Schar der Esser. Franka und Sunhild, diese süßen Früchtchen, löffelten Müsli mit Früchten, während Kaspar und Ludwig, diese verrückten Krieger, ihre Beißer in wehrlose Brötchen schlugen. Laura hielt eine Tasse Kaffee in der Linken und stippte ein Croissant in die dunkelbraune Flüssigkeit. Der Geschmack dieses luftigen Gebäckes, vollgesogen mit Kaffee, war einfach unbeschreiblich! Heiko Wenzel bekam sie fast so hin wie die Franzosen. Laura ließ heimlich noch eine Praline im Mund dazu verschwinden. Ja, sie schmeckten fast so gut wie in …

… Paris! Der Gedanke war ebenso schlicht wie überwältigend. Laura musste es zugeben. Sie saßen bei Tanja auf dem Balkon vor ihrem Steudener „Luxusapartment“ mit Blick auf die munter wachsenden Bungalows in einem Neubaugebiet – und schauten in den blauen Himmel. Tanja hatte sie eingeladen, um „endlich ein bisschen Leben in die Bude zu bringen“. Tanjas Zeit auf der Hotelfachschule war seit einem Jahr vorbei, und sie arbeitete bereits in Halle in einer ziemlichen Kaschemme. Immerhin hatte sie ihren ersten Urlaub. Dietmar, Tanjas Freund, war da. Seine Bundeswehrzeit war eben vorüber. Birgit hatte ihr Modestudium, genauer: Textiles Design, auf der „Burg“ abgebrochen, und eine kleine Boutique in Halle eröffnet; na ja, eher eine Art Nähstube mit einer kleinen Auswahl an Stoffen ... Neben Laura, die gerade wieder aus dem Krankenhaus nach Hause gekommen war, und sich noch reichlich schwach fühlte, saß Bärbel, die Schwester von Manfred, einem Bäckergesellen, den Laura bei ihrer ersten Stelle kennen- und schätzen gelernt hatte. Manfred würde ebenfalls noch auftauchen, hoffte Laura. Mehrfach hatte er sie nach ihrer Blinddarmoperation besucht. Drunten klingelte es, und sie schwiegen, um über die weit offen stehende Tür und die Treppe nach unten die Stimme von Tanjas Mutter verstehen zu können, die jetzt gerade eben vernehmlich sagte:

„O, Natalie, das ist aber sehr nett, dass du deinen Bruder einmal mitbringst. Lutz, wenn ich mich nicht irre?!“

Eine tiefe und freundliche Stimme sagte:“

„Lars, Lars Hoffmann! Einen schönen guten Tag, Frau Lüppertz! Es freut mich, ihr wunderschönes Haus endlich in natura zu sehen.“

„Och Gott, tut mir Leid! Lars, bitte verzeihen Sie, aber Namen merk ich mir erst, wenn ich den Betreffenden ein paar Mal gesehen habe. Geht ruhig nach oben, die Versammlung wartet schon. Ach, das könnt ihr gleich mit hoch nehmen …"

Tanja konnte sich nicht verkneifen, laut zu sagen: „Vorsicht, Polizei, die wollen uns *hochnehmen!*"

Unter allgemeinem Gelächter betraten Natalie Hoffmann, die in Leipzig Journalistik studierte, und ihr zwei Jahre jüngerer Bruder Lars den Balkon. Jeder mit einem Tablett voller Erfrischungen in den Händen. Laura fühlte den Sprung, den ihr Herzschlag machte, als sie Lars erblickte: Ein hochgewachsener, gerader Mann mit schönen, weichen, edlen Gesichtszügen und mittelbraunem Haar, das an den Seiten stufig geschnitten war, aber nach oben in einen leicht welligen Schopf auslief. Er hatte etwas Sanftes, Weibliches an sich, fand sie. Allerdings eine sehr hohe Stirn, die ihm Autorität verlieh, man hätte einen Wissenschaftler in ihm sehen können. Laura musste unwillkürlich an das Foto denken, das in dem einzigen Erbstück ihrer Großmutter lag, das sie behalten hatte, dem Backbuch: Lars sah aus wie der geheimnisvolle Liebhaber auf diesem Bild aus den Vierzigerjahren, nur in Farbe. Eine schmale, gerade Nase und zwei kleine, wunderschöne grüne Augen blickten ihr entgegen. Lars lächelte.

„Hallo, ich bin Lars! Wir sind uns noch nicht begegnet, das wüsste ich!"

Die Art, wie er dies sagte und das charmante, gewinnende Lächeln, das er dabei an den Tag legte – es brachte seinen breiten, sinnlichen Mund zur Geltung –, nahmen sie sofort für ihn ein. Erst nach einer unendlich langen Zeit, so erschien es ihr, kam ihr der eigene Name über die Lippen. Dann nahm sie ihm das Tablett ab und stellte es neben das andere auf den kleinen Tisch, um den herum sie saßen. Weder Lars noch sie hatten an diesem Nachmittag viel miteinander gesprochen. Sie hatte den sprichwörtlichen Kloß im Hals, so fühlte es sich an. Sie sah zu Lars hin und schlug die Augen nieder, wenn er ihren Blick bemerkte und lächelnd aufgriff. Er musste sie für eine einfältige Gans halten, die sie ja vielleicht auch war. Es war ihr beinahe wie eine Erlösung vorgekommen, als Manfred, der Bäckergeselle, eintraf. Er hatte eine riesige Papiertüte voller Croissants mitgebracht, etwas, das es im weiten Landkreis nur bei Zörner in Langenbogen gab.

„Wow!" hatte Tanja gebrüllt. Und gleich darauf: „Paris!" Alle hatten sie nur angestarrt und gedacht: Jetzt ist sie doch noch verrückt geworden! Aber Tanja hatte dieses Leuchten in den Augen, das Insidern anzeigte, dass etwas in ihr „klick" gemacht hatte und rief mit einem triumphierenden Unterton in der Stimme:

„Ihr Ölgötzen, kapiert ihr denn nicht? Wir fahren nach Paris! Alle gemeinsam, sobald als möglich! Kratzt eure Ersparnisse zusammen, und dann nix wie ab! Na, ist das 'ne Idee?"

Nach einigen Sekunden der Erstarrung brachen sie in einen kollektiven Jubelschrei aus. Eine „französische Revolution" nannte Frau Lüppertz das später, als sie von ihrem Beschluss erfuhr. Da es Tanja zufolge nicht anging, als weibliches Wesen ohne Schutz durch Paris zu bummeln, mussten sofort männliche Begleiter für alle gefunden werden.

„Wenigstens zur Dekoration, versteht ihr?" Sie dachte laut: „Natalie hat ihren Bruder, und Laura ihren Kollegen. A propos – geht es bei dir überhaupt, Manfred? Zeitlich, meine ich. Was haltet ihr von einem verlängerten Wochenende? Am Donnerstag nachts los und Sonntagnacht retour?"

Manfred überlegte und nickte schließlich, während er das letzte Croissant verspeiste: „Das muss drin sein. Ich hab seit drei Monaten keinen freien Tag mehr gehabt. Wenn sich mein Meister da querstellt, dann bleib' ich ganz weg! Gell, Laura? Du musst ja sowieso erst anfangen, wenn wir wieder zurück sind!"

Laura nickte.

„Also ist es beschlossen?" fragte Tanja mit einem Ton in der Stimme, der andeutete, dass sie keinen Widerspruch duldete. Nur Bärbel schien Laura in ihrer

Begeisterung etwas verhalten, da sie sich, notorisch schüchtern wie sie war, etwas vor der Vorstellung ängstigte, einen Mann für diese Fahrt zu finden. Tanja überging ihre Skrupel.

„Notfalls fragen wir dann eben den ersten Besten am Bahnsteig!"

Das trug zwar nicht gerade zu Bärbels Beruhigung bei, aber als ihr selbst Laura, die auch nicht das blühende Liebesleben verkörperte, was bei ihrem Aussehen und ihrem unbestreitbaren Charme im Grunde jeden erstaunte, aufmunternd auf die Schulter klopfte, ließ sie sich breitschlagen und stimmte in den allgemeinen Jubel ein. Fröhlich wurden Aufgaben verteilt; man würde sich zuvor mit vereinten Anstrengungen etwas zu bilden versuchen, um nicht als eine Horde von Vollidioten in die schönste und kulturell anspruchsvollste Stadt der Welt einzufallen. Sicher, sie wollten sich mit der kleinen Tour belohnen, denn es hatten ja fast alle irgendetwas Besonderes zu feiern. Dennoch wollte man freilich aus Paris alles mitnehmen, was man an Eindrücken kriegen konnte. Dazu musste man wenigstens etwas Kenntnisse und Gespür und – leider auch ein paar Vokabeln – mitbringen: Natalie würde etwas zur Literatur vorbereiten, denn Paris war die Stadt der Bücher; Laura und Manfred mussten sich mit der Kochkunst auseinandersetzen und darüber referieren, denn wo gab es besseres

Essen als in Frankreichs Hauptstadt? Lars wurde mit den Sehenswürdigkeiten betraut. Birgit stürzte sich sowieso begierig auf alles, was mit Mode und Luxusgütern zusammenhing – also hatte sie ihnen vorab zu sagen, wo man dergleichen in Paris, der Welthauptstadt des Luxus und der Haute Couture, bestaunen könnte, während Bärbel, die angehende Französischlehrerin, ihnen allen einen Crashkurs in Touri-Französisch zu verpassen hatte.

Sie fuhren zur Feier dieses Planes, der alle immer mehr begeisterte, nach Halle, zogen von „Brohmers Eisdiele“ in den „Sargdeckel“, das Lokal der Theaterleute, und trennten sich erst spät. Manfred machte einen zaghaften Versuch, Laura zu küssen, als er sie nach Hause brachte, aber sie wimmelte ihn ab. Seit sie am Nachmittag Lars gesehen hatte, war etwas mit ihr vorgegangen. Sie hatte den ganzen Abend seine Nähe gesucht. Sie hatten aber nicht mehr als ein paar belanglose Sätze miteinander gewechselt, etwa, dass sie sich freuten auf Paris, dass es prima sei, mit einer Lehre fertig zu sein, oder was ganz Tiefsinniges: Dass es ein schöner warmer September sei. Blödsinn in der Art eben. Auch während der folgenden Reisevorbereitungstage war zwischen ihnen wenig mehr passiert. Laura war ein bisschen enttäuscht. Vielleicht bildete sich das alles nur ein. Was eigentlich? Tja, das hätte sie selbst gerne gewusst …

Natalie und Bärbel waren kurz vor Reisebeginn dann doch abgesprungen. Bärbel hatte finanzielle Probleme angegeben, aber das konnte nicht der eigentliche Grund gewesen sein, denn sie weigerte sich auch mitzukommen, als ihr Bruder die Kosten zu übernehmen versprach. Natalie gab irgendein wichtiges Projekt an, das ganz plötzlich dazwischen gekommen und ganz und gar unaufschiebbar sei. Na, wer's glaubte. Vielleicht waren ihr die anderen einfach auch zu jung...

Tanja und Dietmar, Birgit und Manfred, Laura und Lars saßen dann eines donnerstags gegen zehn Uhr abends im Zug und rollten aus dem riesigen Leipziger Hauptbahnhof, jeder mit einem Rucksack oder einer kleinen Reisetasche bepackt, mehr hatte Tanja nicht erlaubt. Und das war auch gut so gewesen, denn sie waren offenbar nicht die Einzigen, die dieses Wochenende Anfang Oktober für einen Kurztrip nutzten. Der Nachtzug schien proppevoll zu sein. Erst hatten sie im Trubel keine Sitzplätze gefunden und kampierten auf dem Gang. Doch zum Glück gelang es ihnen bald, mit Hilfe eines aufmerksamen Schaffners, der ihnen den Weg wies, ein ganzes Abteil mit sechs Plätzen für sich zu ergattern. Weiter hinten war alles frei gewesen ... Die Platzreservierungen galten erst ab Aachen. Bis dahin waren es noch 5 Stunden.

Laura war neben Lars gelandet. Das fand sie nicht

schlecht. Sie sah hinaus auf die nächtlichen Lichter, die im Expresstempo an ihnen vorbeiflogen. Keiner von ihnen konnte zur Ruhe kommen, und es versuchte auch keiner. Sie fingen an, einander Gruselgeschichten zu erzählen. Lars konnte das ziemlich gut, bis Tanja sagte, er solle aufhören, weil es sie wirklich zu gruseln begann. Laura tat desgleichen. Aber sie fühlte sich nichtsdestotrotz sehr wohl neben Lars, auch wenn er ihr schon Angst machen konnte. Als „Wiedergutmachung", wie er sagte, holte er ihr etwas vom Bahnhofskiosk, als sie in Aachen Aufenthalt hatten. Alle feuerten ihn an, denn der Zug drohte, ohne ihn abzufahren. Die Leute mit den Reservierungen kamen nicht. Jetzt war wirklich kaum ein Durchkommen mehr. Auf dem Gang vor den Abteilen standen sich jetzt die Fahrgäste die Beine in den Bauch. Laura wollte nicht, dass Lars einer Dame Platz machte, die draußen stand. Sie lachten und lasen gemeinsam in dem Paris-Reiseführer, den Lars noch kurz vor der Abreise in Leipzig gekauft hatte. Er lag zwischen ihnen. Es wurde hell. Dann zog sich die Strecke noch scheinbar endlos in die Länge. Laura wurde schläfrig. Sie bemühte sich, wach zu bleiben, denn sie wollte keine Minute dieser Fahrt verpassen. In ihrem Bauch war ein großes Vakuum. Sie hatte ein flaues Gefühl. Ihr war „blümerant" – so hätte die Großmutter das wohl genannt. Ob die sich auch so gefühlt hatte, als sie ihren Wissenschafter getroffen hatte? Als sie mit ihm am Strand entlang gelaufen war, am Strand von … Wo war es noch gleich gewesen? Na egal. Irgendwo wachte Laura auf und fühlte, dass ihr Kopf auf Larsens Schulter ruhte. Sie entschuldigte sich halbherzig und wurde ein bisschen rot.

„Gerne wieder …“, sagte er und legte seinen Kopf auf ihre Schulter. „Aber nur, wenn mir das Gleiche erlaubt ist! Gestatten Sie, Madame?“

Als sie gegen 7 Uhr den Gare du Nord erreichten, läuteten die Glocken von Pa…

„Du, Laura, dürfen wir jetzt mit den Pralinen anfangen?“ fragten Franka und Sunhild, die zur Untermalung der Dringlichkeit dieser Anfrage mit dem Löffel gegen ihre Müslischale schlugen. Laura schreckte auf und musste den Kopf schütteln, um wieder deutlich zu sehen. Dann wurde ihr bewusst, wo sie sich in Wahrheit befand …

„Aber klar! Habt ihr noch Hunger? Wo treiben sich Kaspar und Ludwig rum?“ Laura sah die Brüder nirgends. Sie war in Sorge.

„Die sind runter zum Schrotthügel!“ konnte Franka Auskunft geben.

Laura erklärte den beiden Mädchen rasch, was sie zu tun hatten, schloss dann aber:

„Ihr wisst es doch auch noch vom letzten Mal, oder etwa nicht? Wir füllen uns jetzt erst einmal die nötigen Zutaten ab, dann macht ihr alleine den Teig. Wascht euch erst mal gründlich die Hände. Ich will nur kurz noch nach euren Brüdern gucken."

Sie lief den kleinen Hügel zum unteren Teil des Schlossgartens hinab und hörte Kaspar und Ludwig schon von Weitem. Die beiden hatten eine Schutthalde erklommen und schmissen alte Metallteile gegen die kleine Mauer einer der Ruinen des alten romantischen Parks, die hier überall herumstanden. Das Relikt war ziemlich ramponiert. Das war einigermaßen bedauerlich, denn die standen alle seit Kurzem unter Denkmalschutz: Erhaltenswertes klassizistisches Erbe … Immerhin zankten sie sich nicht wieder.

„Kaspar, Ludwig? Bitte hört mal auf, so einen Krach zu machen! Außerdem dürfen wir die alten Mauern nicht kaputtmachen, denn die gehören zu kleinen Häuschen, die wieder aufgebaut werden sollen. Kommt mit nach oben, wir fangen jetzt an, Pralinen zu machen. Auf geht's! Warum seid ihr eigentlich weg, ohne etwas zu sagen?"

Sie hatte den richtigen Ton getroffen. Die zwei Jungen folgten ihr ohne ein Widerwort.

„Du hast uns vielleicht nicht gehört. Wir haben dich gefragt, Ehrenwort!" sagten Kaspar und Ludwig fast im Chor. Laura ging nicht darauf ein. Ihre Tagträume waren offenbar stark genug, die Stimmen zweier Halbstarker auszublenden. Ludwig fügte hinzu: „Und du hast noch nicht einmal gemerkt, dass wir alle eine von deinen Pral…" – „Scht! Sei doch still, du Idiot!" bläffte Kaspar sofort. Laura wurde erst zornig, dann lachte sie. „Ist das wahr? Wenn das wahr ist, dann müsst ihr zur Strafe nachher beim Zusammenräumen helfen. Wir müssen nämlich die Bienenstichräume gründlich saubermachen, bevor demnächst die Bauarbeiter kommen!"

Sie schaute im Vorbeigehen auf ihre Pralinenschachtel. Tatsächlich: es waren nur noch drei Pralinen übrig. Zu Beginn ihres Picknicks unter der Zeder waren es noch sieben gewesen, mindestens.

„Tja, Freunde – das heißt Arbeit für euch. Jeder nimmt sich nachher einen von den Umzugskartons da hinten. Da sind schon welche zusammengebaut. Da stellt ihr die ganzen Schachteln mit den Stiften und Malsachen hinein, wenn ihr mit dem Malen fertig seid. Aber passt auf, die Schachteln sollen nicht umkippen, damit nicht alles durcheinander fliegt! Auf jede Lage legt ihr am besten eine von den alten Zeitungen da. Wenn ihr es gut macht, müssten alle Malsachen in die drei Umzugskisten passen!"

Sie gingen zu den Mädchen, die in der Küche bereits angefangen hatten, die Zutaten abzuwiegen.

„Wow, bravo! Jetzt könnt ihr den Teig machen. Ich glaube, Kuvertüre haben wir nicht. Aber Kakaopulver! Und hier sind noch Mandeln übrig vom Pralinen-Contest. Wenn ihr den Teig gut durchgeknetet und kleine Kugeln daraus geformt habt, dann nehmt ihr je eine Mandel, drückt sie in die Kugel und rollt sie durch den Kakao. Den schütte ich euch hier auf das Brettchen. Passt aber auf, dass ihr euch nicht so dreckig macht. Und blast nicht wieder rein! Wenn ihr doch Kakao ins Auge bekommt, dann wascht ihn gleich raus."

„Roll ihn durch den Kakao!" brüllte Kaspar. „Hihi, durch den Kakao ziehen!" quietschte Franka. Laura machte sich noch einen Kaffee und beobachtete das Pralinenmachen der Kleinen eine Weile. Nachdem die ersten Proben gut gelangen, überließ sie die jungen Patisseure kurz sich selbst, nicht ohne sie zu ermahnen, jeder nicht mehr als drei Pralinen zu essen. Auf die Frage, wie ihnen denn die Pralinen von Lesautre geschmeckt hätten, schwiegen sie verschämt. Sunhild sagte schließlich: „Die waren Klasse. Fast wie deine, die du gemacht hast, beim Contest, Laura …"

Kindermund tut Wahrheit kund, hätte Oma Louise schmunzelnd gesagt. Laura lachte bloß, bedankte sich für das Kompliment und ging nach draußen, wo sie sich wieder unter die Zeder setzte. Nur kurz, schwor sie sich. Die vier wären schon vernünftig genug, sich in der Küche nicht umzubringen. Und Lesautre-Pralinen waren schon etwas Feines. Sie besah sich den kümmerlichen Restbestand in ihrer Schachtel. Noch drei, nein, noch zwei jetzt …

Ein etwas kühler Morgen war es, als sie aus dem Nordbahnhof traten. Aber was kümmerte sie das, denn es war ein Morgen in Paris! „Voilà, Paris, da sind wir!" riefen sie aus und setzten sich ins nächstbeste Café, bestellten Cafè au lait und Croissants und konnten ihr Glück noch nicht fassen. Lars erläuterte ihnen noch einmal die schneckenförmige Aufteilung des Stadtzentrums in 20 „Arrondissements" oder Viertel, beginnend beim 1. Arrondissement (Louvre) und erinnerte sie an den noch in Steuden gefassten Plan, ausgehend von ihrem Ankunftsort im 10. Arrondissement, Entrepont, zunächst rückläufig über die große Oper zum Triumphbogen und zum Eiffelturm zu laufen, anschließend einen Abstecher zum Künstlerhügel Montparnasse zu machen und dann über den Jardin du Luxembourg ihr Jugendhotel im berühmten Quartier Latin anzusteuern. Zu Zeiten des großen Dichters François Villon war unter den Studenten der Sorbonne nur Lateinisch gesprochen worden. Lars hatte sich das alles so genau ausgedacht, als ginge es um eine Invasion. Laura schwirrte der Kopf vor all den Dingen, die Lars über die Sehenswürdigkeiten am Weg zu berichten wusste. Zuhause hatte das alles so übersichtlich geklungen, so anschaulich. Doch jetzt, wo sie in dieser lebhaftesten aller Städte standen, die Laura bisher gesehen hatte, haute es sie doch um. Zugegeben, viele Städte waren es nicht, die sie zuvor kennen gelernt hatte, und Berlin war bisher die größte darunter gewesen. Umso schlimmer und überwältigender, ja niederschmetternder war jetzt der erste Eindruck! Sie brauchte noch einen Milchkaffee, um innerlich aufzutauen und diesen Wirbel des Lebens um sich her zu genießen. Allmählich erst kam die Stadt auf Touren. Sie waren schon zwei Stunden unterwegs. Jetzt standen sie auf dem größten Platz der Welt, dem Place de la Concorde! Ein Wahnsinnsplatz, dachte Laura.

„Concordia heißt Eintracht", verkündete Lars und verlangte, dass sie sich alle unterhakten. Sie schworen sich, dass nie Zwietracht unter ihnen ausbräche. Sie lachten ausgelassen. Laura hatte den 3000 Jahre alten Monolithen aus Luxor angestaunt, der ein „kleines" Geschenk eines ägyptischen Königs war, wie Lars erklärte, als sei er selbst der Empfänger dieses Präsents gewesen. Laura zuckte zusammen und erlebte einen neuerlichen Schauder angesichts der Größe und Monumentalität dieser Metropole. Sie ertappte sich dabei, am Arm des allwissenden Stadtführers Lars hängen zu wollen, der darauf hinwies, dass auf dem Platz der Eintracht mit dem berüchtigten Fallbeil der Revolution, der Guillotine, in etwas über einem Jahr mehr als zweieinhalbtausend Menschen hingerichtet worden waren, darunter König Louis der Sechzehnte und seine Frau Marie Antoinette! Beeindruckend war der Blick zwischen den beiden barocken Pferdeskulpturen von Marly hindurch bis hinauf zum Triumphbogen, der sich wahrhaft triumphal vom Horizont deutlich abhob.

Sie liefen die Avenue des Champs-Élysées entlang, die berühmteste Prachtstraße, in Richtung auf den Arc de Triomphe. „Champs-Élysées ist eigentlich nicht Paris", sagte Lars. „Es war früher die Verbindungsstraße zwischen zwei Parks, auf der die Kutschen der Reichen fuhren. Heute flanieren hier bloß noch Touris wie wir. Echte Pariser sieht man hier nicht." Lars wies Laura auf das Palais de l'Élysée, den Präsidentenpalast, hin, den man durch hohe Kastanienbäume hindurchschimmern sah, ebenso wie die auf ihm wehende Trikolore. „Die Verlängerung dieser Avenue ist die Ost-West-Achse von Paris. Es ist, als hätte jemand ein Riesenlineal an den Louvre und die Seine angelegt, dort wo sie sich in einem weiten abgeflachten Bogen durch die Pariser Innenstadt schlängelt." Sie stand nach dem ziemlich anstrengenden, zwei Kilometer langen Marsch neben Lars auf der Plattform des historischen Triumphbogens. Es war elf Uhr morgens. Sie lauschte nur mit halbem Ohr den Erklärungen, die aus Lars unermüdlich heraussprudelten. Ein frischer Wind wehte sie an und ließ ihre langen braunen Haare flattern. Sie triumphierten alle innerlich. Dies war der Moment ihres Sieges! Deshalb waren sie hier! Sie wirkten alle wie verwandelt. Alles schien so unglaublich, wie eine

Erfindung in einem billigen Kitschfilm. Und war doch so real! Lars hatte eine Sonnenbrille aufgesetzt und sah unglaublich gut aus, fand Laura.

In einer Brasserie aßen sie Meeresfrüchte, elsässisches Sauerkraut, Apfelstrudel und tranken Elsässer Bier vom Fass. Laura trank selten Alkohol und spürte, wie sich eine wohltuende Entspannung in allen Gliedern ausbreitete. Sie sah in die strahlenden Gesichter ihrer Freunde und fühlte ein bis dahin unbekanntes Glücksgefühl aufsteigen. Die Breite der Prachtmeile und dieser weite Ausblick vom Arc de Triomphe zu Mitterands neuem Triumphbogen, La Grande Arche de La Defense, bewiesen einen Stolz und eine Größe, die sich auf den Besucher und Betrachter übertrug. Spontan hatten sie beschlossen, als Nächstes zu jenem riesigen Gebäude weit außerhalb des Stadtzentrums zu fahren, statt zum Eiffelturm, dem nächsten Punkt im Larsschen Rundkurs. Lars hatte sich nicht gesträubt. Er hatte stillschweigend akzeptiert, dass sein Programm damit gestorben war. Die Stadt hatte die Regie übernommen, und der heldenhafte Lars hatte sich geschlagen gegeben. Aber er würde sie weiter mit seinem Sachverstand geleiten, was immer sie auch beschlössen – ihre Eintracht war schließlich vorhin auf seine Anregung hin feierlich besiegelt worden, wie er jetzt noch einmal betonte und darauf sein Bierglas erhob. Laura schaute ihn an und lächelte. Als sie weiter flanierten, nahm sie seine Hand. Sie wusste auch nicht genau, warum. Er sah sie erst überrascht, dann erfreut an. Sie spürte seinen Puls.

Sie kauften sich Metro-Netzkarten „Paris Visite" und waren nach nur drei Stops an diesem riesigen, ausgehöhlten Würfel, den irgendein großer Architekt kurz zuvor ein „Fenster zur Welt" und einen „Blick in die Zukunft" genannt hatte. Lars flüsterte es ihr zu, als sie in den gläsernen Aufzug stiegen, der in einem dürren Stahlgerüst im Freien in die schwindelerregende Höhe von 110 Metern hinaufglitt. Laura fühlte sich, als würde sie direkt in die Luft katapultiert. Sie klammerte sich instinktiv an Lars. Oben sah sie, dass Birgit dies mit Manfred genauso gehalten hatte, von Tanja und Dietmar nicht zu reden. Wie in einem dieser gut besuchten Karussels auf dem Rummel. Sah so die Zukunft aus, fragte sie sich, während sie auf der Dachterrasse der Grande Arche de la Defense standen und auf das unübersichtliche Meer aus Stein da drunten schaute? Nun hatte Lars ihre Hand genommen. Die anderen sahen es, aber sie achteten nicht darauf. Vorher hatte sich Laura noch etwas geschämt, als sie seine Hand in ihre genommen hatte. Aber hier war die Zukunft, hier war dieses riesige Gebilde, durch das man in eine andere Welt blickte. Sie waren andere geworden, waren verändert. Die Stadt mit ihrer unglaublichen Größe und Wucht hatte Laura außerdem zu verstehen gegeben, dass man hier verloren war, wenn man niemanden hatte. Paris hatte sie Lars in die Arme getrieben, und sie liebte diese Stadt dafür!

Wie ein Zahnstocher hatte der Eiffelturm von der Grande Arche aus gewirkt. Als sie dann aber mit ihrer Netzkarte in rasantem Tempo ins Stadtzentrum zurückgefahren waren und wirklich dort oben auf diesem Weltwunder aus 7000 Tonnen Stahl standen, waren sie geplättet. Vor allem, als sie sich in die Mitte darunter stellten und nach oben blickten, war ihnen schwindelig geworden, wie sonst nur bei den schnellen Karussells auf dem Jahrmarkt. Lars erzählte die Geschichte des Erbauers Gustave Eiffel, dessen deutscher Urahn sich in „Eiffel“ umbenannt hatte, weil die Franzosen seinen echten Namen, „Bönickhausen“, nicht hatten aussprechen konnten. Eiffel hatte den Eiffel-Turm gar nicht selbst konstruiert, sondern ein Mitarbeiter seines Konstruktionsbüros. Das Büro Eiffel hatte auch die New Yorker Freiheitsstatue gebaut! Alles schien von Freiheit und Größe zu sprechen – dieses ungeheure Paris betäubte Laura. Als sie abends, nachdem sie die vorbestellten Zimmer im Quartier Latin bezogen hatten, noch einen Imbiss zu sich nahmen, war Laura vollends erledigt. Sie teilte sich mit Birgit ein Zimmer. Beide schliefen friedlich nebeneinander wie die Kieselsteine.

Der nächste Morgen hatte mit der völlig unerwarteten Erkenntnis begonnen, dass sie sich in Paris, der Hauptstadt Frankreichs und der ganzen zivilisierten Welt befanden! Birgit und Laura hatten sich umarmt und waren auf den kleinen Balkon gelaufen, um sich die Augen zu reiben und die noch immer wärmende Oktobersonne zu begrüßen, die den Ausblick auf die schönen Häuser, das Gewirr von Dächern und Erkern, zu einem pittoresken Gemälde werden ließ. Sie frühstückten und schwelgten erstmals in echtem Überfluss. Der Geschmack der Croissants war umwerfend. Das war ihr gestern schon aufgefallen. Jetzt erinnerte sie sich daran, dass die berühmteste Confiserie der Welt, die von Lesautre, im 6. Arrondissement, in der Rue de Seine 76, also fast um die Ecke lag. Laura wollte unbedingt dorthin gehen und diese Confiserie betreten. Jeder hatte plötzlich bestimmte Orte vor Augen, die er unbedingt besuchen wollte. Die Schalen mit Milchkaffee wärmten in Gedanken noch ihre Händflächen, als sie einen kleinen Bummel zum Pantheon machten. Was sprach gegen einen weiteren kurzen Cafébesuch? Sie waren noch nicht wach genug, um sich über diesen Tag klar zu werden. In dem altmodischen, unglaublich freundlich wirkenden Café Le Mouffetard an der Ecke zur Rue de l'Arbalète, setzten sie sich draußen hin, denn die Oktobersonne war inzwischen ins wild zerklüftete Massiv der Stadt eingedrungen und wollte genossen werden. Laura schloss die Augen und nahm die vielen, herrlich fremdartigen Gerüche wahr, die hier durch die Straßen zogen. Die Sonne brachte Paris in Wallung, dachte sie und merkte, wie auch ihr Herz aufzugehen begann. Sie fühlte sich wie eine Rose, deren noch fest geschlossene Blütenblätter vom Licht gelockt werden.

8. KAPITEL

Sie öffnete die Augen und sah die anderen, sah Tanja, Dietmar, Manfred und Birgit, wie sie sich angeregt unterhielten. Jetzt trugen sie alle bereits Sonnenbrillen, nur sie selbst nicht. Diese Verpuppung kam ihr komisch vor; sie mochte Sonnenbrillen nur an anderen. Wo war Lars? Eben hatte er noch neben ihr gesessen. Sie war verwirrt und fühlte sich mit einem Mal unsicher. Von Anbeginn ihrer gemeinsamen Fahrt, hatte sie seine überlegene, sichere Art zu schätzen gelernt, hatte sich im Getriebe der großen Stadt, das ihr zunächst so fremd und bedrohlich gegenübergetreten war, an seine Seite geflüchtet und war nicht zurückgewiesen worden. Seine Gegenwart hatte sie mit plötzlicher Zuversicht erfüllt. Alle Gefahr, die ihr vorher von diesem Moloch von Stadt auszugehen schien, hatte sich mit einem Mal in Größe, ja in Macht verwandelt – in eine positive, nach vorne drängende Kraft.

Diese Fahrt nach Paris, zu Beginn aus einer Laune der Freundin heraus entstanden, war in Lauras Erleben immer mehr zu einer Manifestation der Erwartung geworden: Es würde etwas passieren. Und seit gestern glaubte sie zu spüren, dass es etwas Gutes wäre, was da auf sie zukam. Diesen deutlichen Eindruck hatte sie dank Lars empfunden, zum ersten Mal seit langer

Zeit. Hoffmann – Hoffnung, dieser Gleichklang erfüllte sie mit Freude. Hätte sie auch nur einen dieser Gedanken, nur eine dieser Überlegungen, dort am Tisch, unter der wärmenden Oktobersonne laut ausgesprochen, hätten sie die anderen schallend ausgelacht. Doch Laura selbst sah absolut nichts Lächerliches in diesen Beobachtungen ihrer inneren Zustände. Sie hatte sich früher nie in derartigen Selbstreflexionen verloren. Waren ihr die eigenen Gefühle überhaupt je richtig bewusst geworden? War ihr dieses Gefühl von starker Zuversicht zuvor überhaupt bekannt gewesen? Sie fragte es sich, ohne sofort eine Antwort darauf zu finden. Vor dem wahnsinnigen Getriebe der Weltstadt, vor dieser scheinbar unendlichen Zahl von Schicksalen, die sich in Straßen und Boulevards kreuzten, war sie sich gestern so klein und verschwindend vorgekommen. Die Jahre der Kindheit und Jugend in diesem kleinen Dorf im Mansfeldischen waren für einen schrecklichen Augenblick lang zu einer Anekdote zusammengeschnurrt. Ein ganzes Leben in Steuden schien nichts zu sein, verglichen mit einer Minute des Lebens in Paris. An der Seite von Lars Hoffmann hatte Laura dann wieder die Hoffnung gespürt, es könnte doch noch alles gut werden. Es könnte eine Möglichkeit geben, das bisher gelebte Leben in Steuden zu retten. Das Beste davon zu bewahren und es mit einem Geniestreich in etwas Großes zu verwandeln. Irgendwie hatte Lars Hoffmann mit dieser Verwandlung zu tun. Ja, so einfach war es, darauf lief ihr „Philosophieren“ bei Milchkaffee und Croissants hinaus.

„Schaut mal, wer da kommt“, sagte Tanja. „Unser Romeo. Nein, unser Kavalier!“

„Oder beides“, sagte Birgit. Manfred griente. Laura drehte sich um und hatte eine rote Rose vor Augen und Nase. Der Duft und die satte Farben waren wie ein Überfall. Und Lars Hoffmann war derjenige, der ihn verübte.

„Hej – was ist das denn? Ist die etwa für mich?“

Die Frage war ein bisschen überflüssig, das spürte sie selbst, aber was sagt man nicht alles, um nur irgendetwas zu sagen. Wenn man in der Verlegenheit ist, dem charmantesten aller Reisebegleiter gegenüberzustehen …

„Hab ich grad an der Ecke gefunden, dachte es gefällt dir, sie kurz anzuschauen, bevor wir sie wegwerfen“, spielte er die Geste herunter, die vielleicht doch etwas weniger unschuldig war. Sie nahm es mit Humor. Nein, es bloß nicht zugeben – aber sie freute sich mehr, als sie sagen wollte.

„Danke“, sagte sie. „Danke, Romeo!“

Von den Nachbartischen kamen fröhliche Blicke. So was schien hier, in dieser Welthauptstadt der Liebe, gar nicht so ungewöhnlich zu sein. Laura konnte sich kaum auf die weiteren Gespräche am Tisch konzentrieren, so aufgewühlt war sie. Mehrfach warf sie Seitenblicke auf den Mann neben sich. Zwischen „neben" und „an der Seite" war ein Unterschied. Wie brachte man diesen Unterschied zum Verschwinden?

Doch vordergründig ging es um ganz andere, erschreckend reale Probleme. Paris hatte sich wie eine Droge auf ihr aller Gemüt gelegt und begann zu wirken. In ihren Köpfen, die noch vom endlosen Geratter der tags und nachts zuvor erlebten Bahnfahrten vibrierten, nahmen höchst unterschiedliche Pläne Gestalt an, die zur unausweichlichen Folge hatten, dass sie an diesem Samstag getrennte Wege gehen würden, an dem ersten und einzigen Tag, den sie von der ersten bis zur letzten Stunde, „von Null bis Vierundzwanzig", wie Lars geschäftsmäßig sagte, in Paris, der Kapitale des alten Europa, zu verbringen gedachten. Jetzt reduzierte sich ihre gestern auf der Place de la Concorde so dramatisch beschworene Eintracht auf das einträchtige Verlangen, so viel Paris wie möglich für sich selbst mitzunehmen: Tanja und Dietmar mussten unbedingt, wie sie sagten, das Grab von Jim Morrison auf dem Friedhof Père Lachaise aufsuchen, eine Idee, die ihnen ebenso viel bedeutete, wie ein Gang über den Künstlerhügel Montparnasse. Birgit dagegen war von der Idee besessen, die einschlägigen Shopping-Zentren nach edlen Stoffen abzuklappern und wenn nötig, ihr ganzes Geld dafür auszugeben. Ein schöner Plan, wie sie alle fanden, und keiner versuchte, sie davon abzubringen. Daheim hätten sie das mit an Sicherheit grenzender Wahrscheinlichkeit als totalen Wahnsinn bezeichnet, ganz egal, wie viel „mein ganzes Geld" bei der Jung-Unternehmerin Birgit denn auch in Wirklichkeit war.

„Vor allem aber will ich zu *Lolita Bis* in die Rue des Rosiers!" flötete Birgit und blickte vielsagend auf die rote Rose vor Laura, die ihr auf schwer erklärliche Weise ein Dorn im Auge zu sein schien.

„Klingt wie der Name einer polnischen Gewerkschaftlerin direkt von der Werft", sagte Manfred, und sie mussten lachen. Birgit ließ das jedoch ganz unbeeindruckt, denn sie dozierte jetzt:

„Alles, was Lolita macht, ist ein Sammelobjekt. Sie ist der Liebling der Pariser In-Szene, und das schon seit etlichen Jahren. Ihre Kollektionslinie ist nicht so teuer – und nicht so verrückt – wie ihre Signature-Kollektion: Jacken so um die 550 Mark. Accessoires sollen sehr preisgünstig sein, 40 bis 50 Mark mit etwas Glück. Ihr glaubt nicht, wie die Kommilitoninnen in Halle ausflippen werden, wenn sie auch nur das kleinste Fitzelchen echter Haute Couture aus Paris …"

Sie betonte: Paaarrriiie!

„… zu Gesicht bekommen! Ein paar Aufträge muss ich auch erledigen. Ihr seid mir doch hoffentlich nicht böse, wenn ich die Gelegenheit nutze? Ach, verdammt, wenn doch nur etwas mehr Zeit bliebe: Céline, Chanel, Dior, Lacroix, Ungaro, Kenzo, Lagerfeld, Vuitton, Ricci …"

„Das meiste davon liegt im Achten, da hast du Glück", sagte Lars zu aller Erstaunen. „Hermès hast du vergessen, aber die Seidenschals und Taschen gibt's mittlerweile nur noch auf Rezept, glaube ich! Du solltest jedenfalls nicht unterlassen, bei Gaultier senior im Zweiten und Gaultier junior im Ersten vorbeizuschauen!" Zwar war er schon mehrfach in Paris gewesen, aber dass er sich deswegen gleich mit den großen Mode-Gurus auskennen musste, hatte keiner vermutet. Birgit schien dieses Wunder nicht aufzufallen, denn sie sagte nur:

„O, du hast Recht, wie dumm von mir, an die nicht zu denken! Aber bei so vielen feinen Adressen, da kann man leicht einmal den Überblick im Terminkalender verlieren …"

„Signature-Kollektion, Accessoires, Haute Couture" – und dann diese Liste von Namen … Birgit schien auf einem anderen Planeten zu leben, dachte Laura mit heimlichem Gram. Auf dem Planeten Sonnenstich! Aber dann fiel ihr ein, dass sie selbst durchaus mithalten konnte. Sie zog ein zusammengefaltetes Blatt aus ihrer Hosentasche und legte es geglättet auf den Café-Tisch neben die Rose.

„Du hast es immerhin noch besser, meine Liebe!" sagte sie, und es gelang ihr meisterlich, Birgits Tonfall der Paris-Kennerin anzunehmen: „Die Boutiquen, die ich ansteuern muss, verteilen sich über die ganze Innenstadt, nicht nur über zwei Arrondissements. Christian Constant, einer der besten Chocolatiers, residiert im Sechsten, Rue d'Assas und Rue du Bac, Debeauve & Gallais dagegen im Siebten, in der Rue des Sts-Pères, zwischen dem Boulevard St. Germain und der Seine. Da soll es sogar Schokoladenpostkarten geben, für 12 Mark das Stück! Lenôtre ist ganz weit draußen, im Sechzehnten, an der Avenue Victor-Hugo, aber weil ich Geschenke brauche, komme ich da wohl nicht dran vorbei, das ist nun einmal Pariser Prestige in einer Schachtel verpackt, n' est ce que pas? Von Richart aus, am Boulevard St-Germain im Siebten, kann ich mich immerhin langsam zum Zehnten vorarbeiten, wo das Maison du Chocolat von René Lesautre steht, am Boulevard de la Madelaine! Jeder, der Feinschmeckermagazine liest, wird über diesen Namen häufiger stolpern. Dieses Haus wickelt seine Pralinés mit der wohl gleichen Sorgfalt ein wie Hermès seine modischen Bonbons! Man soll von den Trüffeln, die dort gemacht werden, nicht mehr als drei Stück essen können am Tag, da sie angeblich so reichhaltig sind: einen zum Frühstück, einen zum Mittagessen und einen zum dîner. Aber ich habe schon

lange aufgehört, mir derlei Beschränkungen aufzulegen, wie man sieht …"
Hier deutete sie auf einen nicht vorhandenen Bauch, was alle zum Prusten brachte. Sie war wirklich die schlankste unter ihnen …

„Dabei ist alles pure Handarbeit und nach dem Urteil der Fachpresse ist Lesautre die ultimativ nächste Adresse, direkt neben dem Paradies, sozusagen, ihr Lieben! Da ist selbst die Marquise de Sévigne, am Place de la Madelaine, nur ein Rastplatz zwischendurch, im achten Arrondissement nämlich, aber wegen der Haselnuß-Pralinés auf keinen Fall zu übergehen. Ein Bild der Marquise höchstpersönlich, auf Goldfolie ziert jedes einzelne Stück Konfekt. In der Confiserie von Richart übrigens, die am wirklich schicken, eleganten Teil des linken Seine-Ufers liegt, sind die Pralinen aus Lyon das absolute Muss, am berühmtesten hier die Trüffel mit Whiskey- oder Champagnercreme …" Laura machte zum Abschluss die typische Geste für ultimatives Entzücken, indem sie Daumen-, Zeige- und Mittelfinger der rechten Hand, mit den Spitzen zusammengelegt, an die geschlossenen Lippen führte, um sie dann in der gegenläufigen Bewegung zu vereinzeln und ein Kussgeräusch dazu hervorzurufen. Alle applaudierten und grinsten; diese profunde Kennerschaft hatten sie bei der Einserschülerin in Sachen Süßwaren vorausgesetzt.

Zweifelsohne hätte Manfred nun noch von den besten Boulangerien und Dietmar von den besten Plattenläden oder Tanja über die besten Grandhotels referieren können, doch sie beschlossen sich allmählich mal in Bewegung zu setzen, um diesen wunderschönen Tag am Ende nicht bloß verplappert zu haben. Manfred gesellte sich Birgit als Begleiter bei ihrem Stoff-Shopping zu. Laura hingegen erschien es wie ein Traum: Der restliche Tag würde Lars und ihr allein gehören! Zumindest bis zum vereinbarten Wiedersehen am gleichen Ort. Um neun Uhr abends. So trennten sich die drei Grüppchen, und Laura ging zu Lars mit der Rose in ihrer Hand.

„Hast du die im Ernst gefunden?“ fragte sie, während sie daran roch. Sie duftete wirklich! Lars lächelte und sah sie fröhlich an. „Klar.“ Nach einer wohl überlegten Pause fügte er hinzu: „In einer kleinen Vase, die vor einem netten Mann stand, der glücklich war, als ich ihm ein paar Francs dafür gab …“

Sie schaute ihn an, lächelte und ging langsamer und verträumter als vorher neben ihm weiter. Plötzlich spürte sie seine Hand, die ihre umschloss. Sie blickte ihn nicht an, sondern ließ es zwanglos geschehen, bat ihn jedoch, auf der anderen Seite zu gehen, sodass er zwischen ihr und der Straße wäre. Auch fasste sie seine Rechte nun so, dass ihre Finger verschränkt waren und auf einen der ihren einer von seinen folgte.

Sie sahen sich an und lachten. Sie hielt ihm die Rose an dem langen Stiel vor die Nase, und er tat so, als ob er ohnmächtig werden würde. Sie blieben stehen, mitten im Gewimmel der Passanten. Würde nun geschehen, worauf sie hoffte, würde er ihr tief in die Augen schauen und sie kü…

Die Stimme von Verena Wenzel unterbrach sie in ihren Erinnerungen. Meine Güte, dachte Laura schuldbewusst, und sprang auf. Von der Decke unter der Zeder aus hatte sie das marode Schlösschen und die vier Kinder doch eben noch im Blick gehabt! Nur einen letzten Kaffee hatte sie trinken und dazu eine Praline essen wollen. Jetzt hatte sie sich irgendwo im Paris vergangener Jahre verloren und dabei auch noch ihre Aufsichtspflicht verletzt! Hoffentlich war unterdessen nichts Schlimmes passiert. Obwohl, beruhigte sie sich gleich, das hätte sie schon mitbekommen … Sie beeilte sich dennoch, zu Verena zu gelangen, die um die Ecke gebogen war und ihrerseits mit ihrem großen gelben Sommerhut und ihrem weißgepunkteten, schwarzen, ärmellosen Kostüm auf Laura zusteuerte.

„Na, habt ihr den Laden auf Vordermann gebracht?“ fragte sie.

„So lala, sagte Laura unbestimmt und fragte, um abzulenken: „Heiko nicht dabei?“

„Hab’ ich erst zu Hause abgesetzt.“

Das sah ihr ähnlich: Keinen überflüssigen Meter zu Fuß laufen! Dabei waren es bis zu Wenzels gerade mal zwei Minuten vom Schloss aus. Laura nickte und spähte ins Innere der Bienenstich-Räume. Sie war erleichtert, die Kinder lebend zu erblicken. Sie hatten augenscheinlich erst noch gemalt, bevor sie das Regal ausgeräumt und seinen Inhalt in zwei der großen Umzugskisten – nun ja, Laura konnte es gut erkennen – *geschüttet* hatten … Die bei dieser Art des Packens anfallenden leeren Stiftekästen hatten sie gesondert in einen dritten Umzugskarton gezwängt, gestopft und sicher auch kräftig mit den Füßen nachgeholfen, wenn es nicht ganz so reibungslos gegangen war. Laura nahm sich zusammen, dann strahlte sie und sagte:

„Das habt ihr ganz toll gemacht, super!"

Sie war vor allem froh, dass sie sich bei dieser unbeaufsichtigten Aktion nicht verletzt hatten. Die Mädchen liefen zur Mutter. Franka hatte einen Teller mit den Pralinen dabei, die sie gemacht hatten. So wie es aussah, konnten sie alle nicht bis drei zählen, denn von den mindestens 30 Pralinen waren höchstens noch 7 übrig. Jedes der Kinder hatte höchstens vier essen sollen … Das klang nach einer Prüfungsaufgabe für das Konditoreihandwerk, fand Laura und musste grinsen. Jetzt sollte man das Gewicht einer Praline berechnen oder die Wahrscheinlichkeit, dass einem, zweien oder allen vieren morgen ziemlich schlecht wäre …

„Alles prima. Alles im Lot“, sagte Laura. „Zumindest, was deine Kinder angeht. Schau dir an, was wir mit den Fressalien angestellt haben, die unten im Korb waren. Ich fühle mich jetzt wirklich etwas wackelig. Muss wohl zu viele Pralinen gegessen haben. Ich melde mich wegen Montag. Ja, ich rufe dich noch an, versprochen!“

Es hatte ganz einfach und geradeheraus geklungen. Verena hatte es geschluckt wie die Praline, die sie kostete und jetzt bewertete:

„Köschtlisch! Aber pappig ohne Schokomantel.“

Laura rief:

„Kaspar oder Ludwig – kann einer von Euch mal den Korb holen? Die Brötchen, die noch übrig sind, dürft ihr mir gerne da lassen!“

„Wenn du nichts dagegen hast, Verena?“

„Nö, dafür hab ich sie dir doch mitgebracht. Falls du noch mehr Hunger hast, willst du nachher zum Abendessen rüberkommen?“

Laura bedankte sich für die Brötchen. Für die morgige Autofahrt könnte etwas Proviant nichts schaden. Beim Stichwort Abendessen fiel ihr das Versprechen ein, das sie morgens Christa Behrendes gegeben hatte. Aber die würde ihr das Ausbleiben am Mittag schon nicht krumm genommen haben. Verenas Angebot, das Abendbrot bei den Wenzels zu essen, klang zwar sehr verlockend. Laura befürchtete aber, dass sie durch das gesellige Beisammensein doch noch umgestimmt werden könnte in ihrem Entschluss, ihre Koffer zu packen und Steuden zu verlassen. Oder sie könnte sich, fast noch schlimmer, wenn man es genauer bedachte, durch irgendeine unachtsame Bemerkung verraten. Wenn ihre Absicht bei Wenzels erst einmal offen ausgesprochen wäre, dann würde man sie am Ende noch aktiv daran hindern, wegzufahren!

Laura stellte sich vor, wie – durch die aktive Propaganda Verenas aufgehetzt – noch in der Nacht die Bauern des Dorfes mit ihren Treckern vor den ehemaligen Steudener Hof gefahren kämen und die Hofeinfahrt so abschotteten und blockierten, dass Laura, die Fluchtwillige, mit ihrem Auto nicht mehr herauskäme. So würde sie versuchen, zu Fuß über die Äcker zu entkommen. Einer der Steudener Bauern, der dicke Feldtmann junior vielleicht, der einstige „Ernst des Lebens“, würde sie mit gnadenloser Brutalität stellen, ein Grenzposten der Steudener Bauernschaft zur Verhinderung von Republik-Steuden-Flucht … Über dieses Horrorszenario im Kopf musste sie jetzt wirklich laut lachen, und es passte gut, dass gerade Ludwig die Treppe herunterkam: Er hatte sich den leeren Flechtkorb wie einen Helm aufgesetzt, den Tragebügel unterm Kinn. Zu Verena sagte Laura:

„Danke, aber ich denke, ich muss mich noch ein bisschen fangen, wenn du verstehst, was ich meine.

Die Trennung geht mir nicht aus dem Kopf, und ich wäre euch keine gute Gesellschaft. Ich hatte schon heute Nachmittag Schwierigkeiten, mich mit den Kindern so zu beschäftigen, wie ich eigentlich wollte."

Mist, dachte Laura, jetzt plappere ich mehr, als ich eigentlich will! Verena aß noch eine Praline. Sie schien das alles nicht so grundsätzlich zu nehmen, zum Glück.

„Ich weiß nicht, was du willst – die „Süßen Küsse" hier sind doch gut. Das habt ihr gut gemacht. Das mit dem Abendessen kannst du dir ja immer noch überlegen, wir haben genug, wie du weißt. Aber was ich dich noch fragen wollte …"

Sie sah nun mit gerunzelter Stirn zu Kaspar und Ludwig, die sich im Hintergrund den leeren Korb zuwarfen, während Franka und Sunhild sich zur Decke unter der Zeder begeben hatten.

„… was hast du mir von diesen beiden männlichen Problemkindern zu berichten? Ich hoffe mal sehr, dass sie sich an meine Worte erinnert haben."

„Nun … von einer kleinen Prügelei abgesehen, bei der aber nur wenig Blut floss und kaum Sachschäden entstanden …"

„Heee!" rief Ludwig, der wie sein Bruder sehr wohl gemerkt hatte, dass über sie Gericht gehalten wurde: „Das ist überhaupt nicht wahr! Wir haben überhaupt nicht gestritten, wir waren so brav, dass Laura es nicht einmal gleich gemerkt hat, dass w…"

„Sei doch still, Ludwig!“ fuhr Kaspar den verdutzten Bruder an.

„Tut mir Leid! Das war blöd, ich geb’s zu.“

Laura versuchte, die Sache zu retten. Schließlich hatte sie das Ganze ausgelöst.

„Still, aber gleich, wenn euch eure Radtour lieb ist! Ich hab doch bloß Spaß gemacht, das habt ihr nicht verstanden, oder? Daher seid ihr beide ziemliche Dummköpfe. Gleichstand, die Herren! Kein Wort mehr von irgendwelchen Dingen, die ich nicht gemerkt haben sollte, habt ihr mich verstanden – ich merke nämlich alles! Und jetzt marsch, ab mit euch zweien. Kommt noch mal her und verabschiedet euch von mir. Kann sein, dass wir uns eine Weile nicht mehr sehen. Ich habe nämlich noch keine Ahnung, wie der Laden hier weiterlaufen soll. Kann schon sein, dass jemand anderes weitermacht.“

Die beiden Zwillingspärchen schienen erst jetzt zu realisieren, dass es vielleicht keine Bienenstich-Nachmittage mehr geben könnte. Was immer nur als Möglichkeit im Raum stand, wurde – wie das Ende der Großen Ferien – erst mal zur Seite geschoben und verdrängt. Wenn es dann wirklich so weit war, dann war das Heulen und Zähneklappern groß.

„Was hast du nicht gemerkt?“ wollte Verena jetzt irgendwie doch wissen? Habt ihr euch also doch geprügelt? Laura? Stimmt das?“

„Nein, nein, sie waren brav. Sanft wie Lämmer. Sind mir auch keinmal ausgebüxt, um etwa die hübsche Volksparkanlage hier umzugraben oder die denkmalgeschützten Tempelbauten abzureißen … Ich hab bloß nicht gemerkt, dass sie mir die schönen Pralinen dezimiert haben, die ich als Medizin brauche heute. Da muss ich gerade mit was anderem beschäftigt gewesen sein. Na egal, dafür haben sie da drinnen so schön aufgeräumt. Der Herr von Einem wird sehr zufrieden sein, wenn er die Sachen so schön in Kisten geschü… einsortiert findet. Also tschüss, macht's gut, alle vier!"

Verena lachte. Sie war froh, dass ihre Söhnchen sich ausnahmsweise mal halbwegs vernünftig aufgeführt hatten. Die Jungen grinsten Laura konspirativ an, froh darüber, dass sie ungeschoren davongekommen waren. Dabei dachten sie mehr an den Versuch, Mauern einzuwerfen. Die Mädchen rannten von der Zeder heran und warfen sich Laura nacheinander ungestüm an den Hals. Sie trug Franka noch huckepack um die Schlossecke, bis sie an die schwarze Wenzelsche Familienkutsche kamen. Verena hatte das Auto, einen schicken, nagelneuen Viertürer mit Heckklappe, der sich in Notfällen doch auch zum Brot- oder Kuchenausfahren benutzen ließ, am seitlichen Ende des Schlossbaues geparkt. Verena legte den Korb hinten rein und sicherte ihn mit einem Gurt gegen das Abrollen. Ihr großer Hut musste ebenfalls sicher dort untergebracht werden. Die Kinder saßen inzwischen bereits im Wagen und hatten sich auch schon angeschnallt, als Verena die Heckklappe zuknallte. Sie wartete mit dem Einsteigen und drehte sich noch einmal zu Laura hin, die auf der anderen Seite des Autos stand und die Grimassen erwiderte, die ihr Franka und Sunhild von innen durchs hintere Seitenfenster schnitten. Verena lehnte sich mit den schmalen Unterarmen auf das Wagendach, zog sie aber erschrocken zurück, denn das Metall war heiß.

„Was macht denn dein Vater? Wie geht's ihm denn? Kommt er bald heim? Was ist denn eigentlich dem anderen passiert, mit dem er zusammengestoßen ist? Zahlt die Versicherung? Es war doch nicht nur Blechschaden? Nach allem was man hört …"

Es war ein typischer Angriff der Starreporterin des Steudener Nachrichtenmagazins „Verena-News"! Sie konnte es einfach nicht lassen. Erst wiegte sie das Opfer in Sicherheit, lullte es ein mit allen möglichen Nettigkeiten, packte ihm sogar einen Korb mit Brötchen zur Bestechung, um dann in einem geeigneten Moment zuzuschlagen. Nun, in diesem Falle mochte sie ruhig bekommen, was sie wollte. Diesmal könnte sie sogar wirklich einmal ein gutes Werk tun, wenn sie verbreitete, was Laura ihr erzählte.

„Danke der Nachfrage! Was man hört, weiß ich

freilich nicht, da ich die letzte wäre, die irgendetwas von dem Gerede über meinen Vater und mich mitbekäme. So war das hier ja schon immer und so wird es wahrscheinlich auch bleiben, wenn ich einmal nicht mehr ... o, aufgepasst, dachte Laura, und fing sich gerade noch.

Kurz gesagt, es geht ihm ganz gut. Er hatte einen Schädelbasisbruch. Aber er hat ja auch schon früher bewiesen, dass er erstens einen Dickkopf hat und zweitens eine Menge wegstecken kann. Dank seiner guten Gesundheit, wird er viel schneller wieder aus dem Krankenhaus entlassen werden können, als man erst angenommen hat. Wenn alles gut geht, dann ist er schon Mittwoch oder Donnerstag wieder frei, ich meine: hier. Der andere ist übrigens eine Frau, die bei der Caritas arbeitet. Der ist nichts passiert. Jedenfalls nichts Ernstes. Die Dame hat nur einen Schock erlitten und eine Prellung. Nicht einmal eine Gehirnerschütterung. Was immer da weiter geredet und spekuliert werden sollte, ist nicht wahr. In der Beziehung hatten beide Glück im Unglück. Ihr Wagen ist aber völlig hinüber, Totalschaden, reif für die Schrottpresse. Die Versicherung meines Vaters zahlt. Dass er betrunken gewesen sein soll, war nicht mehr nachzuprüfen. Er hat keinen Test machen müssen. Als sie darauf gekommen sind, dass ihnen da möglicherweise ein Fehler unterlaufen war, ist es bereits zu spät gewesen. Sie, d.h. die Unfallgegnerin, also die karitative Crashkursteilnehmerin, hat ihn übrigens schon zweimal im Krankenhaus besucht, und muss sehr nett und … auch ä … sehr alleinstehend sein …“

Laura konnte sich ein Lächeln über diese Ausschmückungen in ihrem sonst korrekten Bericht zum Glück verkneifen. Warum nicht einmal eine Gerüchteköchin zur Verbreitung schöner Gerüchte benutzen? Verena schwamm in Seeligkeit über all diese Hintergrundinformationen, die sie für bare Münze nahm, und berührte versehentlich noch mal das glühend heiße Wagendach, weil sie so gebannt zugehört hatte.

„Mensch, Laura, das freut mich aber, das jetzt von dir zu hören. Da kann man mal sehen, was andere so alles erfinden, nur weil sie nichts, nein wirklich überhaupt nichts wissen! Dann stimmt es also nicht, dass man deinen Vater wieder einsperren will, von wegen Bewährung und so was?“

Jetzt musste Laura aber doch laut lachen.

„Bewährung? Was für ein Quatsch. Der hat doch keine Bewährung! Erstens ist er unschuldig gewesen. Zweitens hat er die zu Unrecht verhängte Haftstrafe voll abgesessen. Auch ist er in dem Jahr freigekommen, in dem ich geboren wurde. 1980 war das. Das müsste ja schon Bewährung auf Lebenszeit gewesen sein! Da wird ihn nur noch das jüngste Gericht kritisch beurteilen. Im Januar 1980 kam er raus. Im Dezember kam ich auf die Welt. Zugegeben, sie haben sich beeilt, meine beiden Elternteile. Als meine Mutter dann Thrombose bekam im Wochenbett und daran starb, weil sie das im Krankenhaus zu spät mitbekamen, war das wie eine zweite Strafe für meinen Vater. Die einzige Untat, derer ich ihn übrigens anklage, war sein Drängen auf den Verkauf der Villa Mahler. Wäre ich bloß klarer im Kopf gewesen, damals! Ich hätte das abbiegen können. Müssen. Mich nicht breitschlagen lassen dürfen. Na ja, egal, wie du sagen würdest. Keiner kann aus seiner Haut. Wenn wir vorher immer alles besser und genauer wüssten, dann gäbe es keine Fehler auf der Welt. Wahrscheinlich würden wir dann alle vor Langeweile sterben. Findest du nicht, Verena. Was meinst du?"

„Da hast du verdammt Recht, Laura!"

Sie ließ Lauras Gedanken noch einen Augenblick im Raum stehen.

„Willst du ihm eigentlich verzeihen?"

„Wem?" fragte Laura. Meinte sie den Vater oder ...

„Na, Lars!"

Laura hatte es kommen sehen. Typisch Verena. Jetzt nur nichts mehr sagen. Es war ohnehin schon genug. Sie zuckte mit den Achseln und machte eine Bewegung mit Lippen und Mundwinkeln, die so viel besagen sollte, wie: Weiß der Kuckuck! Verena verarbeitete auch diese gestische Reaktion, als wäre es eine verbale Antwort gewesen. Sie entgegnete auf das beinahe Gesagte:

„Ich hielte es übrigens für einen Fehler, Lars so einfach zu verzeihen. Wenn du mich fragst, und weil ich weiß, dass du es nicht tun würdest, verrate ich dir, was ich denke, lieber gleich: Lass ihn ein bisschen zappeln. Der braucht noch gar nicht zu wissen, dass du ihm verzeihen willst. Willst du doch, oder? Nein, sag nichts. Ich denke, darauf wird es wohl doch hinauslaufen müssen, oder? Aber das ist deine Sache! Da kann dir keiner helfen. Diese Entscheidung kann dir keiner abnehmen. Nein wirklich. Na egal. Du wirst es schon richtig machen, Mädchen. Laura, mach's in jedem Fall gut! Für heute!"

Noch ehe Laura etwas erwidern konnte, war Verena Wenzel in ihr Auto geklettert und hatte die Tür zugeknallt. Der Motor, den sie nun startete, war hingegen so leise, dass man fast nicht hörte, als er lief. Die Kinder winkten hinter der Scheibe, während das Fahrzeug langsam über den Schotterweg abwärts rollte. Einige Steine riefen knallende Geräusche hervor, als sie unter den Reifen wegspritzten. Laura wartete, bis man sie nicht mehr sah, bevor sie zurück zur Gartenfront des Schlosses ging.

Mit frischem Kaffee und dem letzten Croissant bewaffnet ging sie zur Decke unter der Zeder. Jetzt wo die Kinder weg waren, herrschte eine märchenhafte

Stille. Selbst von der Kleingartenkolonie drang kein Laut herüber. Jetzt war Sportschauzeit. Die Helden der Gartenarbeit ruhten aus, indem sie schwerreichen Spitzenspielern irgendwelcher Fußballvereine beim Geldverdienen zusahen. Laura machte sich nichts aus Fußball. Auch nichts aus Frauenfußball. Sie lauschte der Stille. Jetzt wagte sich zaghaft eine solistisch veranlagte Grille hervor, um ihr Instrument zu stimmen. Eine Singdrossel, die in der Zeder gedöst hatte, nahm mit einem schlichten „zipp!“ Reißaus. Laura sah die Pralinenschachtel. Schade, dass sie leer war. Oder war da nicht noch eine ... Sie nahm den Deckel ab und bemerkte erfreut, dass ihr die Mädchen alle noch vorhandenen Pralinen hineingesteckt hatten, an die Stellen, wo sich die zuvor geraubten Lesautre-Originale befunden hatten. Das Wohlbefinden war somit wenigstens äußerlich gesichert – sechsfach. Sie spürte das Croissant auf der Zunge zergehen und schloss die Augen, um den Geschmack genießen zu könne.

Damals hatte sie Lars inmitten der anderen Touristen tief in die Augen geblickt und auf das Wunder gehofft. Zu ihrer großen Verwunderung war es ausgeblieben. Lars hatte seinen Blick gesenkt und war dann mit ihr weitergeschlendert, tief ins Sinnieren verfallen. Sie hatte ihre Hand aus seiner gelöst. Sie hatte die Rose einem Clochard geschenkt. Sie war in die nächste Metrostation hinabgestiegen und mit der erstbesten Bahn davongefahren, um ihre Liste mit Patisserien abzuarbeiten.

Natürlich hatte sie nichts dergleichen getan. Sie hatte das Spiel mit der Rose wiederholt, und er hatte daran gerochen. Anschließend hatten sie beschlossen, sich erst im „Quartier“ noch ein wenig umzusehen. Lars hatte den berühmten Buchladen von „Shakespeare & Company“ besuchen wollen. Lars wollte dann zum Louvre fahren, um sich die Gemäldesammlung „anzutun“. Laura war sein Schatten gewesen, sein Anhängsel, und zur Belohnung würden sie bei Lesautre, zu dessen berühmter Patisserie ein Salon de thé gehörte, den nachmittäglichen Tee „einnehmen“. Laura hatte Lars in allem beigepflichtet, denn sie fühlte sich an diesem Tag äußerst wohl in dieser unbedeutenden Rolle der Begleiterin. Wie gut, dass sie nicht nachdenken musste. Erst viel später hatte sie begriffen, dass das genau ihre Schwachstelle war. Ihre Bereitwilligkeit, sich fremden Plänen unterzuordnen und das eigene Denken einzustellen in der stets trügerischen Hoffnung, jemand anderes nähme es ihr für alle Zeiten ab. Wir denken viel zu viel nach, war Tanjas Standardspruch. Warum also nicht andere für uns nachdenken lassen? Ja warum eigentlich nicht? Weil es gefährlich ist, anderen blind zu vertrauen. Auch wenn man sie bereits bis zum Kleinsten zu kennen scheint …

9. KAPITEL

Der laue Luftstrom umschmeichelte ihr Haar, das sich auf den obersten Querstreben der Parkbank ausbreitete wie ein Seidentuch von Hermès. Sanft strich er ihr mit der einen Hand über ihre Wange, während sich die andere leicht auf ihrer Schulter hin und herbewegte. Sein Arm war wie eine Nackenrolle für ihren sicher hübschen, zierlichen Hals, doch sah man dieses beides nicht, weil es ihr Haar verbarg. Im Hintergrund fuhren große Kähne auf der Seine, die sich träge und unbeteiligt in einer weit ausladenden Kurve mitten in Frankreichs Hauptstadt, der Hauptstadt der Verliebten, räkelte.

Laura und Lars konnten nicht umhin, einen verschämten Seitenblick auf die höchst realen Liebenden zu werfen, die sich hier keinen Zwang antaten. Ihre Münder schienen sich gegenseitig verschlingen zu wollen. War das nicht seltsam und eigentlich unmöglich? Lag darin das Geheimnis des Kusses? Den anderen auffressen zu wollen, aber dabei bloß die Lippen benutzen zu dürfen und die Zunge … Die Frau hatte die Augen geschlossen und schien vor Seligkeit zu vergehen, während der Mann mitunter blinzelte. Das musste für ihn schön aussehen, das hübsche Gesicht so entspannt vor sich zu haben.

Laura senkte den Blick und betrachtete den Staub,

den ihre Tuchschuhe aufwirbelten. Der graue, feine Splitt des Weges spritzte und knirschte. Schön, wie ruhig es dort war! Eben noch hatte das Geräusch des höllischen Verkehrs alles andere, sogar die Stimme von Lars überdeckt, und die Passanten hatten sich derart auf dem Trottoir gedrängelt, dass sie mehrfach fast in die Blechlawine gestürzt und von einem Auto angefahren worden wären. Die Luft war vollends zum Schneiden gewesen. Die Empfindung hatte beinahe ihr spezifisches Paris-Gefühl verdorben, und die Welthauptstadt war für eine zum Glück vergängliche, knappe Sekunde zu einer x-beliebigen, langweiligen Großstadt geworden.

Nach einem reichlich nervenaufreibenden Gang durch den neuen Louvre (wegen der vielen Besucher, die Laura in dieser Zahl nicht ausstehen mochte), waren sie von der Glaspyramide im Cour Napoléon aus in den Garten der Tuilerien geschlendert. Das war der Lieblingsaufenthalt der Pariser, so kam es ihr vor. Lachend hatte sie Lars die vielen Kinder gezeigt, die in den großen Becken der Fontänen eifrig Schiffchen fahren ließen.

Lars konnte ihr erklären, dass die Gärten als ein Kunstwerk der klassischen französischen Gartenarchitektur von Katharina von Medici angelegt worden waren. In den letzten Jahren sei auch dort viel passiert und er berichtete aufgeregt von all den wahnsinnigen

Umbauten und Verbesserungen, plauderte von der Öffnung der Sichtachse zur Avenue des Champs-Élysées, von dem früheren Querflügel, der den Jardin des Tuileries, den Garten der Tuilerien, in diese Richtung hin abgeschlossen hätte, und was für eine Veränderung Paris doch überhaupt unter Mitterand, der allseits nur „dieu“ – Gott – genannt werde, erfahren hätte! Eigentlich müssten sie die neue Nationalbibliothek ansehen! Vier riesige Hochhaustürme, zwischen denen der Architekt einen echten kleinen Kiefernwald angelegt hätte, genial sei das, oder nicht?

Ob Gott auch so klein von Statur wäre, überlegte Laura müde, so klein wie dieser Mitterand, der neben dem deutschen Bundeskanzler Kohl auf den Fernsehbildern kürzlich ausgesehen hatte wie eingelaufen? Sie hörte die Stimme von Lars, als wäre sie eine Stimme aus einem Radio, das man überall mit sich herumschleppen konnte. In Wirklichkeit war es allerdings dieser unermüdlich dozierende Lars, der sie herumschleppte. Einfach immer weiter ging es, den Obelisken auf dem Place de la Concorde kannte Laura ja bereits, und als sie sich zu einem Gedanken bequemte, fand sie, dass ihr Händchenhalten mittlerweile ein viel zu schlichtes Zeichen war, für die Eintracht, die zwischen ihnen beiden herrschte.

Sie bemerkte, dass sich ihr Gang so gut aufeinander abgestimmt hatte, dass sie es kaum noch als Beeinträchtigung empfand, sich nicht frei bewegen zu können wie noch am Anfang. Von Zeit zu Zeit schaute sie seitwärts und sah hinter seinem doch recht großen Kopf Paris ablaufen wie einen schönen Film aus Architektur und sehr viel Sonne. Diese gewisse Pariser Atmosphäre teilte sich ihr wieder mit, jenes erhabene Durchatmen, das sie gestern bereits als so wohltuend und auf höchst anregende Art „kribbelnd" empfunden hatte. Über den Pont Alexandre III und die Esplanade des Invalides waren sie zum Invalidendom gelaufen, hatten dann durch irgendwelche Wege, die nur Lars sich merken musste, zum Seineufer zurückgefunden. Sie wusste erst nicht einmal, in welche Richtung die Seine floss. Das sah sie erst, als sie über den Pont Neuf auf die Ile de la Cité gelangten und – einer spontanen Eingebung von Lars folgend – jetzt an deren westlicher Spitze standen. Das Liebespaar dort auf der Parkbank passte hierher, denn das war der Liebesgarten der Pariser, er hieß nach dem ewig verliebten König Heinrich IV. „Square du Vert Galant" – der immergrüne Liebhaber ... So wie die beiden dort wollte Laura jetzt mit Lars Platz nehmen. Warum zog sie ihn nicht einfach auf eine der Parkbänke? Laura blickte an der Spitze des Inselparks auf die sich von ihr entfernenden Wellen der Seine. Das Sonnenlicht schaukelte lustig und tanzte wie hunderttausend kleine Nachen darauf.

„Möchtest du, dass wir gleich Notre Dame anschauen?“ fragte Lars.

„Nein“, antwortete Laura. „Ich möchte, dass wir diesem Ort die Ehre erweisen. Seinen Namen ehren.“

Lars schien nicht zu verstehen. War er wirklich so begriffsstutzig, oder tat er nur so.

„Von welchem Ort sprichst du?“ fragte er. „Von der Stadt-Insel?“

„Vom Square de Verte Galant, du Langweiler … Glaubst du, ich interessiere mich für den Glöckner von Notre Dame, wenn du neben mir stehst?“

Jetzt war es ausgesprochen. Eigentlich alles, fand sie. Falls er dies nicht verstand, verstand er nichts. Sie spürte, wie er die Hand sanft um ihre Taille legte. O doch, er verstand sehr wohl. Sie ließ ihre Hand ebenfalls über seinen Rücken gleiten und wendete sich ihm vorsichtig zu. Möwen schrien und ein Ausflugsdampfer tutete. Ganz dicht fuhr das Schiff voller Paris-Touristen an der Ile de la Cité vorüber. Einige der zahllosen Passagiere, die gedrängt an der Reling standen, zeigten mit der Hand in ihre Richtung. Andere lachten und pfiffen herüber. Da, seht nur: ein verliebtes Pärchen auf der Liebesinsel! Laura nahm dies alles wie durch einen sich rasch senkenden Schleier wahr. Die Dinge um sie her begannen zu verschwimmen. Lars hatte nun beide Arme um sie gelegt. Unschlüssig, was sie mit ihren Händen anfangen sollte, blickte sie ihm in die Augen und fürchtete, dachte und ... schloss die Augen – von denen Tanja immer meinte, sie würden aussehen wie dunkelbraune Murmeln in weißen Mandeln –, schloss also diese Mandelaugen erst, als seine Lippen zart die ihren berührten!

Beide hielten einander fest, als fürchteten sie, der andere könnte im letzten Augenblick noch wegfliegen, könnte irgendeine Ausflucht suchen und einen Rückzieher machen. Lauras Hände hatten irgendwie den Weg um seinen Hals gefunden, denn wie sollte sie ihn da küssen, wenn er plötzlich zur Taube werden würde, um nahezu senkrecht in den Himmel zu starten. Tauben konnten so was. Sie spürte seine Wangen unter den Händen. Verdammt, dachte sie, er sollte sich vorher rasieren, wahrscheinlich würde sie hinterher aussehen, als hätte sie Ausschlag! Aber wer dachte an hinterher, ja überhaupt, beim Küssen denkt man nicht, dachte sie. Trotzdem musste sie sich gerade in diesem Moment fragen, ob Pralinen wirklich die richtige Form waren, um einen Kuss abzubilden. Die Art, wie man einander mit den Lippen vorsichtig berührte – was an der Praline sollte dem entsprechen? Eine Füllung vielleicht? Nein, mit einer Füllung ließe sich wohl eher die Zunge umschreiben, die unvermutet, und möglicherweise nicht für jedermann erträglich, aus dem Nichts auftaucht, um sich am Spiel zu beteiligen. Pah, bei Füllungen und Mund kamen einem sowieso andere Dinge in den Sinn … Hatte Oma Louise überhaupt irgendetwas am Kuss, am Vorgang des Küssens, naturgetreu abgebildet? Laura war von dem quasi empirischen Beleg noch nicht überzeugt. Der Geschmack konnte es nicht sein, denn Küssen schmeckte nicht wirklich nach etwas. Also musste es mit dem Gefühl an Lippen und Zunge zu tun haben. Mundzumundbeatmung jedenfalls, wie Tanja das nannte, war eine absolut widerliche und sowieso völlig unpassende Bezeichnung, dachte Laura. Denn Küssen machte atemlos, es war atemberaubend. Wie atmet man beim Küssen? Man dreht sich kurz aus dem Kuss und holt die Luft neben dem Ohr des Anderen. Dann kann man ihn auch gleich ins Ohrläppchen beißen, fand Laura und tat es bei Lars. Doch rasch wünschte sich ihr Mund die Rückkehr zu seinem, und sie sah keinen Grund, ihm das zu verweigern. Und so schien es ihr am Atemholen nur verwunderlich, dass ihr Kuss den unendlich langen Moment überlebte, den sie dazu gebraucht hatte. Könnte der Kuss doch nur ewig dauern, dachte sie noch. Anschließend dauerte er gerade mal lange genug, und die Zeit verstrich, ohne dass sie daran dachten, zu gehen.

Wie sie dennoch den langen Weg zur Chocolaterie von Lesautre gefunden hatten, hätten sie niemandem erklären können. Eng umschlungen fiel das Gehen schwer, man hielt sich bei Tuchfühlung gegenseitig auf der Stelle. Langes Gehen mit der bloßen Handberührung war allerdings auch nicht mehr angesagt, fanden sie beide. Auch war kaum zu ermitteln, wieso sie eigentlich den Garten des ewig verliebten Königs verlassen hatten. Hatte Laura an ihren Plan erinnert, die besten Pralinen von Paris zu kosten? War es Lars eingefallen, sie an ihr Vorhaben zu erinnern? Doch ganz egal, wieso und warum. Da saßen sie also und tranken, da es zugleich ein Salon de thé war, Kaffee zu ihren Pralinen. Pariser Logik eben. Milchkaffee, hatte Lars sie belehrt, trank der Pariser nur vormittags, später einfach schwarzen Kaffee.

„Und wie sind sie?“ fragte er.

„Genial!“ antwortete sie. „Meine Großmutter war auch in der Branche tätig. Bei ihr hab ich gelernt, Pralinen selbst zu machen. Sie hat sogar welche erfunden, eine davon heißt „Süßer Kuss“. Du kannst dir denken, woran ich vorhin hab’ denken müssen …“

„Ich finde dich unglaublich, Laura! Ich küsse dich, und du hast nichts Besseres zu tun, als an Pralinen und ihren Geschmack zu denken!“

„Was willst du denn, ist doch das größte Kompliment, was ich dir machen kann, mein Süßer!“

Sie lachten viel an diesem Nachmittag. Eigentlich war ihr ganzes Sprechen ein einziges langes Gelächter mit Worten dazwischen. Bei verliebten Pärchen, die sie vorher gesehen hatte, war ihr dies selbst stets unangenehm aufgefallen. Auch dass sie sich küssten, umarmten, einfach glücklich waren. Wo sie selbst es doch nicht war. Jetzt, da sie selbst glücklich war, schien die Welt aufblühen zu wollen. Laura war glücklich! Sich dies sagen zu müssen, um es zu glauben, schien ihr trotzdem nötig. Und es dauerte eine ganze Weile, bis sie es begriff.

Als sie bei Lesautre saßen und ihren Kaffee tranken, war sie noch nicht so weit. An diesem Pariser Nachmittag war das Glück gerade mal ins Haus getreten, hatte sich die Füße abgetreten und hatte die Haustür noch nicht hinter sich zugemacht. Im Maison du Chocolat des Großen Meisters, des Königs der Feinbäcker, hatten sie beide Mühe, ihr noch so leichtfüßiges Glück überhaupt zu fassen. Beide spürten sie, dass sie es behutsam behandeln und nötigenfalls festzuhalten hätten, um es daran zu hindern, sofort wieder wegzufliegen. Was, wenn es einem von ihnen jetzt einfiele, zu sagen: Dieser drei Stunden dauernde Kuss war ja ganz schön, aber das hab ich schon besser erlebt? Sie, Laura, hätte das freilich nicht sagen können, und wenn sie es doch gesagt hätte, wäre es eine Lüge gewesen. Doch wie stand es bei ihm? Wie viele Frauen hatte er eigentlich schon vor ihr geküsst? Wenn sie ehrlich war, wusste sie fast gar nichts über ihn, außer, dass er eine ältere Schwester namens

Natalie hatte, die Journalistik in Leipzig studierte. Irgendwo musste man ansetzen:

„Was willst du eigentlich einmal machen?"

„Wenn ich groß bin?" fragte er mit so kindischem Unterton, dass sie gleich wieder losgickeln musste. Nein, es war schon zu komisch. „Weißt du das denn schon so genau?" fragte er zurück.

„Nicht ablenken, antworten!" beharrte sie.

„Ich will ein Hotel leiten", sagte er kurz und knapp. „Nicht mehr und nicht weniger".

„Und ich will Pralinen machen!"

Was gab es da noch viel zu sagen? Bei so klaren Berufsvorstellungen konnte ja eigentlich nichts schief gehen, fanden sie beide. Die Perspektive, dass sie plötzlich etwas miteinander hatten, verwirrte Laura. Was war es, dass man miteinander hatte. Man ging miteinander. Man küsste einander. Man sprach darüber, was man machen wollte. Dennoch war alles doch vielleicht nur eine von vielen Möglichkeiten. Sie hatte dummerweise verpasst, was Lars gesagt hatte, da sie interessiert eine kleine Gruppe um eine große weiße Gestalt beobachtete, die sich im hinteren Teil des Gartens, in dem sie saßen, durch die Tischreihen bewegte. Gerade wollte sie zurückfragen, als sie beide von einer Stimme unterbrochen wurden, die ihnen sehr bekannt vorkam:

„Hallo, Ihr zwei Hübschen! Wie sind die Pralinen?

Lohnt es sich? Ich meine, sind diese Wahnsinnspreise gerechtfertigt? Für eine dieser Pralinen würde ich ja glatt 1,5 Meter Designstoff kriegen …"

Birgit kam auf sie zu, zwei große Einkaufstüten mit den Aufdrucken großer Modehäuser in der Hand. Manfred hinter ihr trug auch zwei.

„Nanu, seid ihr zufällig hier?" fragten Lars und Laura in einem Atemzug.

„Ihr seid ja schon gut eingespielt, habt ihr das geprobt? Zufällig hier, na ja, mehr oder weniger. Laura hat das Schokohaus doch so empfohlen, und da wir auf dem Rückweg ins Hotel sind, wollten wir die Gelegenheit nutzen."

„Willst du das im Zug mit nach Hause schleppen?"

„Nee, ich packe mir morgen ein Päckchen und schicke es mir mit der Post."

„Das wird kaum möglich sein, morgen ist Sonntag", wendete Laura ein.

„Die Hauptpost hat täglich rund um die Uhr geöffnet", sagte Lars, als er Birgits entsetztes Gesicht sah. Daran hatte sie offenbar nicht gedacht.

„Na dann, viel Spaß beim Packen", sagte Laura. Plötzlich fiel ihr die große weiße Gestalt wieder ins Auge, die sich jetzt im Laden hinter der Theke entlang schob und ab und zu, grinsend wie ein Honigkuchenpferd, einen der Gäste ansah. Nein, er schaute in die Kamera, die einer aus der Gruppe auf ihn angelegt hatte, die ihm die ganze Zeit gefolgt war, wie ein Bienenschwarm.

„O Gott, ich glau… Mensch, ich werd verrückt, das muss er sein – nee, das *ist* er! Das ist Le…“

„Wer ist wer?“ fragten die anderen neugierig, nun ebenfalls uniso.

„Na Lesautre! René Lesautre, dem das hier gehört! Mein absoluter Pralinen-Guru! Was meint ihr, ob ich mir von dem ein Autogramm holen kann? Oder ist das peinlich? Jetzt, wo sie ihn filmen?“

Sie war aufgestanden, ohne die Antwort ganz abzuwarten. Manfred meinte bloß:

„Bei dir nicht. Peinlich wäre es bei Lars oder mir, weil wir dann als Süße gälten. Bei mir vor allem, denn mein Französisch ist dermaßen … nun ja … derart *nicht vorhanden*, da hätte das im Film schon eine gewisse Komik. Auch wenn das Kamerateam, wenn mich mein Adlerauge nicht täuscht, sehr asiatisch wirkt, und mein Gestammel sowie keinen Zuschauer interessierte.“

Die anderen amüsierten sich über Lauras Gesichtsausdruck, der zwischen Panik und Anbetung schwankte. Jetzt fasste sie sich ein Herz. Denn es sah so aus, als seien die Aufnahmen des Filmteams eben zu Ende gegangen. Eine forsche, elegante Japanerin schüttelte dem hoch gewachsenen Herrn im weißen Konditordress die Hand und schien sich überschwänglich bei ihm zu bedanken. Laura bemerkte das unentzifferbare Logo eines japanischen Senders, oder einer Filmgesellschaft? Kaum war das Shakehands vorbei, eilte der Gegenstand dieses fernöstlichen Medieninteresses einer doppelten Schwingtür mit Bullaugen zu. Dahinter war todsicher die Küche, bzw. das Labor dieses Chemikers der Schokolade und des Zuckers, dieses … Laura war die letzten Schritte gerannt, um ihr Idol noch abzupassen. René Lesautre war schon an der Tür und wollte sie gerade schwungvoll aufstoßen, um aus dem Licht der Öffentlichkeit zu verschwinden, als sie, die sich diese Chance einfach nicht entgehen lassen durfte, hervorbrachte:

„Monsieur, bitte verzeihen Sie!"

Der große, weiße Mann – er sah von hinten wie ein Schneemann mit Konditormütze aus, da auch sein Haar den Ton von Puderzucker hatte –, stoppte abrupt und drehte sich mit so viel Verve herum, das er offenbar selbst darüber lächeln musste. Sie blickte aber keinesfalls in ein schneeweißes, sondern in ein sonnengebräuntes Gesicht, in dem eine ausladende Nase viel Raum einnahm. Zwei kleine, aber sehr lebhafte Augen schauten sie gütig an, während links und rechts der hohen weißen Konditormütze große weiße Haarlocken herausschauten, was ein bisschen nach angeklebter Watte aussah. Er erinnerte sie stark an diesen amerikanischen Schauspieler, dessen Name ihr jetzt nicht gleich einfiel ... doch: Dean Martin! ... Die weiße Jacke mit der Doppelreihe von Knöpfen unterschied sich im Wesentlichen nicht von der, die sie selbst während der Ausbildung getragen hatte. Allerdings kamen ihr die französischen Jacken irgendwie modischer vor. Was jedoch das Gefühl von Ehrfurcht, die sie ohnehin empfand, bis fast ins Unerträgliche steigerte, war das mit rotem seidenen Glanzfaden über der linken Brusttasche eingewebte große „L". Das gab ihr den Rest. Nur jetzt nicht ohnmächtig werden! Es war schon etwas ganz Besonderes, wenn man mir nichts, dir nichts dem Meister aller Klassen gegenüber ...

„Mademoiselle!"

Seine Stimme klang volltönend und überaus melodiös. Auch starrte er sie keineswegs entgeistert an, sondern umschmeichelte sie förmlich auf der Stelle mit seinem Blick. „Was verschafft mir die überaus große Ehre Ihrer Bekanntschaft?"

Laura schluckte. Dann nahm sie ihren ganzen Mut zusammen.

„Monsieur, ich bin ein großer Fan von ihnen!"

Der weiße Riese lachte auf eine sehr einnehmende, herzliche Art.

„Pardon, Mademoiselle, aber sie müssen verzeihen: Groß?"

Er machte eine Geste mit der Handfläche, die anzeigte, dass sie ihm etwa bis zum obersten Jackenknopf reichte.

Dieser Bär vor ihr musste über seinen eigenen Witz so sehr lachen, dass sie nicht umhin konnte, einzustimmen, auch wenn das ja etwas unverschämt war, was er gerade gesagt hatte … Doch von diesem Mann da vor ihr hätte sie sich freilich alles sagen lassen. Es schien ihr nun höchste Zeit, mit ihrem Anliegen herauszurücken. Sie wollte den Vielbeschäftigten nicht aufhalten oder ihm lästig fallen. Dieser Überfall musste ihm ja schon unangenehm genug sein. Obwohl er keineswegs peinlich berührt oder genervt wirkte, ganz und gar nicht. Sie spürte, wie sich die Blicke des halben Lokals in ihren Rücken bohrten. Lesautre schaute kurz über ihre Schulter hinweg zu seinen Gästen und grinste. Dem gefiel dieser Auftritt sogar noch, stellte sie fest, und fasste sich wieder ein bisschen.

„Vor allem bin ich eine ganz kleine Konditorin, verglichen mit ihnen. Meine Großmutter war auch Konditorin, und ich möchte auch nur einmal im Leben etwas machen, das so schmeckt wie das, was ich gerade gegessen habe. Dann wäre ich schon glücklich! Wenn Sie mir ein Autogramm gäben, würde mich das mit Sicherheit beflügeln! Ich könnte es mir in die Pralinenküche stellen und hätte stets eine Ermahnung vor mir, nur auf Qualität und Rafinesse zu achten!“

Die Knopfaugen des weißen Riese weiteten sich ein wenig, und sein Grinsen erstarb jäh. Er wechselte ins Deutsche, was er sehr gut sprach.

„Sie sind Konditorin? Machen Pralinés selbst! O, Mademoiselle, bitte verzeihen Sie meine Flapsigkeit eben, so etwas gehört sich nicht. Vor allem nicht bei der Begrüßung einer Kollegin! Mademoiselle, das finde ich großartig, dass Ihnen meine Sachen schmecken! Bitte, wenn Sie einen Moment … wenn Sie möchten, zeige ich Ihnen einmal unsere heiligen Hallen!“

Laura konnte es nicht fassen. Waren es ihre Mandelaugen, die ihn dazu verführten, oder hatte er wirklich Interesse, einer dahergelaufenen deutschen Touristin, na ja, Fachbesucherin, so mir nichts dir nichts seine Werkstatt vorzuführen? Sie nickte selbstverständlich sehr erfreut und ging scheu durch die Öffnung, die sich jetzt vor ihr auftat, weil er, ganz Kavalier alter Schule oder einfach nur Franzose, den einen Flügel der Schwingtür vor ihr aufhielt. Die Mannschaft, die hier im Hintergrund an Torten, Kuchen und Pralinen arbeitete, schaute nicht einmal auf, als ihr Chef mit einer Unbekannten erschien. Wahrscheinlich führte er hier jeden Moment jemanden durch. Sicher hielt man sie nun für eine Journalistin oder etwas Derartiges. Sie besah sich interessiert die Handgriffe und konnte das meiste sofort entschlüsseln. Auch die Gerätschaften waren ihr vertraut. Keine besonderen Maschinen, keine Hexerei. Eigentlich seltsam, angesichts der Endprodukte. Etwa ein halbes Dutzend Helfer zählte sie. Der Chef selbst legte offenbar nur gelegentlich noch Hand an, das meiste schien seine Brigade im Traum zu beherrschen. René Lesautre beobachtete sie beim Beobachten. Er schien mit ihren fachkundigen Blicken zufrieden und reichte ihr einige Formbonbons aus Ananasgelee auf einem kleinen Tableau. Sie probierte und verdrehte die Augen vor Genuss. Sie beschrieb, wie es gemacht worden war und was ihr daran besonders auffiel. Er griente. Auch die Dame, die sie gemacht hatte, amüsierte sich. Aber es war die Freude über etwas, das sie jeden Tag sahen. Sie freuten sich offensichtlich darüber, dass ihre Produkte noch immer dem Qualitätsstandard für paradiesische Erzeugnisse entsprachen. Lesautre naschte von einem anderen Brettchen, bevor er es ihr hinhielt. Während Laura ein köstliches Cognacbonbon im Mund spürte, sagte ihr prominenter Vorkoster:

„Es gibt leider in Deutschland noch wenig gute Patisserie. Auch die Ausbildung, na, ich muss mich ein bisschen zusammennehmen, nicht wahr! Ich darf Ihnen nicht nahe treten, pardon: zu nahe treten! Sonst geht mein Gemüt wieder durch mit mir. Wir Franzosen sind auf alle Fälle, was süße Sachen angeht, schon immer gut gewesen. Wie heißt es bei Ihnen in Deutschland? Da beißt die Maus nichts ab! Aber ich denke, wenn Sie wirklich etwas lernen wollen, warum kommen Sie nicht einfach zu uns und hängen an ihre deutsche Lehre noch einen kleinen Aufbaukursus hinten dran? Wir haben schon öfters Gastkonditoren aus Deutschland bei uns in der Küche gehabt. Das ist für beide Seiten interessant, denn es ist für mich auch immer schwer, den Touristen Sachen zu verkaufen, die ihnen von zu Hause her gänzlich unbekannt sind. Das ist sehr schwer. Da muss ich mir Leute heranziehen, die in Ihrem Heimatland die Vorarbeit leisten, und mir sozusagen das Terrain vorbereiten. Außerdem bin ich gerade wirklich dabei, in Berlin – im KaDeWe – meine erste Filiale in Deutschland zu eröffnen. Ich habe noch Bedarf an gutem Personal, Mademoiselle, sie schickt ja tatsächlich der Himmel! Warum bleiben Sie nicht einfach hier und lernen bei mir, was Ihnen noch fehlt? Sie sind allein in Paris? Oder mit ihrem Freund? Ah, was für eine dumme Frage, wie dümmlich von mir: eine so schöne, bildschöne junge Dame und sollte nicht... selbstverständlich! Da bleibt ihr Freund einfach gleich mit hier in Paris. Ist er am Ende auch Konditor?"

Lachend verneinte Laura und überlegte, ob das mit dem Freund überhaupt stimmte. Lars war ... ja, was war Lars eigentlich? So weit waren sie irgendwie noch nicht. Doch das jetzt zu erwägen verbrauchte bloß die Aufmerksamkeit, die sie ganz dem gerade erhaltenen, äußerst verlockenden Angebot angedeihen lassen musste. Das war nun so eine Chance, die sich vielleicht nur einmal im Leben bot.

„Schauen Sie einmal hier, Mademoiselle! Was würden sie in diese Mischung geben? Ich denke, da fehlt noch etwas?"
Sie probiert gedankenverloren, was er ihr auf einem kleinen Spatel reichte. Es war eine Nougatmasse, und sie entschied, ohne lange nachdenken zu müssen:

„Ein wenig Kaffeepulver! Vielleicht noch etwas Kardamon?"

René Lesautre klopfte ihr fest auf die Schulter und sagte:

„Parfait, Mademoiselle! Ich weiß einen guten Patissier zu erkennen, wenn ich so eine qualifiziert Antwort höre! Also melden Sie sich recht bald, ich gebe Ihnen meine Karte."
Laura tauschte einen freundlichen Blick mit der Frau, die das Nougat rührte. Sie waren schon beinahe Kolleginnen. Laura schwebte wie auf Wolken, förmlich im Sog des Königs aller Feinbäcker, wieder nach draußen in den Verkaufsraum. Behände wand sich Lesautre hinter den Bedienungen am schier endlosen Tresen entlang. Laura folgte ihm auf der Außenseite. Jetzt hielten alle normalen Kunden sie sicher für eine besondere Einkäuferin, dachte sie und fühlte die Aura der Berühmtheit, die von diesem weißen Mann mit dem großen „L" auf der Brust abstrahlte. Er nahm eine Karte aus einem kleinen Kästchen, das er aus einer Schublade geholt hatte, wo es offensichtlich nur

für ganz besondere Fälle wie diesen bereitstand. Er hatte sogar ihren Wunsch nicht vergessen, den sie ganz zu Anfang in ihrer Verwirrung geäußert hatte. Er zückte einen teuren Füllfederhalter und schrieb in wunderschöner Schreibschrift mit beinahe antiken Schnörkeln seinen Namen auf die Visitenkarte. Direkt unter die gedruckte Version. Auch eine Telefonnummer setzte er noch hinzu, die üblicherweise nicht auf der Karte stand. Lesautres Handynummer! Laura dankte ihm mit geröteten Backen und wusste kaum, was sie noch sagen sollte.

„Gehen Sie mit sich zu Rate. Und mit ihrem Freund! Er wird sie verstehen, sonst ist er es nicht wert, dass sie sich noch länger mit ihm abgeben!" Er wartete die Wirkung dieser Worte ab: Sie schwieg verwirrt. „War nur ein Witz! Mademoiselle, nur ein Witz! Vergeben Sie mir, mein Temperament, Sie verstehen! Adieu, Mademoiselle, machen Sie es gut und pflegen Sie ihren Geschmackssinn! Hier, warten Sie! Das soll sie an mich erinnern!"

Er langte beiläufig in eines der Regale, nahm die größte Pralinenschachtel, die er erwischen konnte und reichte sie ihr über den Tresen. Dann verschwand er so schnell, dass sie es kaum bemerkte. Außerdem musste sie zusehen, dass sie die unhandliche Schachtel heil zum Tisch zurückbalancierte, wo zu ihrer Verwunderung nur noch Manfred auf sie wartete.

„Lars und Birgit sind schon einmal zum Hotel vorausgegangen. Ich glaube, er will ihr noch beim Päckchenpacken helfen. Außerdem, sagte er, wüsste man ja nicht, ob du überhaupt noch einmal wieder aus dieser Schokoladenküche herauskämst."
In der Tat, wenn sie auf die Uhr sah, musste sie erkennen, dass sie fast eine halbe Stunde mit Lesautre geplaudert hatte. Manfred fuhr fort: „Ich glaube, er ist ein bisschen sauer auf dich, weiß auch nicht warum. Weißt du's?"

Laura zuckte mit den Achseln. Sie hatte keinen blassen Schimmer, was das bedeuten sollte. War er sauer, weil sie sich so lange und angeregt mit ihrem Idol unterhalten hatte? Musste er das nicht verstehen? Dann begann in ihr ein leichter Groll aufzusteigen. Wieso war er einfach auf und davon? Warum hatte er nicht auf sie gewartet? Erst schenkte er ihr eine Rose, dann küsste er sie den halben Nachmittag, und jetzt verschwand er ohne ein Wort. Sie hatte ihm freudig von der gerade erlebten unwahrscheinlichen Begegnung erzählen wollen. Sie hatte gedacht, er würde sich dafür interessieren und sich mit ihr darüber freuen. Pustekuchen! Sie legte die Riesenschachtel Pralinen auf den Café-Tisch. Sie riss das Cellophan auf, zog es herunter und nahm den Deckel ab.

„Selber schuld, die beiden. Jetzt probier einmal. Du glaubst nicht, was ich gerade erlebt habe!"

Manfred hörte ihr mit wachsender Begeisterung zu und war der Ansicht, dass sie es sich wirklich überlegen sollte, einfach hier zu bleiben.

„Mensch Laura, so eine Gelegenheit kriegst du doch kein zweites Mal! Stell dir vor, was dich dagegen zu Hause erwartet: eine Stelle als Bäckereiwaren-Fachverkäuferin. Aber Lesautre in Paris, das wäre doch der Hammer? Oder etwa nicht?“

Laura lächelte, während sie sich eine Nougat-Praline zu Gemüte führte. Ja, das wäre es ohne Frage. Doch wollte sie nichts übers Knie brechen.

„Komm, lass uns noch einen Kaffee bestellen. Ich lade dich ein. Der Chef hat uns reich beschenkt, da kommt’s nicht drauf an. Die Schachtel wird geleert. Ich fände es blöd, den Flüchtlingen was abgeben zu müssen.“

Ja, verflixt, sie war sehr sauer auf Monsieur Lars Hoffmann!

10. KAPITEL

Ein Blick und ein sich anschließender süßer Kuss, ausgetauscht auf dem Gang ihres Jugendhotels in der Rue Cujas, beseitigte die Missstimmung zwischen ihnen. Lars zeigte sich reumütig. Er hatte Birgit beim Packen und Einliefern zweier Pakete geholfen. Sie war doch lieber gleich damit zur Post gelaufen. So entschied sich Laura denn, wenn auch dramatisch zögernd, ihm sein Verschwinden bei Lesautre zu verzeihen. Mit der Gewissheit, in Paris zu sein, schlich sich eine landestypische Gelassenheit in ihre Gedanken und Handlungen, die Laura auch später zu behalten hoffte. Vielleicht wäre dies, wenn es gelänge, das größte Mitbringsel aus dieser beeindruckenden Stadt. Neben Lars natürlich …

Alle gingen sie, obwohl sie ziemlich erschöpft waren, nach dem vereinbarten Treffen im Café Le Mouffetard an der Ecke zur Rue de l'Arbalète, noch zum Tanzen in den Mambo-Club hinter der Sorbonne, den ihnen jeder andere Hotelgast, den sie fragten, empfahl. Aus unbekannten Reserven, die sie anzapften, kehrte ihre Energie zurück, und sie ließen sich angesichts der horrenden Getränkepreise von einem netten Pärchen zu Le Saint, einer verhältnismäßig preiswerten Studentendisco, mitnehmen. Als es schon auf zwei Uhr ging, fanden sie den Weg zu Le

New Raí in der Rue de la Montagne-Saint-Geneviève, wo arabische Rhythmen angesagt waren. Da gefiel es ihnen viel besser als im Mambo-Club.

Am nächsten Morgen wusste Laura nicht, wie und wann sie von dort wieder zurückgefunden hatten. Das Bett neben dem ihren, in dem Birgit normalerweise schlief, war leer und unverwühlt. Dunkel erinnerte sie sich, dass Birgit in Le New Raí sehr intensiv von einem gut aussehenden Franzosen umworben worden war. Sie hatte auch alles getan, um ihn zu bezirzen ... Von den anderen saßen Tanja, Dietmar und Manfred bereits beim Milchkaffee, als Laura in den Frühstückssaal kam, der das Nobelste an dem Jugendhotel war, in dem sie abgestiegen waren. Eine ‚Absteige' war es zwar nicht gerade – doch gewisse Abstriche gegenüber dem Ritz, dem Majestic, dem Hilton oder auch nur dem Intercontinental Paris waren zu verzeichnen ... so musste man sich die Dusche in einem schäbigen länglichen Badezimmer, das eine einzige Hausschwammkultur zu sein schien, mit den Mitbewohnern einer gesamten Etage teilen. Laura besah sich das Frühstücksbüfett, das nicht sehr reichhaltig bemessen war. Dann erinnerte sie sich, dass die Franzosen, aller sonstigen Üppigkeit beim Speisen und Tafeln zum Trotz, keine Freunde langer Frühstückszeremonien waren. Hier schnappte man sich am liebsten ein Croissant und verzog sich mit Café

Creme und einer Zeitung oder Illustrierten an sein Bistrotischchen, am liebsten draußen in der Sonne. Dafür war es an diesem Morgen aber eindeutig zu neblig und zu kühl. Aber es würde besser werden, hieß es, genauso sonnig wie gestern. Der Frühstückssaal schien 18. Jahrhundert zu sein. Doch wo war Lars? Ihre Augen suchten ihn.

„Hi. War spät, gestern, oder?“ fragte sie in die kleine Runde, wo ihr mit Nicken geantwortet wurde.

„Kann man so formulieren“, sagte Tanja. „Wo ist deine Schlafgenossin?“

Die Sitzenden blickten sich an und grinsten unverhohlen. Laura sagte:

„Keine Ahnung. War nicht am Platz, als ich mich eben wieder zusammengesetzt habe. Meine Güte, ich bin echt wie zerschlagen. Hat einer von euch vielleicht As…“

Da sah sie Lars, und sie konnte Teller und Kaffeeschale gerade noch auf den Tisch stellen, bevor sie sich stürmisch um den Hals fielen.

„…pirin?“ vollendete Laura ihren Satz. Sie atmete tief ein und aus, während sie die Stirn an Larsens Brust drückte. Er küsste sie auf die Stirn und hauchte darüber. Ihre Kopfschmerzen wurden dadurch leider nicht gemildert. Sie blickte ihm in die noch vom Schlaf verschleierten Augen und fühlte sich trotz des bohrenden Schmerzes glücklich. Er hatte sie beschützt und sicher heimgebracht. Jetzt wusste sie mit einem Mal auch wieder, wie ihr Heimweg verlaufen war. Die anderen waren noch beim Tanzen im verrauchten New Raí geblieben, während sie sich eng umschlungen in die kühle Pariser Nacht hinausbewegt hatten. Sie waren ein wenig die Straße entlang gedriftet, und sie konnte sich erinnern, dass Lars von einem Polizeimuseum und dem Wissenschaftsministerium geredet hatte. Mochte er sich in der Rolle des Stadtführers gefallen haben, die er schon am Vormittag gespielt hatte – vielleicht redete er auch nur, weil er seine Aufregung überspielen wollte, hatte sie gedacht, denn sie war selbst aufgeregt gewesen. Beim Tanzen hatte sie seine Berührungen wie zärtliche Versprechen empfunden ... Sie waren an einem Gymnasium vorbeigekommen und hatten dann den kleinen Eingang zu einem Park gesehen. Jardin Carré hieß er, nach dem quadratischen Bassin, das im äußerst spärlichen Licht einiger Laternen funkelte. Auf die es umgebende Wiese folgten Bäume und Büsche. Sie waren auf eine der Parkbänke gesunken, einander mit ihrer Nähe wärmend. Nur um für einen Augenblick die nächtliche Stille in diesem verwunschenen Winkel zu genießen. Und hatten ihren Kuss dort fortgesetzt, wo sie ihn zuletzt unterbrochen hatten.

„Frisch Verliebte sind so was Widerliches!" fauchte Manfred mit gespieltem Ekel.

„Uäh, hast Recht, da wird einem richtig übel beim Zugucken“, stimmte Tanja ein. „Dieses endlose Geschmuse vor dem Frühstück, und noch dazu mit diesen Out-of-bed-Frisuren!“

Alle mussten lachen, auch Laura, obwohl sie sich an Tanjas letzter Bemerkung stieß. Die Behauptung, sie und Lars hätten …

„Tanja, du bist so taktlos!“ sagte zu ihrer Genugtuung jetzt Lars. Laura verabreichte ihm dafür noch einen Kuss, bevor sie sich setzten. Sie dachte wieder an die kühle Nacht. Aus dem Park waren sie von der unwirtlichen Natur bald vertrieben worden. Im Hotel hatte Lars sie, starr von der nächtlichen Oktoberkälte, vor der Tür zu ihrem und Birgits Zimmer lange geküsst. Dann waren sie doch ins Zimmer gegangen. Sie fühlte, wie ihre Wangen glühten bei dem Gedanken daran.

„Hast Du vielleicht Aspirin dabei?“ flüsterte sie. Lars nickte lächelnd. Lars, der Ritter, ihr Ritter!

„Warte, ich hol’ Dir am besten gleich zwei!“

„Was tuschelt ihr da?“ amüsierte sich Tanja und knuffte ihren Dietmar wie einen alten Teddy.

„Du brauchst nicht rot zu werden“, sagte Tanja zu Laura, die sich die Hände aus anderen Gründen auf Backen und Stirn legte. Diese Schmerzen … Manchmal hasste sie Tanja wirklich für ihre Frotzeleien. Aus unerfindlichen Gründen schaffte sie es, tatsächlich nicht rot zu werden und stattdessen an ihrem Milchkaffee zu nippen, der zum Glück noch eine gewisse Restwärme besaß. Lars kam zurück und hatte auch gleich ein großes Glas Wasser mitgebracht. Zuvorkommend ließ er zwei Brausetabletten in die Flüssigkeit fallen, wo sie sich unter Bildung eines feinen Sprühnebels auflösten, der mit dem draußen freilich nicht mithalten konnte.

„Ziemlich eklig noch da draußen. Aber es wird schon heller, noch eine Stunde, und die Sonne knallt wieder rein. Wo ist Birgit?“ fragte er.

„O-oh, das ist auch so ein Thema …“, gluckste Manfred.

„Was willst du denn damit sagen?“ erboste sich Laura. Lars, der nicht mitbekommen hatte, was zuvor gesprochen worden war, schaute verständnislos. Manfred wand sich ein bisschen, als ob ihm dieses Thema unangenehm wäre und sagte:

„Na ja, ich meine …“

Lars beharrte darauf, kapieren zu wollen:

„Was ist mit Birgit? Ich meine, sie hing gestern den halben Abend diesem Typen am Hals. Ihr müsst die beiden doch länger noch gesehen haben? Laura und ich waren schon weg.“

Interessant, dachte Laura und sah ihren Ritter an: ‚Ich hing dir gestern auch am Hals. Sogar den ganzen Tag, wenn man es genau nimmt.‘ Diese lieblose Ausdrucksweise irritierte sie doch ein wenig. Tanja sagte schließlich:

„Wir haben mit den beiden noch zusammengesessen, als ihr schon weg wart. Ein sehr netter Kerl. Algerier."

Laura mochte sich nicht beruhigen:

„Sagt mal, Birgit ist verschwunden! Habt ihr das eigentlich begriffen?" fragte sie jetzt etwas drängender. Die Sache kam ihr zunehmend gefährlich vor. Lars und sie waren noch eine hübsche – nun ja, man könnte auch sagen eine herrliche – Weile beieinander gewesen. Sie hatten nicht miteinander geschlafen, nicht richtig. Aber die vielen kleinen Versprechen, die sich ihre Körper beim Tanzen gegeben hatten, waren zumindest teilweise eingelöst worden. Müde, erschöpft und glücklich hatten sie sich getrennt. An Birgit hatten sie am Ende gar nicht mehr gedacht. Daran, dass sie ja jeden Moment zurückkommen und sie nebeneinander liegend und miteinander beschäftigt finden könnte. Lars war irgendwann dann doch in das Zimmer geschlichen, das er sich mit Manfred teilte. Laura war eingeschlafen, allein, aber doch in Gedanken mit Lars vereint. Nun, als ihr wieder bewusst wurde, dass er neben ihr saß, spürte sie eine Welle der Freude durch den Körper fluten. Das Aspirinwasser, das sie in einem Zug getrunken hatte, wirkte noch nicht, aber sie fühlte schon durch den Gedanken, etwas gegen den

Kopfschmerz unternommen zu haben, eine gewisse Erleichterung.

„Habt ihr sie angerufen? Sie hat doch eins von diesen Mobilteilen, oder nicht?“ fragte sie.

„Laura, mein Engel“, säuselte Tanja, „du brauchst dir keine Sorgen zu machen. Wir haben gesehen, dass sie in durchaus guten Händen war, als sie uns verließ. Stimmt doch, Manfred, oder etwa nicht? Übrigens hat sie kein halbes Brikett. Zu teuer, sagt sie. Sagte sie mir letztens …“

Halbes Brikett war Tanjas Ausdruck für Mobiltelefon. Die Dinger waren noch immer so unhandlich und schwer – und noch dazu wirklich teuer, dass Laura selbst auch keines besaß. Manfred hatte ihr gesagt, dass sie sicher noch kleiner, günstiger und ungefährlicher würden. Er kannte sich mit Technik besser aus als sie. Bislang sollte man, wenn man der allgemeinen Meinung glaubte, noch immer Krebs kriegen davon. Besonders wenn man eines dieser Funkgeräte zu lange an den Kopf hielt, sprich das tat, was man mit einem Telefon tut, nämlich telefonieren. Angeblich heizte sich das Gehirn auf, bis die Zellen platzten und sich krankhaft veränderten. Trotzdem: Warum hatten sie bloß nicht längst schon alle Mobiltelefone? Lars wenigstens hatte eins. Gerade in einer solchen Situation wäre das nicht schlecht.

Manfred nickte, Tanja zustimmend:

„Ja, ich glaube schon. Der Algerier, der die liebe Birgit abgeschleppt hat, sah im Grunde genommen ganz passabel aus. Ich meine, er wirkte zwar auf den ersten Blick durchaus wie einer dieser perversen, geistesgestörten Serienkiller, die ihre durch und durch verruchte Natur unter teurem, seidenen Anzugstoff verstecken, um ihre Opfer und deren Umfeld zu täuschen … aber sonst …"

Laura war nun erst recht besorgt.

„Mensch Manfred, kannst du nicht einmal eine Sekunde ernst bleiben? Was ist das eigentlich für ein Benehmen? Du hast Birgit den ganzen Tag durch die Stadt begleitet, hast ihre Einkaufstüten getragen. Und dann lässt du es zu, dass sie von einem wildfremden Mann entführt wird?"

Manfred reagierte leicht gereizt bei dieser Unterstellung.

„Entführt, entführt … was heißt denn da entführt? Schließlich war sie diejenige, die ihn gedrängt hat, noch woanders hinzugehen! Entführung ist meiner Meinung nach ein bisschen was anderes. Die Frau ist alt genug – auch wenn sie noch kein Mobiltelefon hat, was ihr bei ihrem geschäftigen Gehabe gut stehen würde –, aber man sollte eigentlich denken, dass sie auf sich selbst aufpassen kann! Außerdem dränge ich mich nicht gerne in fremde Herzensangelegenheiten. Solange sie nicht die Ästhetik stören …"

Für einen angehenden Bäcker waren das ziemlich aufgequollene Reden, fand Laura, die sich um Birgits Verbleib ernsthafte Sorgen machte. Sie blickte Manfred ehrlich entrüstet an. Der schaute mit gespielt aufgerissenen Augen zurück und zuckte die Achseln.

„Brauchst dir wirklich keinen zu großen Kopf machen, Laura“, sagte jetzt Dietmar, der während der ganzen Fahrt noch nicht sehr viel von sich gegeben, sondern immer nur wie ein Schatten an Tanja gehangen hatte. „Jean-Pierre heißt er, ist 25, hat einen Job bei der Polizei und ist über jeden Zweifel erhaben, wenn du mich fragst.“

Laura hatte Dietmar zwar wirklich nicht fragen wollen, aber was er sagte, so erstaunlich es ihr schien, brachte sie doch wieder etwas zur Besinnung.

„Ein Flic? Das gibt es doch nicht!“

Tanja, der dieser Punkt offenbar zuvor nicht der Erwähnung wert gewesen war, bestätigte die Aussage ihres Dietmar-Schattens:

„Er hat uns sogar seinen Ausweis gezeigt. Wir könnten morgen, und das bedeutet also heute, auf der Polizei nachfragen, wenn sie nicht zurückkommt. Aber erst gegen Mittag. So viel Zeit müssen wir ihnen schon lassen ... Ich denke mal, er hat sie so spät in der Nacht nicht mehr im Hotel abladen wollen und ihr lieber einen Platz auf seiner Schlafcouch ... oder er auf der Couch ... Meine Güte, Laura, die wollten noch in eine Bar. Du kennst ja Birgit … wenn die sich irgendwo festbeißt … und noch dazu in einer Männerschulter … in einem Schulterpolster …"

„O Gott ja, wie bei den Klamotten", stöhnte Manfred, froh, dass Tanja ihn entlastete. „Ich hätte es keine Stunde mehr ausgehalten! Diese Frau – ein Geier ist nichts dagegen. Gegen diese, diese … Shopping-Furie!"

Wenn sich die drei Freunde im Urteil so einig waren, und wenn es wirklich ein Polizist gewesen war, dem Birgit sich nächtens an den Hals geworfen hatte… Andererseits … auch Polizisten konnten Schurken sein. Außerdem … Laura kam noch ein anderer Gedanke:

„Wer sagt euch, dass dieser Polizist sie die ganze Nacht bewacht hat? Was ist, wenn sie sich in der Bar in einen anderen verbissen hat? Und mit einem wirklich Gestörten weitergezogen ist?"

Lars rieb sich unwillkürlich die Schulter, worüber Heiterkeit ausbrach. Doch beim Suchen nach einer zufrieden stellenden Antwort auf diese knifflige Frage wollte keiner der vor sich hin Frühstückenden zu einer auch nur halbwegs passablen Lösung kommen, spürte Laura mit Unbehagen.

„Der sah absolut zuverlässig aus, ganz in echt, ehrlich und wahrhaftig!"

Auch Manfred schien sich mit dieser späten Versicherung nur selbst beruhigen zu wollen. Seine vorherigen leichtfertigen Reden waren ihm offensichtlich jetzt unangenehm.

„Vielleicht", hob er noch einmal an, „viel…"

Weiter kam er nicht, denn eine Stimme, die ihnen allen sehr vertraut war, flötete:

„Villoicht, villoicht ouch nöcht …"

Hinter Manfred stand nun Birgit und hielt ihm die Augen zu.

„Ihr seid wirklich Klasse. Dass ihr euch so viele Sorgen macht. Na, jetzt bin ich ja wieder da. Könnt also beruhigt eure Croissants in die braune Brühe stippen, die sie hier Kaffee nennen!"

Hierbei schaute sie insbesondere Laura leicht belustigt an.

„Und, was ist?" fragte Tanja, die an Birgits Wiederauftauchen nichts weiter Besonderes fand.

„Was soll sein? Außer, dass ich mich ein bisschen durch den Wind fühle und wahrscheinlich den halben Tag verschlafen werde, geht's mir gut. Jean-Pierre ist süß. Er hat mir sein ganzes Leben erzählt und seinen halben Monatslohn für meine Getränke ausgegeben. Jetzt hat er mich gerade hier abgesetzt. Fragt mich nicht, wie der letzte Schuppen hieß, aus dem wir zuletzt herausgeworfen worden sind."

Sie roch wie in Teer geräuchert, und ihre Stimme klang etwas kratzig. Und so ganz sicher auf den Beinen war sie auch nicht.

„Sonst nichts?“

Tanja schien enttäuscht zu sein.

„Ooch, bist du jetzt enttäuscht, Tanjalein?“

„Ja.“

„Was hätte ich tun sollen?“ sagte Birgit, während sie einen Schluck aus Lauras Kaffeetasse trank und das halbe Croissant dazu aß, das diese ihr gab. Ihn auf den Rücksitz seiner Ente zerren und vergewaltigen? Ich hab seine Telefonnummer. Und wir werden uns heute Mittag noch einmal treffen, falls … falls ich dann schon wieder wach bin. Ihr entschuldigt mich bitte!“

Damit verschwand sie. Als Laura wenig später ins Zimmer kam, um sich noch etwas frisch zu machen für den letzten Tag in Paris, schlummerte sie bereits.

Laura erwachte, als neben ihr ein Schmatzen ertönte. Offenbar hatte sie die lebhafte Erinnerung doch erschöpft und langsam eingeschläfert. Anders war es nicht zu erklären, dass sie flach auf der Decke unter der Libanonzeder im verwilderten Steudener Schlossgarten lag und direkt vor sich ein Katzengesicht erblickte, in dem deutliche Spuren einer Pralinenmahlzeit standen.

„He!“ rief sie und richtete sich erschrocken auf. Die Katze, ein kleiner, schwarz-weißer Tiger, wich maunzend etwas zur Seite, ohne doch daran zu denken, das Feld zu räumen. Dafür war das, was sie da gerade gekostet hatte, zu interessant gewesen.

Angesichts der Tatsache, dass es drei „Süße Küsse" waren, die das Untier geraubt hatte, wurde Laura wieder hellwach.

„Böser Räuber! Na komm her …"

Sie nahm die kleine Katze auf den Arm. Beim Blick auf die Armbanduhr sah sie, dass es schon sieben Uhr war. Sie hatte fast zwei Stunden geschlafen. Im Hinblick auf die Fahrt wäre das auch nicht schlecht, dachte sie.

„Na, zu wem gehörst denn du?" fragte sie die Katze. Die Antwort war unübersetzbar. Sie gab dem Kätzchen die Freiheit wieder und machte sich daran, die Decke zusammenzulegen. Ihre Kaffeetasse in der Rechten und die verschlossene Pralinenschachtel zusammen mit der Decke unter den linken Arm geklemmt, ging sie langsam auf das Schloss zu. Die Sonne lugte noch über die Kronen der hohen Bäume, die unten im kleinen Tal standen. Hinter ihnen, in der Laubenkolonie, hatte jetzt wieder Leben eingesetzt und machte sich durch Grilldünste bemerkbar, die bis zu ihr herauf zu riechen waren. Wahre herbstliche Nebelschwaden schienen sich durch die Pappeln zu bewegen, so sah es von ihrem Standort aus betrachtet aus.

Von der obersten Stufe der Freitreppe aus sah sie

das fertige Bild: wenn die bereits bestellten und mit der Planung fertig gewordenen Gartenarchitekten ihre Arbeit geleistet hätten. Die Zeder, von der seit jenem verheerenden Gewitter am Vortag von Oma Louises Tod nur noch ein Hauptast am Leben war, würde baumchirurgisch gestützt selbstredend erhalten geblieben sein. Zwei breite Bänder von Rasenflächen mit Rosenbeeten liefen parallel auf das Bauwerk zu und auf halbem Wege bis zum Beginn des Steingartens. Eine Doppelreihe von Kastenlinden links und rechts würde die seitliche Begrenzung der Rosenbeete bilden. Das Schloss wäre in erstklassigem Zustand, es trüge einen feinen Putz anstelle des jetzigen, dieser wäre blassrosa getüncht, und auf dem Dach ruhte dunkler Schiefer. Die Dachrinnen aus Kupfer hätten schon nach kurzer Zeit edle grüne Patina angesetzt. Alle Fenster wären erneuert, sie bestünden aus lauter kleinen quadratischen Scheiben. Tja und im Schloss befände sich ein Museum – oder aber das Café, von dem Gerhard von Einem gesprochen hatte! Oder beides, unten Café und oben Museum, nebst der ständigen Nutzung der Räumlichkeiten für Veranstaltungen. Laura sah alles so lebhaft vor sich, als hielte sie bereits ein Tablett mit einem abgeräumten Gedeck in Händen. Jetzt würde ihr ein Gast zurufen: Madame Mahler, es war herrlich, wir werden sie weiterempfehlen! Allerdings wäre nicht auszuschließen, dass sich die Grilldünste der Kleingärtner auch später genauso unangenehm bemerkbar machen könnten, wie sie es jetzt taten. Man würde die Laubenpieper mit Millionen bestechen müssen, damit sie das Grillen unterließen oder ihre gesamte Anlage aufkaufen, was möglicherweise sogar billiger käme. Keinesfalls dürften die Rosen- und Gebäck-Düfte durch verbrennendes Kleingärtner-Grill-Fett beeinträchtigt werden. Freilich würde man aus dem kleinen Steudener Chalêt kein Versailles machen können …

Bilder der Parisfahrt kamen ihr wieder in den Sinn, Eindrücke des letzten Tages, den Lars und die anderen bei der Schlossgartenbesichtigung zugebracht hatten. Birgit? Nein, Birgit nicht. Birgit hatte den letzten Paristag verschlafen. Sie dagegen waren um die Mittagszeit in Versailles angekommen und es war herrlich gewesen, die Parks in den Gold- und Rottönen des Oktobers zu erleben. Sie hatte die Namen der vielen Schlösschen, die sie im Vorbeigehen sahen, bereits wieder vergessen und konnte sich nur an den grandiosen Ausblick zum Parterre vor der Orangerie entsinnen: Da wurden gerade die riesigen Kübelpalmen in langer Prozession in ihre Winterunterkunft gezogen. Sie waren nur durch die Gärten spaziert, hatten lange darüber debattiert, ob sie nicht lieber noch versuchen sollten, nach Rungis zu kommen, um sich den größten Lebensmittelmarkt Europas anzusehen. Laura hätte ihn gerne gesehen, ebenso Lars. Aber Tanja, Dietmar und Manfred hatten dagegen argumentiert. Und sie hatten wahrscheinlich Recht gehabt, denn die Zeit, die für beides zur Verfügung gestanden hätte, wäre einfach zu knapp bemessen gewesen.

Beim Gedanken an die Palmen von Versailles drängten sich andere Bilder jüngeren Datums in den Vordergrund. Laura dachte an die Schachtel mit Fotos, die in ihrem Zimmer lag. Meine Güte, ihr Zimmer! Sie hatte es nicht einmal fertig gebracht, hier im ehemaligen Bienenstich-Zimmer Ordnung zu schaffen, was ihre Absicht gewesen war. Sie würde dem Vater ihr Zimmer, so wie es war, hinterlassen. Vielleicht würde er es, wie in schlechten Filmen, in seinem jetzigen Zustand bewahren? Schwachsinn, dachte sie, sich darüber einen Kopf zu machen. Sie hatte ganz andere Sorgen.

Sie ging ins Schloss und räumte wenigstens die Küche notdürftig auf. Eilig verstaute sie die belegten Brötchen in einer Stofftasche, während das Kaffeewasser zu kochen begann. Die wenigen verbleibenden Sonnenminuten des Abends gedachte sie auf der obersten Stufe der Treppe noch auszukosten. Wie würde sie den Lieblingssitzplatz vermissen! Die „Süßen Küsse“ schmeckten tatsächlich etwas pappig, da hatte Verena schon recht gehabt. Ohne die kühlende Schokoladenhülle begann die Butter zu zerlaufen, vor allem, wenn man die Pralinen offen in der Hitze liegen ließ. Wo war eigentlich die Katze abgeblieben? Laura legte über die letzten beiden Konfektstücken sicherheitshalber den Deckel …

Die letzten Stunden vor der Heimreise, der Weg von Versailles zurück ins 5. Arrondissement, die Hektik des Aufbruchs aus dem Hotel, hatten sie mehr Kraft und mehr Nerven gekostet, als gedacht. Auch wenn ihr an der Seite von Lars alles wie ein Traum vorkam – ihr Körper spürte, dass die Reserven zur Neige gingen. Auch Träume können übrigens anstrengend sein … Laura schlief im Zug die meiste Zeit. Hin und wieder, wenn sie aufwachte und eines der Bahnhofsschilder las, stellte sie fest, dass die Zeit in großen Sprüngen vorwärts hastete. Die anderen, vor allem Birgit, schienen ihr – soweit sie es in den kurzen Momenten des Wachseins bemerken konnte – die ganze Fahrt über wie aufgekratzt. Zumindest im Falle von Birgit war das kein Wunder, denn die hatte sich nach ihrer durchwachten Nacht auch gut ausgeruht. Als sie in Leipzig eintrafen, verhielt es sich umgekehrt. Jetzt waren die anderen am Ende, während Laura, dank ihrer erholsamen Dämmerphasen, wieder auftrumpfte. Die Fahrt bis Steuden erlebte sie wie im Rausch, denn sie fühlte, dass Lars es ernst mit ihr meinte und ihre gemeinsamen Erlebnisse nicht nur eine „Pariser Affäre“ gewesen waren. Natalie, die

Schwester von Lars, war mit ihrem Kleinwagen zum Leipziger Hauptbahnhof gekommen, um ihren Bruder abzuholen. Sie hatte mit der veränderten Situation keine Schwierigkeiten:

„Das mit euch beiden, das hab ich mir gleich gedacht! Gleich nach dem ersten Treffen bei Tanja. Vielleicht war das auch ein Grund, nicht mitzufahren. So 'ne große Schwester stört bloß ..."

„Quatsch!" sagte Laura bestimmt. „Meinst du das etwa im Ernst?"

„Ja."

Lauras Vater bekam am Tag der Rückkehr gar nichts von Lars mit. Dem hatte sie erklärt, dass es besser so wäre. Viel erzählt hatten sie einander ja wirklich nicht während der Reise, da hatte es Wichtigeres gegeben. Das würden sie jetzt mit der Zeit nachholen. Und Zeit hätten sie ja doch, oder? Lars nickte. Bloß erst einmal nicht vor dem Vater küssen, beschwor sie ihn.

„Am besten lässt du dich gar nicht sehen!"

„Warum nicht?"

„Er hat so seine Macken. Ist schwierig, seit meine Mutter damals ... Er hat nur mich; ich glaube, er will mich nicht verlieren..."

„Tut er doch nicht! Ich will dich ihm doch nicht wegnehmen!"

„Weiß ich, aber wenn du es genau betrachtest, muss es ihm so vorkommen."

„Muss es nicht! Du gehörst ihm doch nicht!“

„Gehöre ich denn dir?“

„Ja, oder etwa nicht?“

„Wenn du meinst ...“

Bevor Natalies Auto in die Hofeinfahrt gebogen war, küssten sie förmlich auf Vorrat. O je, das musste reichen! Tagelang vorhalten! Es dauerte fast eine Woche, bis sie sich bei Tanja wiedersahen, wo ein „Nachbereitungstreffen“ veranstaltet wurde. Die Zeit bis dahin war schrecklich. Laura hatte regelrecht körperliche Schmerzen bei dem Gedanken, es könnte Lars oder ihr etwas zustoßen, bevor sie sich wieder in den Armen hielten. Jetzt nur nicht überfahren werden! Das dachte sie bei jedem Überqueren einer Straße. Jetzt nur keinen tödlichen Stromstoß bekommen, flehte sie, wenn sie ein elektrisches Gerät einschaltete. Jetzt bloß nicht aus dem Fenster oder von der Leiter fallen oder was auch immer ... Undenkbar dagegen, dass sich an ihren Gefühlen etwas ändern könnte, dass sie einander plötzlich gleichgültig werden könnten, aus rätselhaften Gründen die frische Liebe zu nichts zerfallen könnte ... undenkbar, daher bedachte sie dies damals auch nicht im Mindesten.

Das erste Zusammentreffen von Peter Mahler und Lars Hoffmann war eine einzige Katastrophe. Laura hatte es sich in ihrem schlimmsten Träumen nicht schwärzer ausgemalt. Der Kernsatz des Vaters lautete – und alles andere verblasste vor ihm: „Sie also wollen mir meine Tochter wegnehmen?“

Das klang so, als ob sie ein Möbelstück im Steudener Hof oder im Wohnhaus wäre, wo das unselige Zusammentreffen stattfand. Sie sagte daraufhin:

„Vater, was soll das? Wen ich liebe, das musst du schon mir überlassen. Und wer spricht hier von wegnehmen? Bin ich etwa dein Besitz?“

„Laura, du bist doch alles, was ich noch habe! Was soll das heißen: ‚Liebe‘? Wer in deinem Alter von Liebe spricht, zeigt nur, dass er noch nichts begriffen hat. Dass er noch viele Enttäuschungen vor sich hat.“

Dieses absolute Vater-Kind-Klischee. Hatte das unbedingt kommen müssen? Musste ihr Dialog auf diese Stufe sinken? Offenbar musste er das. Offenbar war das unvermeidlich. Sie hatte entgegnet:

„Dann sag mir, was du tust, wenn ich auf die Idee käme, auszuziehen!“

Lars starrte sie nicht minder entgeistert an als ihr Vater. Damit hatte seltsamerweise keiner von den beiden gerechnet. Das war das Ende dieses ersten Treffens. Ihr Vater warf Lars hinaus, und sie lief dem Gekränkten und Verwirrten hinterher.

„Dein Vater hat sie nicht mehr alle!“

„Hab ich dir das nicht vorher gesagt? Du darfst ihn einfach nicht so ernst nehmen. Was kann er uns denn schon anhaben? Hauptsache, du hältst zu mir. Wir sind beide volljährig, wir können machen, was wir wollen!“

„Ich halte zu dir, na klar, was denkst du denn? Aber vergiss nicht, dass wir nicht genug verdienen, um uns, ja, nennen wir es nur so: ‚selbstständig‘ zu machen.“

Laura hatte kurz überlegt und gesagt:

„Ich werde mit Heiko Wenzel, meinem neuen Chef, sprechen. Der ist absolut in Ordnung! Seine Frau Verena ebenfalls. Wenn ich denen erkläre, wie es aussieht, dann lassen die sicher mit sich reden und erhöhen meinen Lohn!“

Lars hatte spöttisch aufgelacht.

„Na, das will ich sehen! Du weißt, dass ich trotz meines Abschlusses im Hotelfach noch keine Stelle gefunden habe. Ich bin völlig von meinen Eltern abhängig.“

„Immerhin hast du zwei, und sie sind absolut nett! Das krasse Gegenteil von meinem Vater.“

„Mag sein. Aber in Gelddingen verstehen sie genauso wenig Spaß. Erst die Arbeit, dann das Vergnügen. Als wenn wir es aufs Vergnügen abgesehen hätten …“

Sie küssten einander, und schauten sich tief in die Augen. Schmerz und Wonne mischten sich. Er sah unvergleichlich liebenswert aus in seiner Wut, in seiner Verzweiflung. Aber etwas daran tat ihr weh. Sie war der Grund für seinen Schmerz. Sie wollte ihm nicht weh tun und tat es doch mit jedem Kuss. So dachte sie. Es war tatsächlich anders als zuvor zwischen ihnen. Die Realität hatte sich an die Träume gehängt. Wie ein Gewicht. Ihre gemeinsamen Pläne, ihre gemeinsame Zukunft. Sie sanken langsam aber unweigerlich auf den Boden der Tatsachen. Die Küsse schmeckten bitterer. Zartbitter statt süß. Zumindest kam es Laura so vor.

Oft fuhren Lars und sie jetzt nach Leipzig, da ihnen beiden Steuden verhasst und unsicher geworden war. Wenn sie nach Hause kam, quälte sie der Vater mit Fragen, machte ihr das Leben zur Hölle. Hätte sie gekonnt, wäre sie auf der Stelle ausgezogen. Aber sie hatte mit Heiko Wenzel gesprochen: Es war beim besten Willen nicht mehr Geld drin. So Leid es ihm tat. Die Bäckerfamilie knapste selbst. Auch wenn Laura das nicht völlig nachvollziehen konnte: Schließlich hatten sie gerade einen ziemlich teuren Wagen gekauft. Dabei war der Autokauf längst nicht mehr angesagt. Autos „leaste“ man, wie Lars sagte, und er hatte Recht, fand Laura. Leider konnte sie das bei ihren Arbeitgebern schlecht als Argument anführen.

In dieser scheinbar ausweglosen Situation war ihr das Angebot von René Lesautre wieder eingefallen. Was wäre, wenn sie einfach nach Paris ginge? Die Brücken hinter sich abbräche? Sie stellte es sich bildlich vor: mit einer weißen Jacke, auf der in kleiner Schrift mit roter Seide „Laura Hoffmann“ eingestickt war – unter dem großen „L“ von Lesautre … Keine

Frage, dass Lars an ihrer Seite wäre und ein großes Pariser Hotel leitete ... Ihre eigene Rolle malte sie sich freilich besonders glänzend aus: Sie würde als außerordentlich begabte „Gastkonditorin“ unter dem besonderen Schutz des großen Meisters Lesautre stehen. Nicht, dass sie damit vor den Kolleginnen und Kollegen irgendwie anzugeben plante. Doch es wäre das nach außen hin sichtbare Zeichen dafür, dass sie unter seinem persönlichen Schutz stünde. Er würde alles abwehren, was sich gegen sie stellte. Der Vater hätte keine Chance, an sie heranzukommen, um sie gar zurückzuholen. Das hätte er ungeachtet aller weiteren Umstände sowieso nicht gedurft oder gekonnt, doch Laura dachte trotzdem an die Möglichkeit, dass er aufkreuzen und es versuchen könnte: sie aus Paris mit sanfter Gewalt nach Hause zu entführen, sie heim nach Steuden zu holen. Jeder Tag, der ohne Entscheidung verrann, machte es unwahrscheinlicher, dass der Meister in Paris noch an sie dachte, dass er sich überhaupt noch an seine Versprechungen und Pläne entsann. Sollte sie ihn anrufen? Ihm schreiben? Ihm darstellen, wie es sich bei ihr verhielt? Durfte sie einem an sich Wildfremden derartige Probleme im Vorhinein vor Augen stellen? Würde es die Situation nicht vollends unmöglich machen? Sie verschob die Kontaktaufnahme von Tag zu Tag.

11. KAPITEL

Eines schönen Tages las sie in einer Illustrierten, dass die Filiale von Lesautre im Berliner Traditions- und Nobelhaus KaDeWe unmittelbar vor der Eröffnung stehe. Der Meister selbst sei gerade in Berlin. Wäre das nicht die beste Gelegenheit? Sollte Laura nicht einfach nach Berlin fahren, um René Lesautre persönlich wieder zu treffen? Würde Lars mitkommen? Als sie ihn fragte, war er Feuer und Flamme. Es schien die optimale Lösung zu sein. Laura hoffte, dass sich im unmittelbaren Gespräch die Dinge lösten. Dass sie einen Impuls bekäme, irgendwie aus der beklemmenden Situation herausfände …

Es war natürlich klar, dass sie ihrem Vater mit der ganzen Patisserie-in-Paris-Chose gar nicht zu kommen brauchte. Was von Peter Mahlers Seite aus dazu zu sagen wäre, das konnte sie sich lebhaft ausmalen. Schon bei der Ausbildung sei sie immer auf diese Pralinen fixiert gewesen, das könne man doch nicht zum Beruf machen! So ein Schickimickikram. Und überhaupt, Paris sei eine viel zu große, zu oberflächliche Stadt für Laura, da ginge sie schnell verloren, das wäre nichts für sie, sie bräuchte Ruhe und Stille, sie hätte ja auch gar kein Geld. Paris sei teuer, allein eine Unterkunft koste ein Vermögen, und dann – wäre es ein einziges Sündenbabel, das könne und wolle er nicht zulassen, dass sie in diese Hauptstadt der Prostitution und des Verbrech... Nein, diese Litanei wenigstens wollte sie sich ersparen. Wenn sie dann auch noch sagte, dass Lars sie begleiten würde ...

Doch dann machten sie den Fehler, den Eltern von Lars ihren Plan zu unterbreiten. Was sie nicht für möglich gehalten hatten: Aus deren Sicht tauchten nun ebenfalls jede Menge Zweifel auf, ob es für Laura und Lars wirklich eine Perspektive in Paris gab. Lars sollte sich lieber erst einmal in einheimischen, am besten in Leipziger Hotels „hochdienen". Man dürfe die Kosten eines solchen Starts im Ausland nicht unterschätzen. Das sei viel teurer und schwieriger, als vor der Haustür anzufangen. Hier fielen die Kosten für eine Unterkunft schon mal weg, das wäre ein Riesenvorteil.

Der Elan für eine Fahrt nach Berlin, zu einer Unterredung mit René Lesautre war mit einem Mal weg. Alle Pläne, ihren Lebenstraum einer Karriere als Pralinenmacherin in Paris zu verwirklichen, schienen Laura jetzt ohnehin aussichtslos. Wenn Lars nicht mitginge ... Ein bisschen traurig war sie, dass sein Elan, mit ihr einfach abzuhauen und einen Start zu wagen, so ganz und gar nicht vorhanden war. Sollten sie nicht aufeinander vertrauen und sich um das Urteil der anderen weniger scheren? Die Liebe zu Lars war das Einzige, was Laura am Leben hielt. Sie durfte nicht unter den Erörterungen solcher Fragen zerbrechen. Was dachte er über sie beide? Sah er eine Chance, dass ihre Gefühle andauerten? Wie könnte man sie bewahren? Wie könnte man sie ... verstärken? Tanja riet ihr, gemeinsam mit Lars eine Reise zu unternehmen. Je weiter weg, desto besser, am besten gleich in die Südsee. Tanja, die Gute, die selbst davon träumte, einen Multimilliardär zu heiraten, um nie mehr arbeiten zu müssen, war sogar bereit, Laura etwas Geld zu borgen. Für sie beide, Laura und Lars, wäre das der ultimative Kick, fand Tanja.

Laura fragte Lars, was er von dieser Idee hielte. An der Eva, wo sie sich in dieser Zeit fast jeden Abend trafen. Die lag immerhin auch schon außerhalb von Steuden und man sah jeden Spaziergänger schon von Weitem. Lars war begeistert ... Und sie debattierten bereits über das Ziel! Anstatt in die Südsee wollte Lars in die Karibik! Kuba! Laura hatte sich in der Stadtbibliothek in Bad Lauchstädt viele Reiseführer angeschaut und war für die benachbarte Karibik-Insel Hispaniola. Haiti oder die Dominikanische Republik? Sie knobelten. Lars war für Haiti – und verlor. Eine Pauschalreise wurde gebucht und mit Erspartem und Geliehenem finanziert: zwei Wochen Kokosküste inklusive Flug Leipzig – München – Madrid – Barahona für eine Summe Geldes, die sich Laura lieber nicht in Erinnerung rief ... Zwei Jahre hatte sie Tanja das geliehene Geld für den Flug in nicht gerade kleinen Monatsraten zurückgezahlt. Larsens Eltern wurden eingeweiht. Peter Mahler dagegen verabschiedete seine über alles geliebte Tochter im Glauben, sie würde eine Freundin an der Ostsee besuchen. Gesagt, getan …

Sie landeten in Barahona und kamen in einem der üblichen Touristenkästen unter. Aber das kümmerte sie nicht, denn sie wollten schließlich so viel wie möglich von der Insel sehen. Sie liehen sich einen Wagen und waren den ganzen Tag auf Achse. Auf ihrer weiten Erkundungsfahrt, immer die Küstenstraßen entlang, einmal im Halbkreis um die dominikanische Hälfte der im Zentrum stellenweise noch gänzlich unerschlossenen Insel Hispaniola, öffneten sich in der ersten Woche Türen und Tore für die hübsche junge Besucherin und ihren lustigen Begleiter. Und wie sollte man nicht Freude verströmen angesichts des Paradieses, das sich vor einem öffnete? Kokospalmen, türkisblaues Meer! Im Landesinneren dagegen Steppe und Urwald, Bananenplantagen, Tabak- und Kaffeeanbau sowie viele Kakaopflanzungen. Sie waren in dieses traumhafte Land gereist, um sich ihr eigenes Glück täglich vor Augen zu führen und es dauerhaft zu beschwören. Mit ihrer ungezwungenen Herzlichkeit und Fröhlichkeit eroberten Laura und Lars nun im Sturm die Herzen der Einheimischen. Ausführlich erkundeten sie zunächst die Hauptstadt Santo

Domingo, besuchten das Grabmal von Christoph Kolumbus im Faro a Colón und das Bernsteinmuseum Museo Mundo de Ambar, wo sich die Fälschungen, die Lars bei einem fliegenden Händler vor dem traditionellen Markt, dem Mercado Modela, gekauft hatte, als solche herausstellten …

Und so viele Tiere waren ihnen begegnet! Laura liebte Tiere und war schon während des Anflugs ganz aus dem Häuschen gewesen, als Lars ihr erzählt hatte, was sie erwarten würde! Von einem Beobachtungsschiff, das in Barbara de Samaná startete, sahen sie echte Wale, mehrere Kühe mit Kälbern, im Nationalpark der Isla Cabritos, der „Ziegeninsel" Flamingos, Pelikane, Leguane, Wasserschildkröten sowie – Krokodile! Beim Schnorcheln an der Nordwestküste bewunderten sie Korallen in noch intaktem Zustand. Und dann ritten sie!

Das war für Lars ein ungewohntes Erlebnis, für sie dagegen wie die Wiedergeburt ihrer Kindheit gewesen. Auf dem Pferderücken zockelten sie über verwunschene Dschungelpfade zu einem beeindruckend hohen, wenn auch sehr spärlichen Wasserfall, dem Saltos El Limón bei Las Terrenas. Die sehr sanftmütigen Tiere beherrschten eine Gangart, den Paso Fino oder „zierlichen Schritt", bei dem selbst Lars sich bald sicher fühlte. Ein alter Mann, der mit seinen hübschen Enkelkindern am Wasserfall badete, verriet ihnen lachend den Spitznamen der dominikanischen Pferde, der erklärte, warum selbst Touristen mühelos mit ihnen zurechtkamen: Caballos Automáticos ... Automatik-Pferde ...

In Puerto Plata schauten Laura und Lars von der trutzigen Feste San Felipe aus auf die traumhaft schöne Landschaft, wagten sich in die Tiefen der Höhlen von Caño Hondes auf der Halbinsel Samaná, die den Einheimischen, den Taínos, in der Zeit der Eroberung durch die Spanier Zufluchtsorte und Kultstätten gewesen waren. Nach einer sehr romantischen Kutschfahrt durch Santiago de los Caballeros musste Laura freilich unbedingt die Rum-Produktion in der Rumfabrik Bermúdez anschauen.

„Bei der Herstellung von Rumtrüffeln wird diese Erfahrung unschätzbar sein", erklärte sie dem skeptischen Lars, der schon einen latenten Alkoholismus bei ihr vermutete.

Überhaupt war das Erlebnis der Comida Criolla, der einheimischen kreolischen Küche, für Laura und Lars etwas Unvergessliches: Angefangen bei den kandierten Kirschen, die fast an jedem Strand von kleinen Jungen verkauft bis zu den Kokosnüssen, die überall von flinken Machetenschwingern geköpft wurden, damit man die herrliche Kokosmilch aus der frischen, noch grünen baseballgroßen Frucht trinken konnte, reihten sich die Geschmacksüberraschungen aneinander wie bunte Perlen. Hatten sie zum Frühstück eben noch gebratene Eier mit Kabeljau oder pürierter Brotfrucht gegessen, wurde ihnen zu Mittag bereits eine bombastische Mahlzeit aus Reis und Bohnen, kombiniert mit einem würzigen Ziegeneintopf oder köstlichem Spanferkel aufgetischt. Dieses typische Mittagessen aus Fleisch, Bohnen und Reis hieß wegen der Farbabfolge auch Bandera Dominicana, Dominikanische Nationalflagge.

Als sehr nachahmenswert empfanden sie die von zwölf bis drei Uhr mittags dauernde Siesta. Wann immer sie konnten, hielten sie sich daran; was bei dem Programm, das sie sich auferlegten, nicht einfach war.

Beim üblicherweise sehr späten Abendessen genossen sie meist einen klassisch-pikanten kreolischen Eintopf, die Criolla Dominicana, bestehend aus Schmorfleisch, Nudeln, Zwiebeln und allerhand Grünzeug. Fische und Meeresfrüchte hatten sie überall gegessen und waren überzeugt, dass sie nirgends jemals mehr etwas Besseres essen würden.

Die Schokolade auf der Insel war für Laura eine weitere Offenbarung. Naturbelassener Kakao in Kombination mit scharfen Gewürzen wie Pfeffer und Chili! Sie schwor sich, das zu Hause gleich auszuprobieren. Die Art, wie die Einheimischen Trinkschokolade kochten – Laura musste es sich genau einprägen: Kakaobohnen wurden geröstet, dann wurde die

Schale abgezogen, sie wurden in einem Mörser klein gestampft zu einer Art Brei oder Schokokuchen. In Bananenblättern eingewickelt, hielt der sich mehrere Monate. Bei Bedarf wurde etwas davon abgerieben und mit Zimt und Zucker in Wasser gekocht.

„Schmeckt gewöhnungsbedürftig", urteilte Lars, und das stimmte. „Ganz und gar nicht unsere Vorstellung von einem Plantagentrank ..."

Sie lachten, und die Verkäuferin des Getränks, an dem kleinen Stand unter Palmen, lachte.

Eine Woche waren sie mit ihrem geliehenen Wagen schon unterwegs. Jetzt hatten sie das Zimmer in Barahona gekündigt und sich mit ihren zwei Reisetaschen auf die Achterbahnfahrt entlang der kurvenreichen Straße der Südwestküste gemacht. Bis Oviedo wollten sie am Meer entlang fahren, dann quer übers verkarstete Bergland nach Pedernales, von wo man einen Blick über die befestigte Grenze nach Westen, nach Haiti, werfen konnte. Irgendwo würden sie schon wieder eine Bleibe finden.

Bei all den Naturschönheiten links und rechts wussten sie gar nicht, wohin sie zuerst schauen sollten. Die Traummeile entlang der Küste durchschnitt rechter Hand den feuchtgrünen hügeligen Regenwald der Sierra de Baoruco, während links Berghänge und Klippen steil ins grünblaue Meer abfielen. Immer wieder taten sich spektakuläre Buchten mit endlosen Kieselsteinstränden und Kokospalmenwäldern auf. Wasserfälle und Flussmündungen, deren Wasser kristallklar war, verlockten zu Stopps. Wie bunte Ausrufezeichen blitzten vereinzelt kleine Dörfer mit Holzhütten hervor, vor denen die Familien im Schaukelstuhl dösten. Laura und Lars fanden jetzt gemeinsam lachend, dass die Idee mit dem hektischen Paris wirklich eine Schnapsidee gewesen war. Wenn man sich irgendwo anders als in Steuden niederlassen sollte, dann hier, im Land der Siesta und des Schaukelstuhls ... Die Menschen der Baoruco-Küste waren die liebenswertesten und gastfreundlichsten, die ihnen je begegnet waren. Davon waren sie bereits überzeugt gewesen, bevor es plötzlich diesen Knall gab und sie sich eingestehen mussten, einen Reifen platt gefahren zu haben ...

Sie rollten aus und besahen sich den Schaden. Noch ehe sie recht wussten, was sie anfangen sollten, hielten quietschend einige auf einem Motoconcho, einem Moped, vorbeikommende Jungen und erkundigten sich freundlich, ob sie ihnen vielleicht helfen könnten. Während Laura und Lars unbeschwert in einer nahen Bucht badeten, montierten die motorisierten Engel ihren Reifen flugs ab und fuhren mit ihm davon. In einer Werkstatt in der nächsten kleinen Siedlung wurde der Schlauch geflickt und ausgebessert. Dann brachten die Jungen das runderneuerte Rad mit dem aufgepumpten Reifen zurück und schraubten es wieder an.

Man hatte ihnen viel von der Hilfsbereitschaft der Einheimischen erzählt, aber das übertraf alle Erwartungen. Laura und Lars, die sich über das geringe Entgelt wunderten, das die Helfer für diese spektakuläre Rettungsaktion verlangten, bevor sie glücklich weiterknatterten, beschlossen, dem Mechaniker persönlich zu danken. Schließlich ist so was nicht selbstverständlich. Sie ließen sich dessen Adresse geben und zahlten den Jungen vor lauter Glück den geforderten lächerlichen Preis pro Person aus. Zweimal, versteht sich, da sie ja doch zu zweit waren!

So kamen sie nach Baoruco oder besser gesagt, ins Paradies! Nicht umsonst wurde der Küstenabschnitt südlich von Barahona die „Côte d'Azur der Dominikanischen Republik" genannt. Überall in dem hübschen kleinen Dorf zwischen dschungelbewachsenen Hügeln hatte man offenbar schon von ihrem Plattfuß gehört und schien sich einig zu sein, dass dies nur ein Zeichen Marias, der überall auf der erzkatholischen Insel überschwänglich verehrten Mutter Gottes, sein konnte. Jetzt übertraf man sich, ihnen die ganze Menschenfreundlichkeit der Karibik vorzuführen, um sie schlicht nicht mehr weiterfahren zu lassen. Sie kamen zum Haus ihres Retters. Maria Perez, die Frau des freiberuflichen Mechanikers, der eigentlich in den Edelsteinminen im Dschungel arbeitete, bat sie kurzerhand auf der Veranda ihres schmucken Holzhauses Platz zu nehmen. Ihr Mann José köpfte zur Begrüßung zwei Kokosnüsse.

„Was haben Sie gemacht?“ fragte Laura, deren Spanisch von Tag zu Tag besser wurde, als sie den Verband an Josés Bein sah.

José hatte sich in dem Bergwerk, in dem er normalerweise nach Larimar, einem Schmuckstein, grub, so schwer am Bein verletzt, dass er im Moment nicht arbeiten und nichts verdienen konnte. Doch er erklärte ihnen sogleich die Grundregel der dominikanischen Lebensart, die ihn darüber hinwegtröstete.

„No hay problemas! – Kein Problem! Was zählt, ist doch der schöne Tag! Dass ihr hier seid, hat uns schon viel geholfen, seht uns an, wie glücklich es uns macht, euch kennen zu lernen! Wisst ihr, dass wir es für ein Zeichen halten, dass ihr hier gestrandet seid mit dem Auto? Wollt ihr Euch nicht einmal die schönen Strandhütten ansehen?“

Zwei Stunden später bewohnten Laura und Lars bereits eine von 12 Bohio-Hütten in der Casa Bonita, dem romantischsten Hotel im ganzen Südwesten. Der Blick auf die Berge und das Meer war schlicht unvergesslich. Laura und Lars wurden im Dorf wie Freunde aufgenommen und respektiert, vor allem, weil sie inzwischen zu handeln gelernt hatten. Sie ließen sich beim Kauf von Lebensmitteln und Souvenirs nicht betrügen, was ihr Ansehen beträchtlich steigerte.

Die Gewandheit beim Handeln, insbesondere als er bei einem der Mineure einen respektablen Brocken des Halbedelsteins Larimar, zu einem wahrhaft niedrigen Preis erstand, trug Lars den Ruf eines echten Machos ein – Laura musste lachen. Machos, das waren die Kampfhähne, die auch dann nicht aufgaben, wenn der Gegner sie schon so gehackt hatte, dass Blut floss …

Immerhin, das musste sie zugeben, hatte er schnell das Feilschen gelernt und den Schaden für ihre Reisekasse folglich gering gehalten: Erst erfragte er den Preis, mit einem möglichst gleichgültigen Gesichtsausdruck. Nach der Antwort des Händlers zeigte er sich bestürzt, dann bitter enttäuscht und gab zu verstehen, dass er die Ware zu diesem Preis niemals kaufen werde. Als nächstes bot er etwa die Hälfte des genannten Preises, was unweigerlich zur Folge hatte, dass der Händler eine dramatische Miene aufsetzte, jammerte oder hysterisch lachte. Laura hatte viele dieser spielerischen Duelle verfolgt, um jeden der Schritte genau vorhersagen zu können. Nachdem der Verkäufer sich wieder beruhigt und auch der Gegenstand der Verhandlung behutsam wieder an seinen Ort auf dem Verkaufstisch zurückgelegt worden war, kam das nächste Wort vom Händler. Meist reduzierte sich dann der Preis noch einmal, wenn Lars sich, stets freundlich lächelnd, zum Weggehen anschickte.

Fast immer hatte Lars nun mit seiner verwegenen

Feilschmethode Erfolg gehabt, und die kleinen, schönen Sachen, die er für Laura erobert hatte, waren ihr allesamt heldenhaft erstrittene Beweise der innigen Gefühle, die er für sie hegte.

Am Abend tanzten sie bei einer der legendären Strandpartys ihres „Hotels“ bis zum Umfallen Merengue, einen Tanz, bei dem man mit den Hüften wackelt und sich immer wieder sehr nahe kommt. Merengue war nicht nur die Nationalmusik, sondern auch die Lebensphilosophie und die Energiequelle, eine Verschmelzung aus spanischem Pasodoble und afrikanischem Tom-Tom, in einem schnellen Zweivierteltakt. Irgendwie zackig und sehr erotisch im Rhythmus, fand Laura.

Sie gab sich ganz der Musik hin. In den Hüften wiegte sie sich flott von rechts nach links, während ihre Füße in kleinen Schritten am Platz gingen oder langsam einen Kreis dabei beschrieben. Die Arme winkelte sie locker an die Taille an. Für den erotischen Knistereffekt musste man dem Partner so nahe wie möglich kommen … Lars sah dabei unnachahmlich komisch aus, und die Einheimischen grölten und freuten sich: Gäste, die sich nicht so ernst nahmen und das Leben genossen, schloss man hier schnell ins Herz! Die neckischen Texte der Schnulzenlieder, soweit Laura sie verstand, erzählten von Glück und Schmerz, Liebe und Tod.

Während die sanfte Brise über ihre aneinandergelegten Köpfe strich und sie dazu anregte, die Augen zu schließen und das leise Rauschen des Meeres zu genießen, in das sich vereinzelte Rufe von Fregatt- und Tropikvögeln mischten, dachten sie an ihre vielen schönen Erlebnisse. Laura erinnerte Lars kichernd an die Merengue-Tänze und küsste ihn auf die Wange, wofür sie sich zur Seite drehen musste, was eine schon beinahe zu große Anstrengung war. Tags lagen die Temperaturen bei 31 Grad, nachts fielen sie nie unter 20. Wenn es regnete, jetzt im Juni, waren es stets nur warme kurze Schauer, man sparte das Duschen! Höchstens Hurrikane waren im Sommer bedrohlich, doch sie hatten anscheinend Glück.

„Wir können nicht den ganzen Tag faulenzen! Erinnerst du dich daran? Dass du das gesagt hast? An unserem ersten Tag, gleich nach der Landung?" fragte Laura. Sie lag neben dem Geliebten in blitzweißem, heißem Sand. Beide waren sie so braun wie gut durchgebackene Croissants. Nahe am Verbrennen. Ob ihnen das jemand für Ostsee-Bräune abnähme? Laura gluckste und ließ es sich gefallen, dass er ihr glühenden Sand auf den Bauch rieseln ließ. Es kribbelte und piekste wie tausend kleine Nadeln.

„Ich glaube, nur die da droben leben noch entspannter als wir!"

Sie blickte zu einigen schneeweißen Zuckerwatte-

Wölkchen, die in gemessener Entfernung, fast am Horizont, vor einem Blau vorübergetrieben wurden, das schon gar nicht mehr wirklich zu sein schien. Das badewannenwarme Wasser vor ihnen war am Flutsaum kristallklar, danach ging es von Türkis über Flaschengrün in Curaçao über. Am Horizont gingen das Blau des Himmels und das Blau des Meeres ohne Trennlinie ineinander auf …

„Aber das unser Ausflug so stressig würde, hätte ich nicht gedacht. Ich glaube, ich habe Muskelkater an den Backen von all den tollen Sachen, die wir gegessen haben. Frittierte Bananas, Fisch in Kokossauce … hmm …"

„O ja, ich sehe es, und fühle es an dir, genau hier … Übrigens heißt es hier nicht Bananas, sondern Platanos oder Guineos, wie oft soll ich es dir noch sagen …"

„Iiihh, lass das! Hab ich ja bloß gesagt, um dich zu ärgern: Kochbananen – Platanos; süße Bananen – Guineos, aye aye, Sir!"

Die Behauptung, dass er ihr auch nur eine überzählige Kalorie angesehen hätte, war reine Neckerei. Natürlich sah man nichts. Laura konnte essen, was und wie viel sie wollte – es setzte nicht an. Bei ihm dagegen schon eher. Das würde ein paar Wochen hartes Training brauchen, bis dieser Zuckerkringel wieder verschwunden wäre. Doch unappetitlich war es nicht. Noch nicht …

„Du wirst dich bald erst recht verstecken müssen, du wirst schon zum Michelin-Mann …“

Er schüttete ihr eine ganze Handvoll Sand auf den flachen Bauch, dass sie laut aufschrie und ihn abschüttelte. Sie spürte ihren Körper und fühlte sich unendlich wohl darin. An diesem einmaligen Streifen blütenweißen Sandes zwischen Urwaldhügeln, Palmen und grünem Meer wollten sie Siesta halten, einen ganzen Tag! Viel zu bald schon ginge es zurück. Sie hatten so innig zusammengelebt, dass es nie mehr ein zurück von dieser Zweisamkeit geben dürfte. Was musste man da noch heiraten, wenn man sich so liebte? Im Mittelalter galt eine Ehe vollzogen, wenn man miteinander geschlafen hatte. Sie hatten mehr als das, sie hatten nun alles miteinander geteilt, und das bereits so viele Tage lang …

Trotzdem erzählten sie Maria und José Perez von den Problemen, die sie zu Hause in ihrer Heimat hatten, was nicht eben einfach war. Wie erzählt man jemandem von Problemen, der keine kennt? Doch keine zu kennen und nicht zu wissen, was welche sind, sind verschiedene Dinge. In einem Gemisch aus Englisch und Spanisch – sowohl Lars als auch Laura beherrschten die beiden Sprachen inzwischen recht gut – konnten sie ihren Freunden durchaus klarmachen, worunter sie zu Hause litten. José, an seiner Montechristo ziehend, die einen betörenden Geruch verströmte, nickte, als er von Lauras Vater und dessen Verhalten hörte. Er sah seine Frau an und beide lachten.

„So einen Vater kenne ich! Marias Vater war genauso. Ich habe zehn Jahre gebraucht, um ihn zu erweichen. Das war hundertmal so schwer, als seine Tochter zu erober…"

Mit gespieltem Zorn zog Maria ihm eins über mit einem Löffel! Sie hatten einen wahrhaft göttlichen Eintopf von einheimischen Gemüsen gegessen: Sancocho aus Yuca, Yam, Süßkartoffeln und Kochbananen. „Schandmaul! Die Mutter Gottes straft dich hiermit!"

Dann sagte Maria etwas auf Kreol zu ihrem Mann, was bei José ein Lächeln hervorrief. Sie schwiegen kurz, dann stimmte er mit einem Nicken zu. Was war es, das sie beiden da geheim vor ihnen verhandelten? Überhaupt war es verwunderlich, dass sie sich vor ihnen überhaupt des Kreolischen bedienten, das eher auf Haiti gesprochen wurde, wo die kreolische Kultur noch viel lebendiger war.

„Hmm, wir haben eine Idee, was euch betrifft. Es könnte etwas geben, was helfen kann. Es wird aber nur funktionieren, wenn ihr euch wirklich liebt! José Perez paffte genüsslich und versonnen mit seiner Zigarre. Maria verschwand mit dem Geschirr im Haus. Laura und Lars blickten einander an. Was immer das bedeuten sollte, was für ein Mittel Maria und José sich auch ausgedacht hatten, ihnen beizustehen bei ihren

„Problemas“ – eines wussten sie inzwischen genau: Ihre Liebe würde nie größer sein können als jetzt. Es gäbe also keinen Grund, nicht hören zu wollen, was José und Maria ihnen vorzuschlagen hätten. Ihr Interesse war geweckt. Laura fragte, als Maria wieder auf der Bildfläche erschien:

„Was wollt ihr mit uns anstellen?“

Maria antwortete lächelnd:

„Überraschung. Allerdings müsst ihr morgen ein bisschen Zeit mitbringen. Am Vormittag würde ich sagen. Wenn ihr gefrühstückt habt, kommt doch einfach herüber. Wir werden euch zu Menschen bringen, die sich auf die Überwindung von … Hindernissen … verstehen …Beim Heiraten und auch sonst …“

Laura und Lars versprachen zu kommen.

Daher mussten sie am folgenden Morgen viel zu früh aus dem blütenweißen Sand aufstehen.

„Wollen wir uns wirklich diesen geheimnisvollen Spezialisten anvertrauen? Wer immer und was auch immer das sein mag?“ fragte Lars.

„Ja, ich denke, wir sollten es tun. Schon allein, weil Maria und José es sich für uns ausgedacht haben. Du weißt, dass wir ihnen letztlich, wenn man es genau nimmt, diese traumhaften Tage in unserer Hütte unter Palmen verdanken! Hätte José unseren Autoreifen nicht repariert und hätte Maria uns nicht so freizügig bewirtet, wer weiß, wo wir inzwischen gelandet wären? Am Paradies auf Erden wären wir achtlos vorbeigefahren …“

„Du meinst, wir sollten uns nur aus Dankbarkeit auf einen einheimischen Hokuspokus einlassen? Wer weiß, was das ist. Ich bin gar nicht glücklich darüber, dass wir keinen Mut hatten, genauer nachzufragen, was Maria und José mit uns vorhaben“, sagte Lars.

„Und was war das mit dem Heiraten? Was Maria da angedeutet hat? Mir ist wohl bekannt, dass die hiesigen Bauern niemals offiziell heiraten. Selbst Kinder werden nicht offiziell registriert. Polizei, Gerichte, Behörden – das gilt hier alles als verpönt. Eigentlich ist es das reinste Räuberlager hier!“

„Genau, und wir müssen uns den Anordnungen des Räuberhauptmanns José fügen. Komm endlich, sei kein Frosch! Sie werden uns schon nicht den Kopf abreißen. Was meinst du eigentlich mit einheimischem Hokuspokus? Die Leute hier sind doch zutiefst gläubig? Was sollte das für ein Zauber sein?“

Laura konnte diesen Widerspruch nicht auflösen. Lars aber sagte:

„Sicher, die Dominikaner sind katholisch. Aber die Glaubensvorstellungen sind hier nicht so schlicht und einfach wie in Europa. Das Christentum hat sich mit populären anderen Religionen verbunden. Mit dem Erbe der indianischen Ureinwohner, der Taìnos, mit dem Glauben der afrikanischen Sklaven, mit spätmittelalterlichen Einflüssen der Eroberer und der Dominikanermönche ..."

Als sie in die Hütte kamen, holte Lars seinen Reiseführer heraus, und las eine Stelle daraus vor:

„Auch Voodoo-Riten und Voodoo-Götter sind hier anzutreffen sowie Zeremonien, in denen Europäisches und Afrikanisches miteinander verschmelzen: afrikanische Götter und christliche Heiligen, Trommeln, Trance-Zustände, Opferungen. Bei besonderen Anlässen, vor allem bei Todesfällen, müssen besondere Wachen und Zeremonien abgehalten werden. Friedhöfe sind überhaupt Brennpunkte kultischen Geschehens, aber auch besondere Orte der Natur wie Bäume, Quellen und Heilpflanzen sind mit mystischen Vorstellungen aufgeladen. Bei nächtlichen Wanderungen kann man eine Ciguapa treffen, eine verführerische indianische Frau, die auch als ein Nachtvogel erscheinen kann, oder einen Galipote, einen Schrecken erregenden Mann, der in Gräbern lebt und auf Befehl tötet ..."

„O nein, hör auf! Du warst schon immer gut darin, mir Angst einzujagen! Ich erinnere mich noch an die Paris-Fahrt. Im Zug ..."

Laura lachte aber doch.

„Warst du nicht neulich nachts noch draußen unterwegs? Wolltest wohl eine solche Ci..."

„Ciguapa!“

„...guapa treffen, hmm? Verführerische indianische Frau, so so ...“

Da es helllichter Vormittag war und die ganze karibische Welt in den sattesten Farben erschien, hatte Laura jedoch nicht den kleinsten Funken Furcht. Sie war einfach nur neugierig auf Marias und Josés so genannte „Hilfe“. Die beiden schienen sie schon erwartet zu haben und machten sehr ernste Mienen. Irgendetwas aber kam Laura an diesem Ernst verdächtig vor. Die beiden baten sie, auf den bequemen Schaukelstühlen vorm Haus Platz zu nehmen.

„Wartet hier und lauft nicht weg! Wir sind gleich wieder da!“

Laura und Lars sahen sich an und zogen die Stirnen kraus – das wurde ja wirklich immer geheimnisvoller. Als Maria und José auch nach einer halben Stunde noch nicht zurückgekommen waren, fragte Laura, der neben Lars natürlich niemals langweilig geworden wäre, doch etwas irritiert:

„Hast du eine Ahnung, was das bedeuten soll? Gibt es irgendetwas, was ausländische Touristen heute Morgen nicht sehen sollen?“

Lars sah sie ratlos an. Achselzuckend sagte er: „Niemand regt sich hier doch auf, wenn der Bus einmal vier Stunden Verspätung hat.“ Er sah das Buch, das auf der Veranda der Perez lag, nahm es und schlug es auf.

„Geschichte von der Insel Hispaniola“, las er Laura den Titel vor. „Was möchtest Du lieber hören: Die Geschichte vom Freiheitskämpfer Enriquillo oder die vom Schatz der Nuestra Señora de la Conception?“

„Die vom Freiheitskämpfer“

Laura lauschte gespannt und hatte die Perez schließlich vergessen.

„… Am Abend, der auf ihre nächtliche Flucht aus Maguana folgte, boten sich die majestätischen Berge des Baoruco …“ Hier machte Lars eine Geste mit dem freien linken Arm, die darauf hinwies, dass sie sich gewissermaßen unmittelbar am Schauplatz dieser Geschichte befanden, was Laura nutzte, um sich lächelnd nur noch behaglicher im Stuhl zu räkeln.“ … den begierigen Blicken der Unglücklichen dar, die hier ihre Zuflucht finden wollten. Als er in der Ferne das Auf und Ab der schwindenden Gebirgsketten sah, die sich von dem reinen Blau des Himmels abhoben und in verschiedenen Abstufungen den westlichen Horizont begrenzten, hielt Vasa, einer der indianischen Kaziken, sein Pferd an, wies mit der ausgestreckten Rechten auf die hohen Berge und sprach ergriffen die feierlichen Worte: ‚Dort ist die Freiheit!‘ Die anderen Indios hörten bewegt diese bedeutungsvollen Worte, einige wiederholten sie mechanisch, als sie mit Freudentränen die Höhenzüge betrachteten. Darauf sprach Enriquillo zu ihnen diese Worte: „Ja, meine Freunde, dort ist die Freiheit, dort finden wir einen Ort für ein Leben als Mensch, so anders als das Leben eines Sklaven! Dort ist die Aufgabe, dieses Leben und diese Unabhängigkeit, diese Gaben, die wir als gute Christen immer dem allmächtigen Herrgott danken müssen, nach Kräften zu verteidigen!"

Lars ließ das Buch sinken und dachte laut nach: „Hmm, eigentlich schon seltsam, dass die Ureinwohner gute Christen sind und auf Gott bauen, wo ihnen doch die christlichen Eroberer an die Gurgel wollen ... Es muss damit zusammenhängen, dass dieser Schriftsteller – Manuel de Jesús Galván – ein politisches Manifest schreiben wollte und keinen historischen Roman. Die Dominikaner sollten begreifen, dass ihr Land das eigentliche Land der Freiheit ist."

„Freiheit ist schließlich politisch gemeint. Was für eine Religion im Hintergrund steht, ändert ja nicht viel, vorausgesetzt, sie ist offen und menschlich." Laura hatte erwartet, dass Lars weiterlas, doch eine Stimme sagte:

„Offen und menschlich – sehr richtig! Sind sie nicht wie füreinander bestimmt?"

Maria und José waren wieder aufgetaucht und lächelten. Sie baten Laura und Lars, das Buch mitzunehmen, denn es sei ohnehin als Abschiedsgeschenk für sie gedacht.

„Wir hoffen, es erinnert euch an unsere schöne Zeit.

Dass die Geschichten ins Deutsche übersetzt sind, sollte euch doch zu denken gegeben haben …“

Sie forderten ihre Gäste auf, ihnen zu folgen. Man ging zum Strand, wo eine Versammlung von lustigen, lachenden und hübschen Einheimischen wartete. Sie standen vor dem malachitgrünen Meer, dessen träge Wellen wie breite, gläserne Walzen aussahen, die ein Stück auf den weißen Sand rollten, bevor sie sich in Wasser verwandelten, das zurückfloss.

Im Näherkommen war zu erkennen, dass am tiefsten Punkt des Halbkreises ein improvisierter Tisch mit einer weißen Tischdecke stand. Es war bloß ein Brett, das über zwei Stuhllehnen lag. Ein blütenweißes Tuch hatte man darüber hingebreitet. Doch das genügte, um den Eindruck zu erwecken, es mit einem Altar zu tun zu haben. Dahinter hatte sich ein Mann in einem schwarzen Gewand platziert, der ein bisschen wie ein Priester aussah. Von dieser zentralen Gestalt ausgehend und nach beiden Seiten sich nun zu einem Halbkreis zusammenstellend, schien das halbe Dorf versammelt, ältere Männer und Frauen, ein paar in Marias und Josés Alter sowie viele Kinder. Fein herausgeputzt, in ihren besten Kleidern, bunte, luftige, farbenfrohe Gewänder die Frauen, helle Tuchhosen mit schönen dunklen Hemden die Männer, die kleinen Mädchen mit bunten Schleifchen im Haar. Das war eine Gemeinde, ganz so, wie Laura und Lars sie am Sonntag in die große Betonkathedrale von Higüey, dem Zentrum der Marienverehrung im Land, hatten gehen sehen. Was war das, was hatten sie mit ihnen vor?

„Wir haben gesehen, was für ein hübsches, Gott gefälliges Paar ihr seid!“ hob der Mann an, der wie ein Priester aussah und sich ihnen als Enrico Duarte vorstellte. „Und wir haben gehört, was euch bedrückt in eurer Heimat!“

Laura sah Lars mit einem Ausdruck ungläubigen Erstaunens an. Der zuckte kurz mit den Schultern und blickte sofort wieder breit lächelnd zum Sprecher hin, so als wollte er ihr zu verstehen geben, dass er sich auch noch keinen Reim auf die Sache machen könne, man es aber halten sollte, wie bisher. Gute Miene machen, zu welchem Spiel auch immer. Dass es hier nicht darum ging, etwas zu erhandeln, sondern etwas zu empfangen, das begriff er allerdings auch schon wenig später, als von dem Segen die Rede war, den zu erteilen man den Allmächtigen Herrn im azurblauen Himmel bat.

„Für die dauerhafte Verbindung dieser beiden sterblichen Seelen, o Herr, in natürlichen freien Liebesbanden ohnehin bereits vereint, bitte ich dich um deinen Segen!“

Lauras Herz klopfte, und sie bemerkte durch einen Seitenblick, dass Lars neben ihr ebenfalls seine

Gleichgültigkeit verloren hatte. Er sah sie an, und sein Blick war feierlich. Was für eine zauberhafte Idee! Man verheiratete sie, sei es auch nur zum Spiel. Es folgten Worte, die sie aus zahlreichen Filmen und der einen oder anderen wirklichen Hochzeit her kannten. Doch Laura entsann sich, dass die Einheimischen keinen großen Wert auf amtliche Urkunden legten und oftmals Familien gründeten, ohne ein offizielles Heiratsdokument zu besitzen. Es konnte also auch für mehr gelten als ein Spiel ... Offenbar verstand man die Hochzeit zweier Menschen, die sich wirklich liebten, hier als etwas anderes, Ursprüngliches. Als der Moment des rituellen Ringtausches gekommen war, überreichten ihnen José und Maria mit strahlenden Mienen ein hübsches Paar Ringe aus blaugrünem Larimar. Im kakaobraunen Gesicht des Priesters tanzten Hunderte von kleinen Fältchen jetzt einen Reigen, als er lächelnd zusah, wie sie einander die kleinen steinernen Symbole über die Finger streiften und sich dabei glücklich ansahen. Laura hatte Tränen der Freude in den Augen, als Lars sie nach der Aufforderung des Priesters küsste. Sie glaubte zu träumen. Lange küssten sie sich, bis ihnen das Jubeln der Festgemeinde anzeigte, dass sie nicht allein waren.

Schon hatte sich alles um sie her verwandelt, Tische und Stühle waren aufgetaucht, weiße Tischtücher wehten, und der Duft von großen Kesseln mit Bandera

Dominicana wehte über den blendendweißen Strand. Ein leichter Wind war aufgekommen, der die Wipfel der Kokospalmen entlang der ganzen Kokosküste in rauschende Bewegung brachte. Die älteren Männer deuteten in Richtung des Meeres, wo sich weit hinten die Farbe des Himmels veränderte. Für Laura und Lars hatte das Rauschen der Palmen eine tiefe Bedeutung. Es war ihnen, als applaudierte Gott, als klatschte die Natur Beifall zu ihrer Liebe. Die schöne, zwanglose Zeremonie, diese Heirat ohne Brief und Siegel, war ein Versprechen, das sie sich hier und jetzt, inmitten des Paradieses, gegenseitig gegeben hatten. Die vielen Zeugen hatten es nicht anders verstanden und, streng gläubig, wie sie waren, als urchristliche Gemeinde für gut befunden, was sie sahen – zwei Liebende, die in ihrem eigenen Glück vereint lebten. Was sollten ihnen alle Gesetze und Heiratsregister der Welt? Laura und Lars befanden sich unter dem schönsten Kathedralengewölbe, das es gab: dem weiten Himmelszelt mit seiner blauen Deckenbemalung, auf dem schönsten Kirchenboden, den man sich denken konnte: dem kristallenen weißen Strand und vor dem schlichtesten Altar der Welt – vor zwei Stühlen, einem Brett und einem darüber hingebreiteten weißen Tuch. Alle dort Versammelten bezeugten einmütig, dass Laura und Lars nunmehr als Mann und Frau zu gelten hatten: vor sich und vor der Welt!

12. KAPITEL

Siesta wurde dennoch gehalten, und es war für die vor Gott und den Menschen Frischverheirateten die schönste, zu der sie sich je hingelegt hatten. Lange sahen sie im Schatten einer Palme dem Spiel der Wellen und der Pelikane zu, die auf ihren großen Füßen, mit ihren plumpen Körpern und Kehlsäcken an Land so ungelenk wirkten und so majestätisch, wenn sie gemessenen Flügelschlages, wie urzeitliche Flugsaurier, tief über den grünen Wellen dahinflogen.

„Bist du glücklich?"

„Ja, sehr!"

Sie küssten einander und waren für Stunden die ungetrübte Seligkeit selbst.

Am Nachmittag ließen sich die wieder zum Leben erwachten Dorfbewohner von dem frischen, warmen Wind nicht beirren, der aufgekommen war, und rüsteten sich für ein großes Fest am Strand – zu Ehren der beiden „Vermählten", aber zugleich auch zu Ehren Gottes und des Lebens selbst, das sich an diesem Abend in seiner ganzen Schönheit zeigte.

Die ersten Klänge der Merengue ertönten, von einer kleinen Combo gespielt, die schon mehrmals in den vergangenen Tagen hier am Strand gastiert hatte. Maria Perez war zu Lars und Laura getreten.

„Was Gott zusammengefügt hat, das darf kein Sterblicher trennen! Leider sind die Menschen nicht überall so klug, die Ratschlüsse Gottes zu erkennen und lassen es an der nötigen Ehrfurcht fehlen. Mein Vater ist dem deinen sehr ähnlich gewesen, Laura. Nach allem, was du erzählt hast. Wenn ihr wieder heim fahrt in eure Welt, dann sollt ihr wenigstens die Zeremonie eurer Hochzeit vor Gott mitnehmen. Aber sicher ist sicher, oder? Wollt ihr noch eine Seherin über euch befragen? Es ist vielleicht auch einfach so interessant für zwei aufgeschlossene Touristen, wie ihr es seid, die schon mehr erlebt haben bei uns als die meisten, die uns hier besuchen. Na, was ist, seid ihr neugierig? Ich würde mich jedenfalls freuen. Es kann ja nicht schaden …"

Laura und Lars blickten sie erstaunt an. So war also die Hochzeit unter freiem Himmel nicht das Einzige und vielleicht nicht einmal das Entscheidende an diesem wunderschönen letzten Urlaubstag gewesen? Der krönende Abschluss sollte wohl noch kommen.

„Was wollt ihr denn noch mit uns machen? Einen Liebeszauber zur Anwendung bringen? Eigentlich braucht es das gar nicht …", sagte Laura, der die Fürsorglichkeit der Einheimischen langsam unheimlich zu werden begann. Andererseits wäre es schon schade, die vielfältigen Segnungen der geheimnisvollen Insel nicht bis zum Letzten ausgekostet zu haben …

„Was meinst du?“ fragte sie Lars, der mit den Gedanken ganz woanders zu sein schien.

„Was sags… o – aber klar! Keine Frage, da lassen wir uns nicht bitten! Ich folge dieser Frau blindlings! Wohin auch immer!“

Auch einige jüngere Frauen, José Perez und der zuvor als Priester in Erscheinung getretene Enrico Duarte, waren mit von der Partie. Laura, die nicht wusste, ob ihr der Spruch einer Seherin über ihrer beider Zukunft so angenehm wäre, beruhigte sich damit, dass ein solcher „Familienausflug“ ja eigentlich nichts Schlimmes nach sich ziehen konnte … Sie verließen die anderen, die sich für eine lange festliche Nacht einrichteten und ihnen lachend nachwinkten. Am abendblauen Himmel türmte sich in weiter Ferne eine Wolkenwand auf.

Sie liefen von den Hütten des Hotels aus ein ziemliches Stück den Strand hinunter. Maria führte sie zu einem breiten Süßwasserteich herum, der sich vorm sumpfigen Mündungsdelta eines Baches aufgestaut hatte. Sie überquerten ihn auf einer sehr wackeligen Hängebrücke, die jeweils nur eine Person tragen konnte. Auf der anderen Seite angelangt, kamen sie an einen leicht ansteigenden Pfad, der zu einem von wild wucherndem Dschungel überwachsenen Hügel hinaufführte. Wie ein Damm lag dieser sanfte Höhenzug lang gestreckt vor der Küste. Zum Hinterland fiel der Dschungel wieder ab, bevor dort noch höhere Hügel aufragten. Im Anschluss an mehrere gleichartige Geländeeinschnitte folgten respektable Dschungelberge. Die Blätter der Bananenstauden, die beim vollen Tageslicht in frischem Gelbgrün gestrahlt hatten, schimmerten jetzt in einem fahlen Smaragdton. Laura und Lars erblickten die Hütte erst, als sie unvermittelt davor standen. Maria Perez ging voraus und klopfte an das trockene Holz der Tür.

„Kommt, Pula hat schon gewartet!"

Eine freundliche alte Frau bat die vielen Gäste trotz der Beengtheit ihres Heims einzutreten. Sie trug einen rosa Rock und eine schwarzgepunktete gelbe Bluse und hatte, so schien es Laura, zur Feier des Tages ihre besten weißen Halbschuhe angezogen. Enrico Duarte war ihr Ex-Mann, wie sie Laura bei der Begrüßung zuflüsterte. Sie bat alle irgendwo Platz zu nehmen, was einigermaßen schwer war. Ein paar alte Stühle, ein Hocker, der Tisch und die Bettstatt – mehr gab es nicht. Maria, José, Enrico und die jungen Leute arrangierten sich so gut es ging. Laura und Lars bekamen die beiden Stühle zugewiesen.

„Sitzt ihr nun alle? Können wir anfangen? Na endlich! Gott und die Muttergottes seien's gepriesen! Und jetzt zu euch, ihr beiden – Maria hat mir gesagt, wie es um euch steht! Ich weiß nicht, ob ich euch da viel helfen kann, das weiß ich wirklich nicht. Aber wir wollen einmal sehen ..."

Laura verstand nicht ganz, worauf das hinauslaufen sollte.

„Pula kann ‚sehen', verstehst du?" sagte Maria zu ihr. „Sie sieht Dinge. Dabei helfen ihr die Seres, die Vodú-Heiligen. Hab keine Angst, sie sind nichts Böses, sind keine Teufel. Es sind afrikanische und indianische Gottheiten, oder auch eine christliche Heilige, wie etwa Maria ... Vielleicht kann euch Pula einen guten Rat geben, haben wir uns gedacht. Schaden kann es nicht. Höchstens vergeblich sein, mehr wirklich nicht, glaub mir ..."

Lars nahm ihre Hand und sagte:

„Ich denke, einen guten Rat könnten wir schon gebrauchen. Laura, was meinst du?"

Sie sah ihn an, nickte und sagte:

„Einen ‚guten' Rat schon ..."

Sie hörte die Trommel, die Enrico Duarte jetzt schlug, und blickte sich in dem kleinen, von einer Kerze matt erleuchteten Raum um: An den Wänden befanden sich Regalbretter, die mit allerlei Dosen und Flaschen voll gestellt waren. Pula hatte vor sich auf den nackten Boden eine umgestülpte Holzkiste gestellt. Darauf lagen nun gedrängt: Hibiskusblüten, ein paar Larimarsteine, etwas Tabak, drei Bilder der Heiligen Jungfrau, drei Kerzen, zwei Glöckchen, vier Rosenkränze. Eine Schale mit Wasser stand noch darauf – „Weihwasser", erläuterte Maria halblaut – zwei Rumkugeln und eine offene, halbleere Flasche Rum, aus der Pula, die „Seherin“, jetzt einen tüchtigen Schluck nahm. Außerdem entdeckte Laura zwei Becher mit einer dunklen Flüssigkeit. Sie frage sich gerade, was das wohl für ein Trunk sein mochte, als Pula sie und Lars aufforderte, die Becher zu leeren. Etwas zögerlich führten sie die Becher an ihre Lippen, aber nach dem ersten vorsichtigen Schluck breitete sich ein Lächeln auf ihren Gesichtern aus. Sie hatten gerade die köstlichste heiße Schokolade ihres Lebens probiert!

Pula gab einen seltsamen Sprechgesang von sich und begann, zu den fordernder werdenden Trommelklängen nach Art der Merengue zu tanzen. Im Tanz schien sie sich zu verjüngen. Die Greisenzüge um ihren schönen, vollen Mund verschwanden, die Haut straffte und glättete sich, die anfangs steifen Bewegungen wurden geschmeidiger, fast tigerhaft. Gab es Tiger in diesem Dschungel? Laura starrte gebannt auf die tanzende Pula, deren Hüften sich nun in jenem erotisierenden Schaukeln wiederfanden, das sich nur einem Gegenüber in seiner ganzen Bedeutung mitteilte. Pula hatte kein Gegenüber, zumindest wirkte es so. Doch mit jeder einzelnen Minute, die Laura zusah, wuchsen ihre Zweifel – es gab zumindest keinen sichtbaren zweiten Tänzer …

Nachdem die Tänzerin sich eine Viertelstunde so ekstatisch bewegt hatte, dass alle an ihrem Verstand zu zweifeln begannen, brach das Trommeln ab, und Pulas im Tanz verjüngter Körper schwang in sanften Bewegungen aus, bis sie sich wieder in die Greisin verwandelt hatte, die sie augenscheinlich war. Mit klarer Stimme verlangte sie nach einer Zigarre, die ihr José in weiser Voraussicht mitgebracht hatte, und verleibte sich etwas Rum aus der Flasche ein, die jetzt schon fast leer war. Auf ihrer Stirn standen dicke Schweißtropfen. Sie befreite die Rumbuddel vom letzten, darin befindlichen Schluck und sagte schließlich, zu Laura gewendet:

„Cinco annos!"

Laura verstand nicht.

„Was soll das heißen, fünf Jahre?" fragte sie. „Müssen wir noch fünf Jahre warten, bis mein Vater uns heiraten lässt? Sind es noch fünf Jahre, die wir überstehen müssen, bis sich das Schicksal zum Besseren wendet?"

Laura dachte an die drei Jahre ihrer Lehre, die vor einem Vierteljahr zu Ende gegangen war. Und jetzt noch fünf Jahre ... sollte es so lange dauern, bis sie ihre eigene Confisserie eröffnete? Beim besten Willen war nichts weiter aus Pula herauszubekommen.

„Das ist leider alles, was ihr die Seres verraten haben. Cinco annos ...", sagte Maria, während sie auf dem Rückweg zum Fest waren. Sie konnte den Spruch nicht deuten. „Mehr kann und will sie nicht sagen, sie ist wie verstockt, heute …" Pula, die Marias letzte Bemerkung nicht gehört hatte, sagte:

„Die Seres sprechen nicht in Rätseln. Sie sagen manchmal etwas Verrücktes, etwas, das ihnen gerade einfällt, denn sie sind wie Kinder. Es ist mitunter das erste Beste, was ihnen in den Sinn kommt. Sie sagen aber nie etwas, das sich nicht später einmal als wahr herausstellte! Aber ihr müsst euch nicht weiter grämen, denn die Seres haben mir noch das hier für euch gegeben …"

„Was kann daran wahr oder falsch sein?" fragte Laura belustigt ihren ‚Angetrauten'. Sie meinte den seltsamen Wahrspruch, doch mit den beiden kleinen Pralinen, die ihnen Pula jetzt lachend hinhielt, war das unlösbare Rätsel auch schon vergessen. Sie sahen aus wie Rum-Kugeln und schmeckten so. Laura und Lars versicherten sich gegenseitig, dass es ganz normale Rumkugeln waren. Pula jedoch behauptete, dass der eine der Seres, der zuletzt mit ihr getanzt habe, noch darauf gehaucht habe. Laura hatte ein bedenkliches Gesicht gemacht – wo hatte Pula diese Rumkugeln eigentlich so plötzlich hergezaubert?

„Denk nicht lange darüber nach. Sie lagen auf dem Altar, du Unaufmerksame!" hauchte Lars sie nun an, und sie schmeckte den Rum und die Schokolade wunderbar auf seinem Mund. Was konnte es diesen Rumkugeln schon getan haben, dass sie während einer Vodú-Zeremonie auf dem Altar vor einer Seherin gelegen hatten, die von den Gottheiten etwas über ihrer beider Zukunft erfragt hatte? Pula kam mit zum Fest am Strand. Nach einer Vodú-Zeremonie musste sie sich entspannen, wieder zu sich kommen, wie sie sagte. Da halfen die Merengue, die Menschen, der Rum, das Essen. Dabei hatte sie, dachte Laura, ja gerade eben auch nichts anderes getan, als exzessiv mit einem unsichtbaren Gott getanzt und eine halbe Flasche Rum getrunken. Als sie den Urwald verließen und die Hängebrücke übers Süßwasser des Bach-Sees glücklich im Dunkeln hinter sich gebracht hatten, sahen sie beide zum Himmel auf: Nie hatten die Sterne so greifbar nahe vor ihnen gestanden …

Später, als das wunderschöne Fest vorüber war, lagen Laura und Lars eng umschlungen auf dem Bett in ihrer Hütte beieinander. Sie spürte, dass er zitterte, was – wie sie fand – kein Wunder war, bei den stundenlangen Merengue-Tänzen und dem vielen Rum, den ihm Pula, Enrico und die übrigen aufgenötigt hatten. Seine Augen standen offen, und er schaute noch immer zu den Sternen, die durch die Holzlamellen des glaslosen Fensters funkelten. Sie wussten beide, dass sie morgen zurück müssten, und sie weinte an seiner Seite über das Glück, das sie genossen hatte und über die bevorstehende Rückkehr. Sie waren jetzt Mann und Frau. Komme, was da wolle.

Am Morgen hatte sich das Wetter bedrohlich verändert. Sie sahen darin ein Zeichen und kamen sich fast schon wie Einheimische vor. Bei Maria und José, wo sie zum Abschied frühstückten, hörten sie die sich notorisch wiederholende Hurrikan-Warnung. Sie brachten auch die vielen weiteren kleinen Abschiede im Dorf mit letzter Kraft und viel Gelächter hinter sich. Laura versprach Maria und José bald zu schreiben. Und wiederkommen wollten sie, irgendwann, da hatten weder sie noch Lars groß nachdenken müssen. Sie erreichten mit ihrem Leihwagen das aus Furcht vor dem Sturm verbarrikadierte Barahona. Es war schwer, den Autovermieter zu finden, um den Wagen zurückzugeben. Ein Junge mit einem Motoconcho brachte sie zum Flughafen. Ihr Gepäck bestand zum Glück ja nur aus zwei leichten Reisetaschen.

Am Flughafen mussten sie sieben Stunden auf einer roten Plastiksitzbank warten, bis es Entwarnung gab und ihr Flieger endlich startete. Nach zehn Stunden Flug kamen sie halbtot in München an und fühlten sich wie Ureinwohner eines fernen Inselreichs, die zum ersten Mal die europäische Zivilisation sehen. Nach Leipzig dauerte es noch einmal drei Stunden, mit Abfertigung … dann standen sie wieder in Steuden. Ihrer beider Tränen mischten sich beim Abschiedskuss. Lars fuhr mit dem Taxi, das sie sich großspurig noch geleistet hatten, zu sich nach Hause. Per

Handy hatte er die Eltern schon informiert. Laura tat sich schwer, mit der Lüge „Ostsee“ vor den Vater zu treten. Doch es war geschehen, und sie war so braun gebrannt wie eine Kakaobohne …

Innerlich beschäftigten sie viel wichtigere Fragen als die, ob der Vater die Lüge durchschaute und ihnen auf die Spur kam. Die wichtigste Frage für Laura war: Würde die betörende tropische Medizin, die sie eingenommen hatten, in der mansfeldischen Steppe ihre Wirkung tun? Laura meinte damit die Reiseerfahrung als Ganzes, doch unwillkürlich sah sie auch wieder Pulas geheimnisvolle Vodú-Rumkugeln vor sich, die Lars und sie gegessen hatten. Sie fuhr sich mit der Zunge über die Lippen und suchte den Geschmack der Schokolade, die sie nachts zwischen sich geschmeckt hatten, den Hauch von Rum in ihrem Dschungel- Kuss …

Laura fuhr so heftig zusammen, das die kleine Katze, die sich noch immer für die Pralinen interessierte und die geschlossene Schachtel mit ihrer Tatze über den ungefegten Boden schleifte, mit einem Satz zur Seite sprang und große Augen machte. Kurz verharrte das Tier wie vom Donner gerührt an seinem Platz, bevor es in den schon düsteren Garten davonrannte. ‚Cinco annos‘, schoss es Laura durch den Kopf. Es mochte vielleicht bloß Zufall sein, überlegte

Laura, aber der Zauber der karibischen Rumkugeln – wenn es denn einen gab – hätte ziemlich genau fünf Jahre angehalten …

Peter Mahler hatte sich in den Wochen nach Lauras Rückkehr von der „Ostsee“ erstaunlich friedfertig gezeigt, wenn die Rede auf Lauras Zukunftspläne kam. Sie ließ den Namen Lars Hoffmann häufiger in die täglichen Gespräche mit dem Vater einfließen und stellte mit Freude fest, dass er sich an den Gedanken zu gewöhnen begann, dass es da einen fremden Mann im Leben seiner Tochter gab. Lars zeigte ihm mit seiner Beharrlichkeit, dass sein Interesse an Laura ein ernsthaftes war. Laura wagte es, ihm ein weiteres Mal zu sich nach Hause einzuladen, und diesmal verlief alles sehr angenehm. Am Ende planten sie sogar, einen Grill-Abend zu veranstalten, im schönen, wilden Garten des Schlosses, und das Dorf dazu einzuladen – vor allem aber die Eltern von Lars.

Laura arbeitete weiter bei Wenzels in der Bäckerei. Leider waren die Chancen, sich als Konditorin zu verwirklichen, in Steuden gering, ja schlechterdings nicht vorhanden. Auch in den Nachbargemeinden existierte kein Laden, in dem Pralinen verkauft oder gar hergestellt wurden. Selbst in Halle, wo es wohl einige Konditoreien gab, verfügte man überall bereits über ausreichend Personal. Laura hatte sich selbstverständlich auch bei der dortigen Schokoladenfabrik beworben, wo noch immer die Halloren-Kugeln produziert wurden, die sie als Kind so geliebt hatte. Seit ihrem Besuch mit der Großmutter hatte sich viel verändert, und der damalige Betriebsleiter Miethe, der sie einst als junge „Genossin“ auf dem Arm getragen hatte, war inzwischen nicht mehr dort beschäftigt. Er konnte sie demzufolge auch nicht mehr als aufstrebende Kreativkraft in der Produktentwicklung empfehlen, was sie eigentlich gehofft hatte. Vielleicht war ihr Hinweis auf die einstige Tätigkeit ihrer Großmutter im Haus auch eher negativ bewertet worden. Jedenfalls erhielt sie eine Absage, über die sie Lars und die Freundinnen damit hinwegtrösteten, dass sie ihr in den schrecklichsten Farben ausmalten, was die Tätigkeit in der Fabrik eigentlich bedeutete: Schokoladenhohlformen mit süßer Masse ausgießen, die immergleichen Traditionskugeln produzieren und allenfalls zwischen Kugeln, Osterhasen und Weihnachtsmännern abzuwechseln ... zugegeben, das wäre keine sehr verlockende Perspektive, auch wenn es vielleicht übertrieben war. Auch eine solche Großproduktion kam ohne Führungspersonal nicht aus. Ihre Profession, das kreative Erfinden von Pralinen, wäre allerdings in einem Betrieb dieser Art nicht unbedingt gefragt. Das musste Laura einsehen. So blieb ihr nichts Besseres übrig, als weiter Brot- und Brötchen-Verkäuferin in Steuden zu spielen.

Lauras und Larsens Freundeskreis half ein bisschen, die mangelnden Berufs- Perspektiven zu vergessen; wenigstens bei Laura, denn Lars hatte in Leipzig schließlich eine erste Stelle, als Mann für alles in einem florierenden Jugendhotel ergattert. Birgits Modeboutique in Halle florierte, seit sie die Pariser Stoffe zu einer beeindruckenden, nicht so teuren „Kollektionslinie" verarbeitet hatte. Ihre „Signature-Kollektion" mit vielen einfallsreichen Accessoires riss die modebewussten Besserverdienenden vom Hocker: Haute Couture in Leipzig – alles schien möglich.

Birgit lud Laura öfters zu netten Abenden ein, die damit endeten, dass Lars sie mit seinem neuen Motorrad abholte und sie gemeinsam nach Steuden zurückfuhren. Laura liebte es, im Sommer auf dem Motorrad mitzufahren, denn der warme Fahrtwind, der ihr dabei über die Arme oder um den Hals strich, erinnerte sie an die Dominikanische Republik. Sie hatte das von dort mitgebrachte Rezept für Schokolade aus naturbelassenem Kakao mit Chili inzwischen bis zur Perfektion verfeinert und stellte zu besonderen Anlässen „scharfe" Pralinen her.

Manfred, der als Bäckergeselle mit in Paris gewesen war, hatte seine Meisterprüfung erfolgreich hinter sich und eine eigene kleine Bäckerei in Langenbogen eröffnet, sehr zum Leidwesen vom Bäcker Zörner, der jetzt einen ernstzunehmenden Konkurrenten bekommen hatte. Bärbel und Manfred hatten sich ineinander verliebt und waren ein Paar geworden, was alle freute und mit Zufriedenheit und Erleichterung zur Kenntnis genommen wurde. Man hatte sich schon um das Seelenheil der beiden Sorgen gemacht ... Manfred ließ Laura hin und wieder einige Pralinen anfertigen und bot sie in seiner Bäckerei an. Doch auf dem Land war das Interesse für die exotischen Kreationen, die sie sich ausdachte, nicht groß genug, um damit Geld zu verdienen. Meist waren ihre Materialkosten größer als der Erlös. Da sich Lauras Talent und die Qualität ihres Konfekts jedoch im Bekanntenkreis herumzusprechen begannen, konnte sie ihre Fähigkeiten öfters bei feierlichen Anlässen unter Beweis stellen, bei Birgits Modenschauen etwa oder bei privaten Feiern.

So auch bei dem Fest, das Natalie anlässlich ihres Abschlusses als Video-Journalistin in ihrer Wohnung in Leipzig veranstaltete. Zur Einstimmung hatte sie Katja, eine Freundin von Natalie, die Lauras Pralinen sehr mochte, alle zu „Chocolat" eingeladen. Laura war von diesem Film fasziniert, denn er erzählte nicht anderes als ihren Wunschtraum. Die Heldin, gespielt von Juliette Binoche, gründete in der Provinz eine kleine, feine Chocolaterie und brachte mit ihren raffinierten Pralinen die Einheimischen durcheinander. So hätte Laura es auch gerne mit den Steudener Dörflern gehalten, doch irgendwie ließ sich das, was im Film so einfach und spielerisch gelang, in der Realität so schwer umsetzen ... Johnny Depp, der im Film mitspielte, wurde in Lauras Fantasie trotzdem zu Lars, mit dem zusammen sie auf dessen Motorrad nach Leipzig gekommen war. Nach dem Film gab es gutes Essen, das Manfred und Bärbel zubereitet hatten. Lauras Konfekt, auf zerstoßenem Eis mit exotischen Früchten garniert, bildete den späten Höhepunkt des gelungenen Abends.

„Was machst du eigentlich so den ganzen Tag, wenn du nicht für befreundete Hochschulabsolventinnen kochst?“ fragte Laura die neben ihr gelandete Bärbel. Beiden war die gut beleuchtete kleine WG-Küche lieber als das zur schummerigen Disco umfunktionierte Wohn- und Arbeitszimmer. Bärbel hatte ihr Lehramtsstudium abgebrochen, doch Laura konnte sich schwer vorstellen, dass ihr ein Leben als Bäckersfrau an der Seite von Manfred genügen würde.

„Ich habe mir überlegt, dass ich am liebsten mit Kindern arbeiten würde. Ich denke gerade darüber nach, mit ein paar anderen eine Art private Kindertagesstätte zu gründen. Die Kinder könnten zusammen malen, irgendwas bauen und spielen, und in den Ferien veranstalteten wir Freizeiten, Zeltlager. Ein bisschen was vom Pädagogik- und Psychologie-Studium ist ja bei mir hängen geblieben, und Katja würde mit ihrem Doktortitel für die nötige Seriosität sorgen. Die macht übrigens eine absolut verrückte kleine Zeitung mit geistig Behinderten. Alle in der Redaktion und alle, die für das Magazin schreiben, haben das Down-Syndrom. Wie wär's, wenn du mit denen mal Pralinen machen würdest? Die sind handwerklich sehr geschickt und haben ein großes Faible für süße Sachen ... das Magazin heißt übrigens ‚Ohrenkuss'! Das wäre doch ein Riesenspaß!"

Laura fand die Idee toll. Auch die Idee mit dem Kinderladen. In Steuden gab es viele junge Familien, die mit ihren Kindern jeden Tag bis nach Teutschenthal oder Bad Lauchstädt fahren mussten, weil nur da ein Kindergartenplatz zu ergattern gewesen war.

„Jetzt haben wir allerdings ein großes Problem zu lösen: Wir finden partout keinen Raum. In Langenbogen ist auch ein bisschen zu wenig Publikum. Steuden wäre viel besser ..."

Lauras Gesicht hellte sich auf.

„Das alte Schloss!"

„Diese Ruine?

„Das sieht bloß äußerlich marode aus. Innen ist es ein bisschen kaputt, aber mit ein paar Handgriffen kriegt man das wieder flott. Und mit einem Raum ist es ja vor der Hand getan, oder? Ich erkundige mich mal beim Bürgermeister, ob man das Gebäude für so eine gemeinnützige Aktion zwischenzeitlich nutzen könnte. Der rechtmäßige Besitzer ist einer aus dem Westen, aber der ist bislang nicht aufgetaucht …"

„Ja, wir brauchen einfach eine erste Adresse, egal, wie es dann weitergeht. ‚Schloss Steuden' klingt nicht allzu schlecht."

„Als Adresse vielleicht, aber nicht als Titel für euer Projekt. Das wirkt dann eher wie eine Heilanstalt oder ein Kinderheim. Früher gab es im Schloss wirklich mal so was, glaube ich. Ich würde eher nach einem Namen suchen, der für Eltern und Kinder gleichermaßen interessant klingt und …"

„Was haltet ihr von einer Aktion mit Kindern und Mode?" schaltete sich Birgit ein, und Lars, der offenbar gerade mit ihr getanzt hatte, fügte hinzu:

„Kinder und Motorräder?"

„Sei nicht kindisch, mein Lieber! Aber als Bastel-Guru und Mann für die Elektroinstallation könnte man dich schon einsetzen!" sagte Laura.

„Wow, dann bist du dabei, Laura?" fragte Bärbel hocherfreut.

Laura nickte begeistert. „Mit den Kindern backen, Pralinen machen …"

„… und nähen, schneidern!" ergänzte Birgit.

„Du auch, Birgit?"

Bärbel strahlte. Katja, die man hinzugeholt hatte, freute sich über Birgits und Lauras Bereitschaft zur Mitarbeit. Sie selbst werde sowieso nicht mehr als

Namen und Doktortitel zur Verfügung stellen können. Bärbel fragte sie, wie man das Ganze unter den veränderten Umständen nennen könnte. Sie zeigte auf eine gerötete Stelle am Hals von Lars, der bei der Herfahrt auf dem Motorrad von einer Biene gestochen worden war, und sagte bloß: „Bienenstich". Alle schrien begeistert auf, denn mit diesem Namen wären sowohl die süßen Kleinen, die Backaktivitäten als auch die von Birgit anvisierte Nadel-und-Faden-Akrobatik angedeutet. Außerdem war er kurz und schmerzlos!

„Nee, da irren die Damen ...", sagte Lars und rieb sich demonstrativ die gerötete Stelle. „Das tut verdammt weh!"

Manfred, der jetzt auch im Türrahmen erschien, fragte nach dem Thema dieser konspirativen Zusammenkunft in der WG-Küche, und lachte, als ihm statt einer Antwort ein Glas Rotkäppchen in die Hand gedrückt wurde:

„Wir stoßen an auf die Gründung von ... ‚Bienenstich', dem ultimativen Kinder-Kombinat im Schloss Steuden!"

„Wahnsinn! Kinderkombinat ist eine klasse Idee! Lasst die Kinder für uns arbeiten!" sagte Manfred und sah Bärbel liebevoll an, die ein bisschen verlegen schien bei dieser Bemerkung. Oder war es etwas anderes, dass sie verlegen machte. Laura sah, wie sich die beiden küssten, er ihr etwas ins Ohr flüsterte und ihr die Hand sanft auf den Bauch legte …

„Wo ist eigentlich Tanja?“ fragte Birgit.

„Taanjaa!“

Die Gerufene erschien und machte einen merkwürdigen Eindruck. Sie hörte sich Bärbels Bericht von der gerade beschlossenen Sache nicht so begeistert an, wie man es erwartete.

„Das ist schön für euch, jetzt habt ihr endlich alle eure Bestimmung gefunden, oder? Sieht doch ganz danach aus. Aber ich fürchte, ich werde nicht dabei sein und mitmachen können, so Leid es mir tut.“

„Wieso denn das?“ fragte Laura, die sich das Bienenstich-Projekt ohne die beste Freundin nicht vorstellen mochte. Sie gab ihr ein Glas Sekt, das Tanja versonnen betrachtete. Hatte sie schon zu viel getrunken?

„Ok, trinken wir auf den Weltfrieden! Auf die heile Welt in Steuden. Mit Dietmar ist es aus. Ich hau ab nach München!“

13. KAPITEL

Tanjas Fortgang war ein Schock für Laura. Doch sie fand dank „Bienenstich“ rasch wieder zu sich selbst. Der von Lars, Laura und Peter Mahler geplante Grill-Abend wurde zu einem Grill-Fest für ganz Steuden, und bei dieser Gelegenheit nebenbei auch zu einem zwanglosen Ortstermin, die Zwischennutzung des Schlosses betreffend. Mit Papptellern, Würstchen und besten Wenzel-Brötchen bewaffnet, sah sich der Ortsvorsteher und der fast vollständig anwesende Gemeinderat die ‚nutzbare Halbruine‘ des Schlosses an und gaben ihr stillschweigendes O.K. bezüglich der Pläne der ‚Jungen‘.

„Aber inoffiziell seid ihr Hausbesetzer“, hatte der genauso junge Feldtmann mit gespieltem Ernst und seinem übergewichtigen Resonanzkörper gesagt. Der war schon schwer in Ordnung, da konnte man nichts sagen! Später, als bereits anderthalb Jahre lang Kindergeschrei Schloss und Garten belebt hatte, stand plötzlich Gerhard von Einem in der Tür zum „Bienenstich“, der sein ‚Schlösschen‘ betrachten wollte und ganz erstaunt war, es ‚besetzt‘ zu finden. Er hatte ihnen einen gehörigen Schrecken eingejagt. Aber der Schreck war nur von kurzer Dauer. Von Einem war schon seit Längerem eingeweiht in den inoffiziellen Gemeindebeschluss zur „Zwischen-Nutzung". Er fand es fantastisch, dass ‚Leben in der ollen Bude' war.

Beim Bienenstich-Fest zum zweijährigen Bestehen, groß gefeiert an der ehemaligen „Eva", war das ganze Dorf versammelt und sich einig gewesen, dass Steuden und die Steudener auf einem guten Weg waren. Der Ortsvorsteher sah diesen ja eigentlich nur in der bildlichen Sprache vorhandenen „guten Weg" durch den Weg zum Dorffestplatz real verkörpert:

„Lasst uns den Eva-Weg weiter beschreiten!" hatte Ernst Feldtmann am Ende seiner Festrede gerufen, und alle hatten applaudiert und zustimmend gepfiffen. Dann war einen Tag und eine Nacht lang an der Eva die Hölle los gewesen. Viele Besucher waren auch aus den Nachbarorten gekommen, bei Weitem nicht nur die Eltern der dort wohnenden Kinder.

Für die Kinder vom „Bienenstich" war das Fest ein Riesen-Ereignis, denn sie hatten bei fast allen Vorbereitungen selbst mitgeholfen. Lars war die Tage zuvor, trotz seines neuen Jobs im Leipziger Airport-Hotel, unentwegt tätig gewesen: Er hatte mit der Sense die Festwiese gemäht, war dann mit dem Benzinmäher drüber gegangen, hatte an den Spielgeräten, die von den Kindern seit Langem gebaut worden waren, letzte Hand angelegt, wie etwa an der Schießbude.

Eine Reihe von ausgesägten Tiersilhouetten war auf einer Art Förderband befestigt, mit Scharnieren, sodass sie nach einem Treffer umklappten. Statt mit Luftgewehren wurde darauf jedoch mit Pfeil und Bogen geschossen, was den Kindern wirklich viel Spaß bereitete. Die Bögen und die Pfeile hatten sie mit Lars zusammen hergestellt. Laura und Bärbel hatten die Tiere mit den Kleinen ausgesägt und bemalt, Birgit die Sehnen für die Bögen geflochten und für die „Betreiber“ der Schießbude – die das auf zwei großen Rollen umlaufende Band mit Hilfe einer Handkurbel in Bewegung zu halten hatten – ein passendes indianisches Outfit geschneidert.

Laura gefiel die handfeste Art, mit der Lars die Sache anpackte. Die Arbeit mit den Kindern gefiel ihm genauso gut wie ihr. Sie mochte den Elan, mit dem er sich bis zur letzter Minute vor Beginn des Festes für einen gelungenen Ablauf sorgte. Sicher sah er darin, wie er zugab, vor allem auch eine kostenlose Übung, quasi ein Praktikum in Sachen Event-Management – und es mochte durchaus sein, dass es für ihn keinen Unterschied machte, ob er einen Sektempfang für 100 Manager organisierte, oder das Kinderfest an der Eva –, aber für Laura bedeutete es mehr. Sah sie nicht das Glück in seinen Augen, wenn er von der Arbeit erschöpft, aber nicht am Ende, auf sie zukam, sie umarmte, an sich drückte? Sie schmeckte den salzigen Schweiß auf seiner Haut. Wenn Lauras Liebe einem Höhepunkt zustrebte, dann konnte er nicht mehr weit entfernt sein, sie fühlte es. Von ihrer Heirat hatten sie lange nicht mehr gesprochen, und sie wollte nicht zuerst wieder davon anfangen. Hatte ihnen die Heirat unter freiem Himmel, vor rauschenden Kokospalmen und rauschenden Meereswellen bis dahin genügt, warum sollte sie nicht weiterhin genügen? Andererseits waren die äußeren Hindernisse, die damals, vor ihrer geheimen „Hochzeitsreise“ in die Dominikanische Republik bestanden hatten, inzwischen aus dem Weg geräumt. Lauras Vater hatte nichts mehr gegen Lars, man hatte sich sozusagen auf ein Stillhalteabkommen geeinigt.

„Mach bitte nicht den gleichen Fehler wie ich“, hatte Tanja zu Laura noch gesagt, bevor sie den Weg nach München angetreten hatte, wo sie inzwischen eine Stelle an der Rezeption eines Nobelhotels innehatte, „und fang zuerst wieder davon an. So hab ich Dietmar verloren. Entweder er kommt von selbst darauf, oder es ist besser, den Mund zu halten. Begib dich nie in die Position desjenigen, der um etwas bittet. Dann hast du schon verspielt. Dinge die dir angetragen werden, kannst du getrost ablehnen, damit vergibst du dir nichts. Aber komm verdammt noch mal nie auf die absurde Idee, um etwas zu bitten! Also merk dir, die Sache ist ja ganz einfach: Nie ‚Bitte‘ sagen, einfach nur ‚Nein‘! Und solltest du ein Angebot gemacht bekommen, dass du angeblich unter keinen

Umständen ablehnen könntest, dann und nur dann ist ein ‚Ja' denkbar. Aber auch nicht zwingend. Bedenke, wie schwierig und kompliziert solche Scheidungsgeschichten heute sind. Wir wollen mal den Fall ausklammern, dass auch noch natürliche Kinder im Spiel sind – und nicht nur die geliehenen Gören von gut verdienenden fremden Eltern, wie ihr sie da künftig horten wollt, hehe –, denn das solltest du am besten gleich abhaken! Allein erziehend auf dem Land, ich will ja wirklich nichts sagen, aber das wäre ja wohl das Allerletzte!"

Typisch Tanja. Ob sie inzwischen auch noch so dachte wie damals, als sie aus Steuden verschwunden war? Tanja hatte mit ihrem Dietmar einfach nicht das Glück gehabt, wie Laura mit ihrem Lars. So hatte Laura es damals empfunden und die rigorosen Ratschläge der Freundin mit mehr als einem dicken Fragezeichen versehen, sie mehrfach eingeklammert, in runde, eckige und geschweifte Klammern …

Insgeheim hatte sie gehofft, Lars würde am Abend des Festes aufstehen und allen versammelten Steudenerinnen und Steudenern verkünden, dass sie sich das Ja-Wort geben wollten, dass sie schon in Bälde wieder ein festlicher Anlass dort an der Eva zusammenführen werde, oder schlicht, dass Laura und er heiraten würden. Er hätte sie gar nicht zu fragen brauchen, es war doch ausgemacht und klar zwischen ihnen. Laura fand, dass es an der Zeit war, ihre geheime Heirat öffentlich zu machen. Dass sie einander vor Gott bereits geehelicht hatten, das bliebe für immer ihr Geheimnis. Doch sie wollte mehr denn je allen sagen können: Lars ist mein Mann! Ich gehöre ihm und er gehört mir – wir gehören einander! Sie wollte, dass jede und jeder wusste, sie waren ein Paar. Laura wünschte sich nichts sehnlicher, als die Aufhebung dieser äußerlichen Schranke. Sie wünschte sich jene Art von innigstem Glück und völliger Zufriedenheit, die sie in der Nacht nach ihrer Liebesheirat unter Palmen verspürt hatten – die Gewissheit, auf ewig vereint zu sein. Hatte ihr beider Gefühl für einander nachgelassen? Auf seinen Lippen spürte sie nichts davon. Doch warum kam nichts mehr über diese Lippen, ihre offizielle Heirat betreffend? Warum ergriff Lars nicht die Initiative? Musste sie Tanjas Rat in den Wind schlagen? Na ja, so richtig beherzigen wollte Laura ihn sowieso nicht. Eigentlich hatte sie Tanjas Meinung, diesen Punkt betreffend, nie ernst genommen. Warum sollte sie nicht fragen, einer von ihnen musste es tun.

„Willst du mich heiraten?“ fragte Laura, nachdem sie sich förmlich aus seinem innigen Kuss hatte davonstehlen müssen.

„Jetzt gleich?“ fragte Lars mit der gleichen Atemlosigkeit, mit der er sie eben noch geküsst hatte.

„Ich meine das im Ernst, du Scherzkeks!“

„Natürlich will ich das!"

„Was? Du musst es sagen! ‚Natürlich' haben wir außerdem schon. Ich dachte ans Heiraten vor dem Gesetz. Mit Urkunde, Brief und Ring."

Er zeigte auf seinen Ring aus Larimar.

„Den haben wir doch auch schon!"

„Was ist?"

Sie war etwas beunruhigt, das musste sie sich eingestehen. Das Fest auf der Eva war noch im vollen Gange, doch Laura hörte nicht mehr, was dort an den Buden und an den Biertischen lärmend geschah. Ihre Aufmerksamkeit war auf Lars gerichtet. Seine Worte bekamen eine Bedeutung, die in Lauras Ohren genügt hätten, die Welt mit ihnen aufzuwiegen. War er sich des Gewichts seiner Antwort überhaupt bewusst? Konnte er ermessen, was davon abhing?

„Laura Mahler, ja, ich will dich heiraten! Nicht weniger als ich es bisher wollte ..."

Sollte sie ihm zürnen wegen dieses absurden Zusatzes? Gab es eine Abstufung im Grad des Heiraten-Wollens? Laura entschied sich dafür, es damit genug sein zu lassen. Sie klammerte sich zu sehr an Worte, schien ihr. Sie hatte plötzlich den Verstand verloren, daran zweifeln zu wollen, dass ihre Heirat beschlossene Sache war. Sie küsste ihn überschwänglich.

„Ich möchte, dass es bald geschieht, verstehst du, daher hab ich gefragt und dir die Pistole auf die Brust gesetzt. Armer Liebster! Hab' dich nicht verletzen wollen. Nicht totschießen …"

Sie mussten wieder zusammen lachen.

„Ich wollte nicht, dass wir es vergessen. Nachdem wir uns alle Schwierigkeiten vom Hals geschafft haben, könnten wir es doch endlich tun, findest du nicht?"

„Du hast ganz Recht, meine Süße! Wir wollen kein weiteres Jahr mehr damit warten."

„Jahr? Kein Gedanke an ein Jahr!"

„Wir wollen kein halbes Jah…"

„Kein Gedanke dar…"

„Wir wollen kein Vier…"

„Nein-nein!"

Sie küssten sich stürmisch.

„Hier in diesem hübschen Land muss jedes Palmblatt dreimal abgestempelt werden, bevor man darunter heiraten darf", gab Lars zu bedenken. „Ein, zwei Monate kann es schon dauern, bis wir alles zusammen haben, denkst du nicht?"

„Heißt das, du wirst dich gleich darum kümmern? Du bist in der besseren Lage, du hast eindeutig mehr Zeit für Behördengänge. Ich glaube man braucht zuerst eine Ehefähigkeitsbescheinigung …", sagte Laura enthusiastisch.

Er lächelte und zog sie eng an sich heran.

„Bist du denn überhaupt ehefähig?"

„Was für eine Frage …"

Laura hörte Schritte. Es kam jemand im Dunkeln um das Schloss herum. Sie saß noch immer auf der Treppe. Sie schaute auf ihre Armbanduhr. Es war kurz nach neun. Der Spaziergänger schien stehen geblieben zu sein. Überall hörte man die Grillen, Fledermäuse flogen im Zickzack über die Wiese. Laura konnte sehen, wie sie wahnwitzig um die Zeder kurvten. Auch über dem Schlossdach waren welche zugange. Das Knirschen der Schritte war wieder zu hören. Wer immer das war, musste jetzt um die Ecke kommen. Laura betete, dass es Christa war. Verena, die noch einmal nach ihr sah? Heiko Wenzel? Laura stockte das Herz – ...

„Laura, bitte lauf nicht weg!"

O Gott, dachte sie. Es war Lars Hoffmann! Alles in ihr sann auf Flucht. Doch jetzt durch den Schlossgarten davonstürzen – das sähe schon reichlich albern aus. Außerdem könnte sie sich im Dunkeln den Hals brechen, und das wäre Lars nicht wert. Dagegen ins Schloss und sich verbarrikadieren – genauso blödsinnig. Also verdammt noch mal sitzen bleiben. Das Gespräch verweigern. Wenigstens wenig sagen. Sie erinnerte sich an Tanjas Meinung für diesen Fall – ach, wenn sie bloß jetzt da wäre. Laura fühlte sich extrem unwohl. Der Mann da war für sie zu einem Fremden geworden. Sie hatte eine ungeheure Wut im Bauch und spürte zum Glück, dass diese Wut ausreichte, ihr die Furcht zu nehmen.

„Keine Sorge. Du hast reichlich Nerven, mich hier zu überfallen. Wenn ich dir einen guten Rat geben darf, dann sag ich bloß: GEH!"

Sie tastete nach ihrem Handy, das neben der Pralinenschachtel lag. Jetzt konnte ihr das Teil wirklich einmal helfen, vielleicht. Sie drückte eine Taste und das Display strahlte auf.

„Schön, dein Gesicht zu sehen!" sagte Lars. Laura versuchte, einen klaren Kopf zu behalten. Wenn er den Versuch machte, sich neben sie zu setzen, würde sie schreien ... Aber er blieb, wo er war. Stand dort in einigen Metern Abstand wie ein zufällig vorbeischlendernder Spaziergänger. Es gelang Laura mit zitternden Fingern die Wahlwiederholung zu drücken. Mist! Das war die Nummer von Tanja, die sie schon zum wiederholten Male und immer vergeblich versucht hatte zu erreichen. Sie musste ihr unbedingt mitteilen, dass sie kommen würde, nach München. Aber im Augenblick wäre das schwer möglich. Sie brach ab und suchte eine andere Nummer. Endlich! Es klingelte am anderen Ende.

„Falls du die Polizei rufst, sag es mir bitte, damit ich noch rechtzeitig verschwinden kann! Ich lege keinen Wert darauf, auf irgendeiner Wache unsere Liebesgeschichte erzählen zu müssen!" sagte Lars, und seine zuvor so ruhige und sichere Stimme klang etwas hilflos. Warum eigentlich nicht, überlegte Laura – das würde dir sicher gar nichts schaden. Weiter zu denken verbot sie sich selbst. Außerdem knackte es jetzt an ihrem Ohr.

„Ja, hallo, Laura, wo bist du? Was gibt's? Geht‘s dir auch gut soweit?“

„Bin immer noch am Schloss. Könntest du kommen. *Er* ist hier.“

„Wer ist hier, ich meine bei dir?“

Laura sprach nicht leiser:

„Lars!“

Sie hörte die vertraute Stimme aus dem Off des Handys:

„Ok, hab verstanden. Entschuldige, bisschen lange Leitung … In meinem Schädel, meine ich. Bin gleich da bei dir!“

Laura seufzte und ließ das Handy sinken. Nach einem schrecklich langen Moment der bläulichen Helle in ihrer Hand erlosch das Licht des kleinen Displays. Da im Dunkel stand noch immer Lars.

„Das tut mir Leid, mit deinem Vater …“, sagte er schließlich halblaut.

„…“

„Ich meine, es war doch nicht wegen …“

Laura kochte vor Wut.

„… ich meine, sein Unfall war doch nicht wegen unseres, wegen meines …“

Offenbar fehlten selbst ihm die Worte für das, was

er getan hatte. Laura konnte nicht mehr an sich halten.

„Bild dir nur nicht zu viel ein. Dass du mich betrogen und hintergangen hast, kam erst danach. Aber schön war es nicht, ihm das im Krankenhaus erzählen zu müssen. Du darfst dir also immerhin noch zugute halten, wenn man das so nennen will, dass du zu seinem Schmerz noch ein bisschen was hinzugefügt hast. Glückwunsch …"

Sie verschwieg, dass der Anlass für Peter Mahler, in leicht angetrunkenem Zustand von zu Hause loszufahren, mit dem Ziel, sich abzureagieren und abzulenken, sehr wohl ein Gespräch über die geplante Hochzeit mit Lars gewesen war. Doch es war alles verkehrt. Er schien seine Meinung wieder geändert zu haben und hatte alles Mögliche gegen die Hochzeit einzuwenden versucht. Laura hatte sich freilich für Lars stark gemacht, hatte mit sofortigem Auszug und Weggang gedroht, wenn der Vater jetzt wieder umschwenkte und ihr nun schon so lange angebahntes Vorhaben zunichte machen wollte. Er hatte sich in einen schwer zu durchschauenden Zorn hineingeredet, musste auch, wie öfters in der letzten Zeit, schon etwas zu viel getrunken gehabt haben. Wütend hatte er die Wohnzimmertür hinter sich zugeschlagen, dass der Schlüssel auf den Teppich geflogen war, direkt vor ihre Füße. Die Haustür war mit ebenso schwerem Be-

ben ins Schloss gefallen. Laura hatte noch die wiederholten Fehlversuche gehört, den Motor anzulassen, dann das Aufheulen, das Quietschen der durchdrehenden Reifen auf dem Feldsteinpflaster im Hof. Gehupe eines anderen Autos, als der Angetrunkene ohne Weiteres auf die Landstraße hinausgerast war … Die Reaktion ihres Vaters auf die Nachricht, dass Lars sie betrogen habe, konnte Laura nun auch nicht erwähnen: Peter Mahler war erleichtert und wäre Lars wegen seiner Schandtat sicher um den Hals gefallen … Aufgrund dieser begeisterten Reaktion des Vaters wiederum, der sich keinen Deut um die Gefühle seiner Tochter geschert hatte, empfand sie wenig Skrupel bei dem Gedanken, sang- und klanglos Steuden zu verlassen. Während sie sich das klarmachte, erkannte sie auch, dass sich Lars keine Sekunde überlegt hatte, was er ihr sagte. Er wollte bloß irgendwie wieder mit ihr sprechen, Inhalt unwichtig. Ebenso wenig durfte er nach der Abfuhr, die sie ihm bereits erteilt hatte, hoffen, durch ungeschickte Worte etwas ungeschehen zu machen. Er hätte sich aber denken können, dass er ihr Interesse an einer Aussprache mit solch unbedachten Vermutungen kaum wecken würde.

„Verletz mich nicht noch mehr! Wenn du dir schon nicht überlegst, was du sagst, warum bist du nicht lieber ganz still?"

„Laura, warum bist du so gemein zu mir? Ich meine

es doch nicht böse, wenn ich nach deinem Vater frage! Ich schwöre, dass es mir alles so Leid tut!“

Lauras Stimme war nahe dran, sich vor Wut zu überschlagen.

„Du hast ja gar nicht nach meinem Vater gefragt, und der ist dir sicher auch egal. Du hast nur hören wollen, dass du nicht daran schuld bist, was meinem Vater passierte. Nun, da kann ich dich beruhigen. Aber du hast scheint's keinen Schimmer, was in mir vorgeht, sonst würdest du keinen solchen Blödsinn schwatzen: Ich zu dir gemein sein – wie denn das? Und wenn, was läge daran? Deine Gemeinheit übertrifft die meine bei Weitem.“

Verflucht, wo blieb die Rettung? Jetzt saß sie hier und ließ sich von Lars langsam in ein Gespräch ziehen. Sie wollte nicht mit ihm sprechen ... Er machte einen Schritt auf die Treppe zu. Sie sprach langsam und deutlich.

„Lars, bleib wo du bist! Ich warne dich! Ich schreie ... Ich kann es nur wiederholen: Ich habe dir nichts zu sagen und will von dir nichts mehr hören. Du hast mein Vertrauen missbraucht, hast mir mein Herz gebrochen und dir damit das Recht verwirkt, mir noch irgendwas zu schwören, zu beteuern oder sonst was. Was soll das blöde ‚tut mir Leid‘? Wenn es dir selbst weh getan hätte, hättest du die Finger von Birgit gelassen ... Aber es hat weder dir noch ihr

Leid getan, sondern bestimmt einen Riesenspaß gemacht. Herzlichen Glückwunsch! Ist ja doch eigentlich egal, wen du heiratest, oder? Vielleicht ist es so ja viel besser? Die aufstrebende Modistin passt viel besser zum aufstrebenden Hotelmanager als die unglückliche Brötchenverkäuferin! Das ewige Aschenbrödel! Schade nur, dass Birgit mir kein Hochzeitskleid entworfen hat – das war ihr zu konventionell. Ich hätte es hier heute gerne auf dem Scheiterhaufen unserer zerbrochenen Träume verbrannt! Ich habe genug, verstehst du? Verschwinde endlich!“

‚Verstehst du‘, war schon zu viel. Sie hätte den Mund halten müssen, das war ihr klar. Die Tränen, die ihr jetzt kamen, waren Tränen der Wut, die ihrer eigenen Unbeherrschtheit galten. Lars kam weiter auf sie zu, und sie erhob sich, um ihn irgendwie abzuwehren. Lars Hand an ihrem Arm. Er zerrte sie zu sich heran, und sie schlug mit aller Kraft nach ihm. Er ließ los und fluchte. Offenbar hatte sie ihn am Kopf erwischt.

„Au, verdammt!“

Sie empfand kein Mitleid, sondern war bloß froh, dass er sie nicht mehr berührte. Von der Ecke des Schlosses her kam eine weinerliche Stimme:

„Lars! Alles ok?“

Mein Gott, dachte Laura. War das Birgit? Hatte die dort die ganze Zeit gestanden und ihren schrecklichen Dialog mit angehört?

Eine energische, sehr laute Stimme näherte sich von weiter her.

„Menschenskind Birgit, was soll das hier? Müsst ihr die Dinge immer auf die Spitze treiben? Geht nach Hause und lasst Laura doch einfach zufrieden. Ich denke, sie hat Lars schon alles gesagt, was sie ihm sagen wollte. Mehr ist da nicht zu verlangen. Was machst du hier überhaupt? Glaubst wohl, es würde für alle einfacher, wenn man sich an einen Tisch setzte und über die Sache verhandelte wie über einen Versicherungsfall?"

Laura atmete erleichtert auf. Endlich traf Christa ein. Die Kavallerie …

Der Lichtkegel einer leistungsstarken Taschenlampe irrte über den Boden des Schlossgartens.

„Lars Hoffmann – ich möchte dich bitten, den Rückzug schleunigst anzutreten! Meine Güte, du hast ja ein Veilchen!"

Christa konnte sich ein glucksendes Lachen nicht verkneifen.

„Wie geht's dir, Laura?"

„Geht schon, kein Problem, bin nur stocksauer. Sollten machen, dass sie wegkommen. Birgit hätte ich ein bisschen mehr Schneid zugetraut. Hier im Hintergrund zu lauern ist noch viel erbärmlicher als ganz wegzubleiben."

Der unerbittliche Schweinwerfer in Christas Hand

beleuchtete den wortlosen Abgang von Lars. Birgit ließ sich vor Laura nicht blicken. Als Lars um die Ecke war, konnte man ein lautes Heulen hören, das an einer Schulter erstickt wurde. Lauras Zustand hatte sich dagegen gefestigt. Sie spürte eine Gewissheit, die vorher nicht da gewesen war. Ganz wohl fühlte sie sich noch nicht, aber sie war zufrieden, innerlich nicht länger im Zweifel darüber zu sein, dass das, was sie vorhatte, richtig und unabänderlich wäre.

„Christa, du Unerschrockene! Könnte ich dir bloß einen Orden verleihen für deine Tapferkeit … warte mal, kann ich sogar: ich verleihe dir den letzten „Süßen Kuss“. Und einen ganz privaten von mir kriegst du noch dazu!“

Christa Behrendes durfte sich glücklich und zufrieden schätzen, noch Schlimmeres verhindert zu haben. Sie verspeiste die letzte Praline aus der Schachtel und nickte anerkennend.

„Leuchtest du mir heim? Aber bitte sanfter, als du Lars Hoffmann heimgeleuchtet hast …“

Sie lachten. Laura nahm ihre Tasche mit dem Fahrtproviant, und sie gingen wortlos durch den nächtlichen Park, wo ein Waldkauz schrie, den sie auf einem Ast der Zeder sitzen sahen, als Christa mit der Lampe hinaufleuchtete. Ohne ein Geräusch strich er ab, was sehr unheimlich aussah. Sie stiegen durch den verwilderten Steingarten abwärts, und gingen dann an den Ruinen der kleinen Tempel vorbei zum hinteren Einschlupf in der Umfriedung. Christa fluchte über die Brennnesseln, die ihr an den bloßen Armen und Beinen entlang streiften. Am Feld entlang kamen sie zum ehemaligen Steudener Hof. Laura brauchte nicht lange, um ihre Tasche zu packen. Sie nahm nur das Nötigste an Kleidung mit. Christa half bei der Auswahl. Zeugnisse und ein paar Bücher über Patisserie. Lesautres Standardwerk. Eine Schachtel mit eigenen Erinnerungsfotos, die Laura kurz in der Hand hielt, kam wieder an ihren Platz. Nur nicht noch sentimental werden. Kurz darauf standen Laura und Christa neben dem Trabbi, der eine ziemlich hübsche Strecke vor sich hatte.

„Glaubst du, er packt es?“ fragte Christa.

„Klar, der hat schon ganz anderes geschafft! Rügen, Darß, Usedom …“

Christa prustete.

„Ich meine deinen Vater!“

„Ach so. Klar. Wie auch immer. Das ist jetzt allein sein Problem. Ich kann ihm da nicht helfen.“

Sie hatten Tränen in den Augen, als sie sich nun lange und innig umarmten und sich gegenseitig auf den Rücken klopften.

„Mensch, ich wünsch dir alles Gute“, sagte Laura. „Lad’ den Schlossherrn doch mal zum Essen ein. Bei all den schönen Pralinen, die er dir – und mir verehrt hat … Aber bitte servier ihm keine Würstchen. Lass Bärbel und Manfred für euch kochen. Tu es mir zuliebe. Damit es hier wenigstens die Hoffnung auf ein Happyend gibt!“

Christa Behrendes wischte sich ungelenk mit einem Papiertaschentuch im Augenwinkel herum.

„Aber wenn wir heiraten, kommst du uns besuchen?“ Sie lachte, und Laura schwor sich, dass sie in diesem Fall, der doch sehr außergewöhnlich wäre, wirklich wieder einmal nach Steuden kommen würde. Für den Moment bewegte sie jedoch vielmehr der ungewöhnliche Gedanke, dass all ihre Erinnerungen gleich hinter ihr lägen.

Ein erregendes Kribbeln überkam Laura, und sie fühlte sich voller Erwartung. Vor ihr lag die Zukunft. Ihre Zukunft. Komme, was da wolle … Sie schaute Christa lächelnd an und sagte bloß, in das Geräusch des startenden Motors hinein:

„Wer weiß?“

– ENDE –

CORA
Man nehme:
Schicksal, 1 Dutzend Wirrungen
nd 1 Kiosk pro Monat.
erpassen Sie keinen Kuss, keine Enttäuschung und keinen Hoffnungs-
chimmer. Sichern Sie sich jeden Monat Ihr aktuelles Exemplar des Romans
r Telenovela im Ersten - Sturm der Liebe.
FÜRSTENHOF
Sturm der Liebe
Neu!
Der Roman zur Telenovela im Ersten.
Erleben Sie die ganze Geschichte: Jeder Band steckt voller romantischer Augenblicke und enthält eine exklusive Autogrammkarte mit süßem Rezept zum Sammeln.
eit 11. Januar 2006 alle 4 Wochen mittwochs im Zeitschriftenhandel.
Aktuelle Erscheinungstermine auf www.cora.de
Das Erste®
www.cora.de

Nora Roberts

Die Donovans 1
Die gefährliche Verlockung

Auf die schöne Morgana und den Drehbuchautor Nash Kirkland wartet das große Glück – wenn er erkennt, dass er der Magie der Lie
vertrauen muss. Ein zauberhaftes Lesevergnügen aus Nora Roberts' Erfolgsserie „Die Donovans"!

Band-Nr. 25170

6,95 € (D)

ISBN: 3-89941-228-1

Nora Roberts

Die Donovans 2
Die Spur des Kidnappers

Ein neues zauberhaftes Liebesabenteuer aus Nora Roberts' Familiensaga „Die Donovans": Mit seinen hellseherischen Fähigkeiten versucht Sebastian Donovan, ein gekidnapptes Baby zu finden – und erobert dabei das Herz der Privatdetektivin Mel Sutherland ...

Band-Nr. 25177

6,95 € (D)

ISBN: 3-9941-235-4